あの人は今

昭和芸能界をめぐる小説集

高部務

Ano Hito ha Ima Takabe Tsutomu

鹿砦社

あの人は今

～昭和芸能界をめぐる小説集～

高部　務

鹿砦社

はじめに

平成が終わりを告げ新時代の令和が始まった。たかだか三十数年前のことだが、昭和はますます遠くなりにけりの感がある。

それは芸能界においても同様だ。

戦前から芝居、浪曲、講談、落語と庶民の娯楽の対象が直接芸人と向き合う小屋（現在は劇場）だったものが、電波（ラジオ、テレビ）を媒介とした歌謡番組が茶の間に流れると、老若男女分け隔てなく、誰もが流行歌を喜んで口にしていた。

おかげで三人娘と呼ばれた雪村いづみ、江利チエミ、美空ひばりが人気を博した。それに続いて朝丘雪路、島倉千代子、村田秀雄、三橋美智也、春日八郎らが歌謡界のリーダーとして君臨しNHKの『紅白歌合戦』などの歌番組を色取ってきた。

この流れに大変換が起きたのは七〇年暮れ、大手スーパーのダイエーが「茶の間にカラーを」と銘打ち、それまで二十万円前後していたカラーテレビを五万九千八百円で売りだしたことだ。

それまで一桁代だったカラーテレビの普及率が一九七二年には六〇％を超えた。豪華絢爛な衣装を纏った歌手の姿を楽しめるとあって、テレビの歌謡番組が軒並み高視聴率を獲得した。高視聴率＝テレビ局の商売繁盛で、民放各社はこぞって歌謡番組の制作に走りだした。

番組が増えると出演歌手不足が起きた。

そこで登場したのが歌手のスカウトをそのままテレビの番組にしたオーディション番組だ。多くのスターを輩出し続けた日本テレビの『スター誕生』がスタートしたのは七一年の十月だった（番組は八三年九月まで続いた）。

この番組から誕生した歌手のトップ・バッターは七二年六月『せんせい』でデビューした森昌子。七三年二月に桜田淳子が『天使も夢見る』でデビューすると、三カ月後の五月、山口百恵が『としごろ』で歌手の仲間入りを果した。この三人は〝高校生三人娘〟と呼ばれ、レコードの売り上げ、コンサートでのファン動員力も他の追随を許さないほどの人気を獲得して行った。

ミリオンセラーを連発したピンク・レディーも中森明菜も小泉今日子も、この番組から出ている。八〇年、山口百恵が結婚で引退すると、時を同じくしてデビューした松田聖子もCBSソニー主催のオーディションで見出された逸材だった。

山口百恵と松田聖子。この二人のレコードの売り上げを覗いてみるととてつもない数字を残している。山口百恵はデビューから引退までの八年間でリリースしたシングル盤が三十二枚で平均の売り上げが五十二万枚。

〝ポスト山口百恵〟として八〇年四月『裸足の季節』でデビューした松田聖子はデビュー曲が五十七万枚と大ヒットすると、二曲目の『青い珊瑚礁』と次の『風は秋色』が共にミリオンセラーとなり年間の売上数が三百五十万枚に達した。

デビュー九年後の八九年末までの二十七枚のシングル盤の聖子の平均売上枚数は六十七万枚で見事、山口百恵の次世代を担った歌姫となって現在まで君臨している。

こうして見ると分かるが、戦後の歌謡界を担ってきた先輩たち（美空ひばり他）に比べると彼女たちの登場はレコード界に想像もしない莫大な利益をもたらしたことが分かる。

これは雑誌や電波媒体から波及した〝与えられたスター〟ではなく、番組を通じて〝自分たちの手でスターに〟と、身近な存在から親身になっての応援がレコードの購買者層と繋がった結果と見た。

僕はトップ屋（芸能記者）稼業を約三十年間続けたがスタートは一九七二年だった。幸運にも歌謡界の隆盛が始まった時期と一致していた。それからバブル経済が膨らみ続けた八〇年代後半まで音楽業界も足並みを揃えて膨張してきた。僕はこの間、音楽担当記者として業界を駆け廻る幸運にも恵まれた。

毎年暮れになると繰り広げられる〝賞獲りレース〟。

歌手の登竜門でもあるＮＨＫ『紅白歌合戦』出演者の選定会議。

大手プロと弱小プロとの間で起こる有望タレントの争奪戦。

アイドルの卵の育成と挫折するアイドルたちの実態。

莫大な単位で金銭が動く興行界の人間模様。

バブル経済の崩壊はそのまま音楽業界も直撃しレコード会社の倒産、合併も相次ぎ今日に至るまで縮小を続け、起きあがる気配はない。

「ほんの一握りの実績のある歌手以外はミリオンセラーを望むすべがない」

「賞獲りレースで賞を獲得してもそれは本人の満足だけで、営業面にはまったく結びつかないから動きようもない」

長年親交のあった芸能関係者に会ってもそんな投げやりな言葉しか聞かれない。テレビの歌謡番組で三局を掛けもちの梯子で廻ってどうにか無事に乗り切った。賞獲りレースで五千万円くらい突っ込んでも賞が獲れるものなら安いもの。一年でそれくらいは取り返せるから。

近年は、そう言いながら銀座のネオン街を闊歩する威勢のいい芸能関係者にはトンと出会うことがなくなった。

生身の人間を商品とする芸能界はＩＴだのネットだと浮かれている世界とは異質の業界だ。巨額の利権が飛び交うだけに〝清濁併せ呑む〟がそのまま通用する世界で、深く暗い闇の裏側も当然あるが、人間臭く人情味に溢れている世界であることも確かだ。

今回はそんなレトロ感溢れる昭和の芸能界の、元気で華やかなりし時代の名残り火の一面を切り取って書いてみた。

あの人は今　目次

はじめに　2
消えた芸能レポーター　9
あの人は今　69
蘇州夜曲　127
同窓生夫婦　195
マネージャーの悲哀　267

消えた芸能レポーター

カメラマンの福泉健三《ふくいずみけんぞう》は、集芸社の地下一階にある写真部の現像室にいる。ルーペを片手に先日の午後三時から乃木坂プリンスホテルで開かれた中山晴子と田村和彦の「熱愛発覚・恋人宣言」の記者会見で撮った写真のネガを一枚一枚丹念に目を通していた。

集芸社が発行している芸能週刊誌『週刊太陽』編集部からの指示で来週号の表紙に使うカットを決めるためだ。週刊誌の表紙はその週の顔として販売部数にも直結してくるから作業は真剣になる。

福泉が腕時計見ると二時になる直前で、東邦テレビの『奥さま二時ですよ』が始まる時間になっていた。急いで立ち上がると現像室を出て隣のカメラマン控室の整理棚の上に置かれたテレビの前の椅子に腰を下ろした。肩幅が広く坊主頭で愛嬌のある団栗眼《どんぐりまなこ》は面と向き合うと人柄の良さを感じさせるが椅子に座った後ろ姿は格闘家を思わせるほど逞しい体型だ。

天気図を前にした気象予報士が全国の天気を解説している。

「桜前線が関西まで到達しました。二、三日すると関東でも開花宣言が出ることでしょう」

今朝、地下鉄の九段下駅から神保町の会社に向かう途中に見た千鳥ヶ淵の桜の蕾がかなり膨らんでいたことを思い出した。

ＣＭを挟んで画面が切り替わった。

「皆さんこんにちわ、司会の沖田健二です。今日も盛り沢山の楽しい話題を用意しています。放送終了までゆっくりと楽しみだださい」

髪を七三に分けた沖田と並び、丸縁眼鏡に耳を覆う長髪のレポーターの横島穣二《よこしまじょうじ》もカメラに向かって手を振っている。

「あいつもすっかりテレビの仕事が板についたなぁ」

福泉は独り言を言いながら煙草に火を点けた。

番組はのっけから陽に焼けた中山晴子と田村和彦が笑顔を浮かべ手をつないで歩くＶＴＲが映された。中山晴子はテレビドラマで注目を集めている若手女優の注目株で田村和彦は四人組の人気アイドルグループのリーダーとして活躍している若手のホープだ。

横島がそのＶＴＲを前にして解説をはじめた。

「これはハワイのアラモアナ・ショッピングセンターの歩道を歩く二人です。この映像は三日前のものですが、僕がレポートした範囲では四泊六日の旅行中、ホテルのプールで泳いだりショッピングに出掛けたりと連日時間を惜しむかのように二人だけのバカンスを満喫していました」

季節外れの日焼けした顔にハワイ帰りを思わせるヤシの木がプリントされたアロハシャツ姿の

横島は得意満面な口調で二人の蜜月旅行の様子を伝えている。

「アラモアナのリバティーハウスで中山が白いタンクトップを買うと田村がグリーンのTシャツを買ったんです。夕食にカピオラニ公園脇の寿司屋に出掛けた際には二人ともそのおニューに袖を通して仲良く腕を組んで店の暖簾を潜って行きました」

説明を補足するように手を握りしめた二人が、暖簾を潜って店内に消える後ろ姿がブラウン管にアップで写しだされた。望遠レンズで撮られたカットだろう。

話は遡る。現地で二人の熱愛現場をスクープ撮した夜、横島はホテルに戻ると『週刊太陽』の編集部に国際電話を入れていた。

「三日間の二人の行動をバッチリ押さえることができました。僕は明日、月曜日に帰ります。二人のハワイでの行動の詳細は飛行機の中で原稿にして渡しますから、空港の到着ロビーに誰か取りに来てくれませんか。水曜日の『週刊太陽』の発売に合わせてうちは火曜日の番組でVTRを流しますから」

「分かった。到着便の税関を出たところにバイク隊の運転手を待機させておくから見つけてよ」

電話はそれで切れた。会話は『週刊太陽』と東邦テレビのバーター（共同作戦）の確認作業だった。

横島の報告を受けた『週刊太陽』が二人の所属事務所に事実確認の連絡を入れたのは原稿締め切りである月曜日の夕刻を待ってからだった。

「中山さんと田村さんが二人だけのハワイ旅行を楽しんでいましたが、結婚を前提としてのお付き合いとみてもよろしいんですか」

確認作業をこの時間まで遅らせたのは、所属事務所が一社だけの独占スクープを阻止しようと他社にそのニュースを流されることをできるだけ遅くしたいがための作戦だ。

『週刊太陽』から連絡を受けた双方の事務所は、知らぬ存ぜぬの一点張りで否定したが、横島から届いた原稿に書かれていたハワイで入った寿司屋での行動などを突きつけると渋々認めた。当然のことだがそれから二人の所属事務所の対応は素早かった。

翌日の昼に、中山晴子がドラマで出演している関東テレビのスタジオにマスコミを呼んで緊急記者会見を開いた。大物タレントの会見とあって五十人を越すマスコミがスタジオに詰めかけた。壇上に並んだ二人が芸能レポーターの鋭い質問に付き合いを認めた。

各局が、急遽午後のワイドショーで流した映像は記者会見のものだけだったが東邦テレビは当日の新聞のテレビ番組欄で、

「スクープ撮。中山晴子と田村和彦のハワイ蜜愛旅行」

と告げて現地で撮った映像をたっぷりと流し、記者会見の様子は触りで使った程度だった。その違いが他局との視聴率争いで大きく水をあけることができた。

『週刊太陽』が発売されたのは水曜日の朝だった。前日テレビが二人の仲を取り上げていたから駅の売店に並んだ『週刊太陽』を通行人は次々手に取って財布を開いた。

この記事のおかげで月曜日発売の競合芸能誌『週刊自身』と『芸能スクープ』に『週刊太陽』は販売部数で大きく水をあけることができたから万々歳だ。

このバーターを仕掛けたのは横島だった。

「二人は間違いなくハワイに行きます。局にも了解は取ってありますからバーターで行きましょう」

ハワイに発つ前日、集芸社に顔を出して福泉と編集長を前に掴んだネタの信憑性と取材日程を伝えていた。

「確実に中山と田村の隠密旅行が撮れるんならうちだって喜んでページを空けさせてもらうよ」

笑うと両眉がハの字に下がる編集長が口元を緩めて頷いた。

「福泉、横島君がこうしたスクープネタをうちに持ち込んでくれるから助かるよな」

並んで座る福泉の肉の盛り上がった肩を叩いた。

「横島がこんなに優秀な芸能レポーターになるなんて、正直そこまで俺は思ってもいなかったよ」

「やめてくださいよ。僕がこの世界に飛び込むことができたのは福泉さんのおかげなんですから」

スクープネタを手にした記者と編集者との打ち合わせは、高揚感と連帯感とが生まれて盛り上がる至福の時間だ。芸能記者はこの空気が嬉しくて昼夜を問わずネタ探しでドブネズミのように芸能界の関係各所をほっつき回ることになる。

四十五分番組の『奥さま二時ですよ』が終わると福泉は残りの作業を終わらせるため現像室に戻った。

「あいつの活躍のおかげで俺も鼻が高いや」

ブラウン管に映る横島の得意顔を思い出しながら一人ごちた。

「福ちゃん、東邦テレビの備前さんという方から電話だよ」

写真部デスクの野太い声が壁の向こうから届いた。

「今、手が離せないんで後で電話を入れるって伝えてくれますか」

備前は『奥さま二時ですよ』の総合プロデューサーだ。

電話の内容は聞かなくとも分かっていた。互いが共有したスクープネタの成功を祝って一杯やろう。そんな誘いと踏んだから返事は作業を終えてからでも十分だろうと考えたからだ。


新宿駅東口広場は、昭和の初期までは街道を往来する馬の水飲場でもあったが、学生運動が吹き荒れた七〇年安保闘争と前後して新宿に集まって来た、時間を持て余している若者がこの広場を塒《ねぐら》として屯《たむろ》するようになった。マスコミはこの広場を〝グリーンハウス〟と呼び駅前というのに昼間から寝そべっている一般常識を逸脱した生活ぶりを報じていた。

広場から新宿三丁目交差点に伸びる新宿通りの、最初の右側の角に「カメラのさくらや」があり並びにライトブルーのペンキに塗られた細長いビルがある。そのビルの一階と二階に喫茶店「しみず」が入店していた。外壁が硝子張りで外からの光が贅沢に入りパイプ椅子を使った近代的なデザインで場所も分かりやすいことから待ち合わせには最適だ。

西日が店のウインドー硝子を照らす時間になると、マスコミ関係者や電波媒体の制作スタッフとおぼしき面々が情報収集と打ち合わせを兼ねて顔を見せる。

集芸者の嘱託カメラマンとして籍を置く福泉は『週刊太陽』の芸能班のデスクを務める神原修《かんばらおさむ》と膝を向かい合わせていた。

「映画で共演した三上友也と山田百子が代々木の三上の部屋で頻繁に逢引しているらしいんだよね。長期戦になると思うけど福ちゃん張り込んで現場を押さえてくれないかなぁ」

「面白そうだけど、俺、運転免許証持ってないんですよ」

「そうか、学生でもいいんだけど誰か車を運転手してくれる奴いないかなぁ」

「飾りだけの免許証だけじゃなくて、運転がそこそこうまくないといざっていうときに使い物にならないからね」

福泉がハイライトに火を点けながら言った。

「運転なら僕、お手のものですけど」

二人のグラスに、手に持ったポットで水を注ぎ足していた長髪のボーイが言葉を挟んだ。ボーイは黒いバスケットシューズが伸びやかな長身にマッチし蝶ネクタイが似合う彫の深い端正な顔立ちをしていた。

胸に横島と書かれたネームプレートを付けていた。

「横島君かぁ、運転できるの」

福泉はこの店を頻繁に使っていたが、横島と直接言葉を交わしたのは初めてだった。

「ええ、ここでバイトをする前に国分寺にある青果市場で配達の仕事をしていましたから」

野菜市場の配達員といえば運転の腕前は折り紙つきだろう。

「そうなんだ。だったら手伝ってもらいたいところだけど君にはここの仕事があるから無理だろうな」

福泉が値踏みする口調で話しかけた。

「何のことだか分かりませんが、面白い仕事でしたら手伝ってもいいですよ」

「ほんとぅ。今日はこの仕事何時までなの」

「早番ですから四時。あと一時間で終わります」

「だったら話だけでも聞いてもらおうか」

この店から一筋南側になる中央東口通りの「アサヒ・ビヤホール」の並びのビルの地下にある喫茶店「滝沢」を横島に指定した。

「滝沢」はかなりの大箱で三味線の音が静かに流れている純和風造の店だ。場所柄ビジネスマンが打ち合わせや待ち合わせに使っている。福泉はここなら仕事の説明がしやすいと考えて選んだ。

「しみず」を出ると、梅雨の明けた強い陽射しが新宿駅ビルの壁面に反射して路上に陽炎《かげろう》を作っていた。

約束通り仕事を終えた横島がやってきた。福泉に手招きされた横島が神原の横に腰を下ろした。

「君、何歳になるのかな」

まずは福泉が切り出した。

「二十三ですけど」

「生まれは？」

「山梨県の勝沼です。両親はブドウ園をやりながらワインを作っています」

「ワイナリーを持っているってこと」

「ええ、そうです」

「そうなんだ。で、君が東京に出てきたのは」

「明治と立教を受けたんですが二年続けて滑っちゃいまして浪人三年目です。こうして働いていると色々な人と出会えて楽しいんでもう大学は諦めています」

「何かしたい夢でも見つけたの」

「店に来るお客さんでマスコミ関係の方々はみんな生き生きしていますよね。大学に行ってないから無理でしょうけど、僕もマスコミ関係の仕事に就けたらなんて生意気ですけど考えているんです」

はにかみながら答えた。

「要するに自由な身ってこと」

「はい」

福泉は神原の顔を見た。神原は小さく頷いた。

「で、今のバイトの稼ぎはどれくらいになるの」

「自給三百円ですから八時間働いて二千四百円ほどですか」

「うちの仕事を手伝ってくれるんなら日給で五千円は出せるよ」

神原が様子見といった口調で言った。

「え、倍じゃないですか」

「そうなるね。でも仕事時間は不規則で夕刻から夜中とか朝方まで続くこともあるけど」

「そんなにいただけるんでしたらやってみたいです。でどんな荷物の運搬ですか」

「運搬じゃないよ。車に載せる荷物といえば俺だけど、俺と一緒にある有名タレントの素行を調べる仕事に協力してほしいんだ」

「それって張り込みってやつですか」

「お、詳しいじゃないか」

「店に来るお客さんが口にしている言葉を耳に挟んでいるものですから。刑事さんか探偵社みたいなことをするんですか」

興味津々の顔つきで喰いついてきた。

「車の中で狙っている獲物が現れるまで待ち続ける。獲物が現れたら俺が車から飛び出してシャッターを切る。撮り終えたら君の運転する車でその場を離れる」

そんな仕事の概要を話した。張り込みには目立つ車は使えないから、レンタカーを借りる予定であることを伝えた。

「ポンコツですけど、僕は紺のホンダ・シビックを持っています。それじゃ駄目ですか」

願ってもない申し出だった。

中野区沼袋にある六畳一間の木造アパートに住む横島は、半年前まで働いていた青果市場の配達先の八百屋の店主が廃車にすると言っていた使い古した車をもらい受け車検を取ったものだった。色の剥げた紺色のシビックはスピードさえ要求しなければ何の問題もない。

「バイトのほうはすぐにでも辞められるの」

「もし使っていただけるんでしたら、これから店に戻って店長に伝えますよ。何人かでのシフト制になっていますから今日伝えて明日一日働けばシフトの変更も問題ないですから店長もＯＫを出してくれると思います」

福泉にとって願っても叶ってもない境遇の男だった。

「わかった。明後日の五時に社に来てくれないかな。支度は何もいらない。体と車さえあれば君の任務は遂行できる。社の裏に駐車場があるから守衛がうるさいことを言うようだったらこの名刺を見せてよ」

神原の名刺は集芸社『週刊太陽』編集部デスクと書かれている。

「うちの雑誌は週に八十万部ほど売れて業界じゃトップなんだ。仕事はきついかもしれないけど、マスコミ志望というなら経験上面白いと思うけどな」

当日、横島はスタンドでガソリンを満杯にしてハンドルを握ると地図を頼りに青梅街道から靖国通りに出て神保町に向かって車を走らせた。集芸社のビルは靖国神社を通過して神保町の交差点を右に曲がった交番の並びに建っている。

受付で神原の名刺を出して来社を告げた。階段を上った二階の左側に観音開きのドアがありドアは開けっ放しだった。右側の壁の敲《たた》きに『週刊太陽』編集部と書かれた木製の看板が掛かっていた。

室内に入ると二つの机が向かい合う形で横長に伸び、ハーモニカのような形で五列に並んでいた。どの机も雑誌や書類がこれ以上置き場所がないと思われるくらい山積みになっていた。

あっちの電話もこっちの電話もひっきりなしに鳴る。受話器を取った編集者は肩と顎の間に受話器を挟んで受け答えしながら空いている片手で原稿用紙をめくっている。見事なものだ、動きに無駄がない。

神原の声が聞こえた。

「横島君、こっちだよ」

手招きされた。机の前に福泉が背中を見せて座っていた。

テーブルに広げられている地図は、総武線の千駄ヶ谷駅周辺が拡大されたもので東京体育館と書かれた文字が目に入った。張り込み場所だろう。鳩森神社の裏手にある建物が丸印で囲まれている。

編集部に隣接している六畳ほどの会議室に場所を移した。

「マスコミの仕事は情報が商売だから今日から携わる仕事の内容は絶対に他言しないでほしいんだ。もしそれが外部にバレたら俺たちの苦労が水の泡になっちゃうからな」

神原の口ぶりは慎重だった。

「このマンションに、ある有名な役者が住んでいる。その役者と売れっ子のアイドル歌手がのっぴきならない仲で結婚直前との情報が入ったんだ。そこで女が訪ねて来たところを押さえる。そのための張り込みなんだ。狙った人物が現れるまでは期限限定なしで張り込みを続けることになる」

福泉の服装は特攻服を思わせるカーキ色のズボンと同色の大きなポケットの付いた半袖のベス

トだった。戦場に出撃する兵士の匂いを感じさせる。現場に向かう。福泉は横島のハンドルさばきを見ていた。渋滞の中でも横島はどっしりとした運転をした。その運転ぶりを福泉は頼もしそうに眺めていた。

車を停めたのは鳩森神社の道を挟んだ向かいに建つ七階建ての白い瀟洒なマンションだった。入口のエントランスの斜め後ろに、車が二台ほど停められるスペースが都合よく空いていた。

「マンションの一階に共同トイレがあるけど、車から頻繁に出入りすると住民に気付かれる恐れがある。水分はなるべく摂らないようにしてほしいな」

それが基本的な張り込みの注意事項と教えられた。

「肝心なのは目当ての御人が姿を見せてもけっして慌てないことだ。住居なんだから建物の中に入れば必ず出てくる。そこで注意しなければならないのは当人たちの衣装はもちろんだが、到着した時間と持ち物、建物の中に入る足取り。これが勇むような速足なのかゆっくりなのか。とにかく事細かなチェックをして忘れないうちにメモを取る。記録が細かければ細かいほど原稿に臨場感が出るからだ」

運転手として雇われた自分だが、福泉にはいっぱしの記者としての要求をされていることに横島は無上な嬉しさを感じた。

最初の一週間、三上友也はスタッフの運転する黒塗りの日産ブルーバードに乗って帰ってきた。単身で百子の姿はなかった。

「横島君は勝沼だよな。俺の実家は富士山の裾野にある河口湖の湖畔なんだ。勝沼の周辺は葡萄や桃が豊富に採れるけど富士山の裾野は火山灰が堆積してできた台地だから土地が痩せて米もろくすっぽ穫れない。今は富士五湖を中心にした観光地だなんて浮かれているけど、昔は貧しかったものだよ」

甲州街道は新宿から甲府と続き長野県の諏訪までをいう。

大月から富士五湖方面に続いている街道は国道一九三号線だ。

甲府を中心とした甲州街道沿いを〝国中《くになか》〟と呼び国道一九三号線沿いを〝郡内《ぐんない》〟と呼ぶ。郡内は国中と違い痩せた田畑で農作物にも恵まれず同じ県と思えないほど経済が遅れている。

獲物が現れなければ暇を持て余す。福泉は横島にそんな故郷の話題を話して時間を潰した。

張り込みをしていると住民の生活風習が見えてくる。サラリーマン風の男は判で押したように六時半になると帰ってくる。十時を過ぎると初老の爺さんが寝る前のひと仕事とばかりじょうろを手にして姿を見せる。建物を囲むコンクリートの壁際に植木鉢を七つ並べて網を張りアサガオを育てている。そのアサガオに水をやるためだ。アサガオが爺さんのご苦労に応えるように鮮やかな紫とピンクの花を咲かせている。水をかけ終えると両手を夜空に伸ばして背伸びをする。それが爺さんの一日のルーティーンのように。

福泉は常にカメラを手から離さない。

「カメラマンの醍醐味って何ですか」

「カメラマンは現場でシャッターを押してなんぼの職業だ。俺はスポーツ新聞のカメラマンを五年続けたんだけど内勤の辞令が出たから辞めた。事務職をするために入ったんじゃないからな。

辞めて仕事を探していたところに集芸社から声が掛かって嘱託として働き始めたんだ」

転職して十年になると言う。スポーツ紙の記事の制作工程や芸能界の仕組み、雑誌界の在り方に精通していた。

「記者さんていうのは、文章力がないと務まらないんでしょ」

横島にとっては素朴な疑問だった。

「そんなことはないよ。今ここで君がしていることだって立派な記者としての任務なんだよ」

マスコミの最前線で活躍する記者は一流大学出のエリートでしか就けない職種と思っている。

「いいかい、ここに百子が姿を見せてマンションに入ったとするだろ。記者の仕事はそのときの一挙手一投足を見てメモに残す。それを後で起承転結に原稿用紙に書き示す。それをデータ原稿と言うんだ。余計なことは考えずにその場に居合わせて目の前で起きたことをその通り書けばいい。だから原稿てっものは誰でも書ける。そんなもんなんだ」

横島は福泉の言葉を一字一句漏らすまいと聞いた。

「スポーツ新聞の記者の場合は学生時代にスポーツ選手として活躍していた選手が多いんだ」

意外だった。

「プロ野球やオリンピックで活躍する花形選手が出ると各社が我先にと取材に走るよな。体育会系の学生は先輩後輩の絆が強いから取材される側の選手は、先輩に当たる記者の訪問ともなれば迂闊に取材を断れない。記者はそのあたりの人間関係を使って囲い込んだりもする。スポーツ紙はそのあたりのメリットを狙ってスポーツの一線で活躍する選手に声を掛けるんだ」

スカウトは運動部の上司の命を受けた現場の記者が直接本人の意向を打診する。

横島にとって福泉の会話は学校で受ける講義のように濃密な時間だった。

「東西スポーツの巨人軍担当をしていた記者は、元M大学の水泳選手でオリンピックにも出たこともある兵《つわもの》よ。それだけの記録を残す選手になれば練習漬けの毎日で勉強なんかしているはずないよな。水に浮かぶことしか能のなかったその男が、今じゃ巨人軍の試合がある日は毎回記事を書いているんだ。そこが肝心なところだ。分かるか、相当の馬鹿ではない限り人間は〝朱に染まれば赤くなる〟で二、三年もその世界で揉まれると人に読ませる記事をひと通り書くことができるようになるってことよ」

福泉の口ぶりは原稿の執筆作業がまるでベルトコンベアーに乗って出来てくるような響きで伝わって来た。

「数えたことはないだろうけど、プロ野球の試合を扱っているスポーツ紙の一面を埋めている記事の原稿の量は十三字詰めで七十五行から八十五行なんだ。この原稿はナイターの場合、試合終了から一時間以内に書き上げて編集部に送る。バイクの兄ちゃんが書き上がる原稿を待って編集部に運ぶから時間との戦いだよ。それをしないと印刷所に入れる時間に間に合わないからな」

スポーツ紙の一面と言えば売り物ページだ。その記事がそんな短時間で書き上げられる。

信じられずに聞いていた。

「大学を出たからといって、それまで原稿の〝げ〟の字も書いたことがない者でも五年も経つと、そんな具合に原稿を書けるようになる。慣れとはそんなものだ」

張り込みが連日続いた。

「普通、出版界は四百字詰めの原稿用紙を一枚と数えるけど週刊誌は半分の二百字詰めを使うんだ。これは通常ペラと呼んでいる」

そんなことも教えられた。原稿という言葉に横島は並々ならない興味を示した。

「記者稼業に興味を持っているみたいだな。だったら雑誌でも新聞でもいい。自分が読んで面白いと思えた記事を原稿用紙に書き写してみるんだ。物を書き写すことは知らずのうちに原稿がどんな構成で出来ているかを知ることができる。野球で言えば基本中の基本のティーバッティングやキャッチボールのようなもんさ」

福泉の話は、横島にとって記者稼業を目指すための必須科目の講義だった。

二人の待ち人はなかなか姿を現さない。

「二人とも忙しい身だからホテルで逢引しているのかも知れないけど、そんなことが続けば男はホテルより落ち着くことができる自宅に女を呼ぶ。それが男心というもので女だってそっちを喜ぶ。俺たちの情報が正しければ心配しなくともそのうちきっと女が姿を見せるよ」

男女の機微を言い当てている。張り込み開始から三週間が経ったその夜、タイヤを軋ませて三上友也のスタッフが運転するいつもの車がエントランスに滑り込んだ。ブレーキの掛け方がいつもと違って性急に聞こえた。その違いを福泉は見逃さなかった。

「おい、来たようだぞ」

福泉はカメラのトラップを首に回すと腰を沈めて身構えた。

十メートル先に車が停まった。運転席から男が降りた。いつもの運転手だ。後部座席のドアに走り寄るとドアを開けた。細い足に赤いハイヒールを穿いた片方の足が見えた。百子だった。トリコロールのミニスカートのワンピースとイタリアンブルーのカーディガンを羽織っていた。続いて降りてきたのが三上だった。三上はブラックジーンズに青と白のストライプのラグビーシャツを着て、右手にピーコックの名前の入った買い物袋を提げ手にしていた。

二人が運転手に頭を下げた。運転手が右手を上げた。車は何事もなかったようにエンジンをふかして通りに出た。車を見送り三上の腕に手を回した百子の足取りはスキップを踏むように軽やかだ。

福泉は悠然と二人の姿を眺めていた。

「今慌てる必要はない。建物に入ったということは必ず出てくる。出てきたところで勝負に出るんだ。それより二人の服装と仕草、顔の表情を忘れないうちにメモしなよ」

二人は背筋を伸ばしてまんじりともせぬ夜を過ごすことになった。東の空が明るくなった。やがて朝焼けとなって、真っ赤に燃えた太陽がビルの谷間から顔を出した。車内の気温が蒸し風呂のように熱くなってきた。紫のアサガオの花びらが太陽に向かって勢いよく開きはじめる。太陽が真上に上がった。

近くの小学校からのものだろう、昼食を告げるサイレン音が鳴り響いた。空腹で二人の腹の虫が鳴った。そのときだ。正面のエレベーターのドアが開いた。最初に姿を現したのは白い半袖に紺の短パンを穿いた三上だった。生成りのワンピースに麦藁帽子を被った女が後ろに続いていた。

横島の腰が浮いた。

「行くぞ」

福泉の低く唸る声でドアを開けた。横島も福泉の後を追って走り出た。福泉の切るシャッター音が強い日差しの中で響いた。

「『週刊太陽』のものですが百子さんですよね」

福泉の横に立った横島が二人に声をかけた。

「えっ…。どなたですか」

百子が戸惑うように一歩下がった。

「お前らは誰だ」

三上が両手を広げて福泉の前に仁王立ちになった。

「三上さん、昨晩、十一時少し前にお二人でお帰りになったところを確認させていただきました。百子さんの服装が昨晩と変わっていますけど一緒に住まわれているんですか」

質問をしたのは横島だ。

「え…、困ります」

二人は踵を返して建物の中に引き返した。後を追おうとした横島を福泉が止めた。

「やめろッ。ここにいると二人の事務所関係者がやってくるおそれがある。そうなれば揉めるだけだ。余計な騒動に巻き込まれたくない。証拠写真と彼女のコメントを取れたんだからこれで十分記事は成り立つ。帰るぞッ」

横島はハンドルを握る手が震えた。福泉は落ち着いていた。煙草に火を点けた。美味そうに深く吸い込んで吐き出した。

「編集部に着いたら二人がマンションに着いたときから今日までのことの起こりを、レポート形式で原稿用紙に書くんだ。それができれば神原さんも張り込み要員としてだけでなく記者としての働きも認めてくれるはずだ」

「僕が記者ですか…」

「そうだよ。最初はみんなそんなものだ」

横島は半信半疑だった。記者稼業を福泉からレクチャーされた日、近所の文房具店に走って原稿用紙を買い入れた。張り込みに出かける前に、四角の升目に文字を書く練習をした。最初は新聞記事を写すことから始めた。福泉の指示に従い、昨晩から起きた事項を時系列で書いた。福泉は横島の書いたデータ原稿に目を通した。それから神原に渡した。

福泉のスクープ写真は話題を呼んだ。テレビのワイドショーが飛びついて取り上げた。翌週の『週刊太陽』は完売となった。

張り込み要員として無難に仕事をこなした横島に福泉から電話が入ったのは雑誌が発売された翌日だった。指定された時間に編集部に足を運んだ。はじめて編集部に顔を出したときとは雲泥の違いで心が高揚していた。

福泉と神原が机を挟み向き合って座っていた。横島の姿を見ると二人の顔が崩れた。

「福泉に君の活躍を聞いたよ。タレントを前にしても怯むことなくコメントを取ったそうじゃないか」

手にしたボールペンで机を叩いていた。

「君の書いたデータ原稿見たよ。起承転結でなかなかよかった。十分だ。わが社のスタッフとしてこれからも続けてお願いしようと思っているんだけど、どうかね」

横島はその言葉を夢心地で聞いた。

「僕でも大丈夫ですか」

「現場が初めてなのに堂々としてたそうじゃないか」

「神原さん、彼はきっと良い芸能記者になりますよ」

福泉が援護射撃をしてくれた。張り込み要員は待ちかまえていた人物と対峙した際、怯まずに声を掛けられるかが最低条件だ。それを最初の現場で無難にこなした横島に福泉は芸能記者としての資質を見て取ったのだろう。

「横島君がＯＫなら、我が編集部の新戦力誕生だな」

神原の声が弾んでいる。

「僕の新しい相棒の誕生ですよ」

福泉が横島を頼もし気に見た。芸能記者・横島穣二が誕生した。

その日以来、横島は自分が働いていた喫茶店「しみず」を仕事の打ち合わせ場所として使うようになった。客を接客する側から接客される側に回った。これまで肩を並べて働いていた仲間の目つきが変わるのを横島は知った。横島が福泉と「しみず」のテーブルを挟んで座ったときだ。

支配人がお盆を持ってお冷を運んできた。

「横島を横取りした形になってしまい申しわけありません」

福泉が立ち上がって頭を下げた。

「うちにいた子が週刊誌の記者になったなんて夢みたいですよ。使い物になるんですか」

恐縮そうに頭を下げる横島を見ながら言った。

「とんでもないです。

「それは良かったです。大活躍ですよ」

「よろしくお願いします」

三人のやり取りを他のボーイたちが聞いていた。

その日から、横島は元同僚たちに店から巣立った希望の星としての存在で見られるようになった。

「しみず」で働く仲間の多くは職場を変えても不夜城と呼ばれる歌舞伎町や新宿三丁目などの盛り場から離れることはない。芸能記者のネタの仕入れ先はレコード会社・ラジオ局、テレビ局など芸人が出入りする場所がほとんどだ。駆け出しの芸能記者・横島は先輩たちのネタの仕入れ方を踏襲しながら自分でしかできない違うフィールドで勝負する道を考えた。繁華街に客として来店する芸人は、スタッフや芸能記者の前では見せることのない自分の地を曝け出して遊ぶ。息抜きの場を求めてやってくるわけだから当たり前だ。横島はそこに目を付け、元同僚が働く店に頻繁に顔を出すことにした。編集部から支給される豊かな取材費を懐に入れていれば、友人たちはそんざいな扱いはしない。

「使えるような情報があったらなんでも教えてよ」

横島は使えるネタに対しての払える範囲の金額を口にした。

肌を刺すような冷たい木枯らしが吹き始めた師走のクリスマス。

デパートは、入口から表通りの壁一面に眩いばかりのイルミネーションを輝かせている。街の至る所に赤い服を着たサンタクロースの人形が立っていた。

「糟糠の妻を捨てた売れっ子役者磯辺甚一、不倫相手との愛の巣を直撃」

『週刊太陽』のトップ記事を飾ったこの記事は横島のスクープだ。新宿二丁目の南米音楽のかかるディスコ「アイランド」に磯辺が頻繁に出入りしている。

「磯辺には劇団時代からの奥さんがいるはずだけど店で働く姉ちゃんに入れ込んで一緒に暮らすようになったんだって。店で働くＤＪが言っていたから本当だよ」

そんな情報だった。妻を捨て不倫の同居生活。これが事実なら芸能誌が涙を流して喜ぶネタだ。早速取材に走った。「アイランド」は朝方まで営業をしているラテン系の音楽のかかる二十坪ほどの店だ。店の店員と出来ているとなれば彼女の帰りを待つだろうから早い時間の来店はない。そう踏んだ横島は時計の針が日付を変える時間に店に顔を出すことにした。

店内にはマラカスやラテンギターが飾られ、客の多くはラテンのリズムに合わせ軟体動物のように体をくねらせステップを踏んでいる。その中で目を奪われたのはアフロヘアで黒いタートルネックを着た女の子の舞うように軽やかなステップだ。フロアーで踊る誰もよりセクシーで際立っていた。

通い始めて三日目だった。ザンバラな髪で神経質そうに頬のこけた男が入ってきた。磯辺だ。一目でわかった。待ち構えていたようにフロアーで踊っていたアフロヘアーが磯辺に走り寄った。人形のように目鼻立ちが整った彼女が磯辺の腕を取ると奥の壁際のテーブルに腰を下ろした。売れっ子役者の来店に客が視線を投げかける。彼女はまったく意に介しているふうがない。ハイネケンの小瓶を二本カウンターで受け取ると磯辺の隣に腰を下ろした。

誰より群を抜く華麗なステップと人形のように目鼻立ち。

磯辺が彼女に入れ込む気持が理解できた。

音量が二人の会話を邪魔するのか、彼女が磯辺の耳を舐めるように唇を近づけて言葉をかける。磯辺がその言葉に呼応して頷く。

経営者も二人の中を認めているようだ。二人は店を出るまで離れることがなかった。二人が席を立った。師走の冷たい北風が街路樹を揺らせていた。東の空が白みはじめていた。

カメラマンを乗せたハイヤーを待たせていた横島は、外に出ると二人の乗るタクシーを追った。車が止まった先は中目黒の野沢通りに面して建つ外壁がお城を思わせる設計の五階建てのマンションだった。車から降りた二人は女が磯辺の腕に腕をからめてエントランスに入って行った。横島はハイヤーから飛び降りるとカメラマンを従えてエレベーターの前に立つ二人を追いかけた。二人の前に立つと立て続けにカメラマンがシャッターを押した。

「磯辺さん、彼女とのこのことを奥さんは存じているんですか」

横島の質問に二人は顔を見合わせた。何も答えない。磯辺が彼女の腕を取るとフロアーの突き当たりにある階段を駆け上がった。横島は追うことはしなかった。

「役者の磯辺さんは七階に女性の方と住んで居ますよ」

翌日、マンションの住民への周辺取材で返ってきた言葉だ。その結果が前述のタイトルとなって『週刊太陽』に掲載された。


横島がトップ屋（芸能記者）稼業に入って五年が経っていた。

夜になると新宿の繁華街はもちろん、業界人が蠢き始める赤坂や六本木まで足を伸ばしネタの収集に明け暮れていた。東の空が白み始めるころようやくベッドに潜り込むわけで目覚めるのは昼近くなる。まず目にするのは郵便受けから取り出した新聞だ。その日の三面記事にこんなタイトルの記事が載っていた。

「米山太郎が佐世保で大麻の現行犯逮捕」

横島にはピンと来るものがあった。新宿三丁目の居酒屋「猿の腰掛」によく顔を見せる米山とはカウンターで何度か隣合わせになったことがある。いつも手巻きの紙巻きタバコを慣れた手つきで咥えていた。

「いい匂いがする煙草ですねぇ」

「フランスの煙草は匂いが強いからいいのよね」

オネエ言葉を隠すこともなく虚ろな目をしながら空中に向かって煙を吐き出していた。匂いの強さで知られているフランス製の紙巻き煙草ゴロワーズはこんなに甘い匂いはしない。紙巻きの中には違った薬物が入っているのでは…。

そんな疑いを抱いたが遊びに来ている相手に対し余計な詮索をする必要もない。そのときの米山の姿を思い出しながら横島は午後四時から始まる編集会議に間に合うように家を出た。

会議は当然のように米山太郎の逮捕が話題になった。

「僕は米山が新宿の飲み屋でマリファナと思わしき紙巻きを吸っているところを何度か見たことがありますよ」

「えっ。てことは米山とは顔見知りってことか」

「顔を合わせれば言葉を交わす程度の仲ですが」

「じゃ、佐世保に飛んで米山が釈放されるまで留置されている署の前で張り込んでコメントを取ってよ」

横島はその日の最終便で佐世保に向かった。市内の国道二〇四号線の市役所に隣接している佐世保署の前に向かった。九時を回ったこの時間はマスコミ関係も退散して静まりかえっていた。窓から港が見えるホテルに宿を取った。

翌朝、佐世保署前に行くと取材現場でよく顔を合わせる同業者が玄関前に集まっていた。記者クラブから締め出されている雑誌記者は相当の凶悪犯罪でも捜査本部が発表する記者会見に参加することはできない理不尽な扱いをされている。雑誌記者への対応は、所轄の副署長と決められており、さし障りのない情報を聞くしか手立てはない。

週刊誌の発売日は大まかに分けて月曜日と水曜日とに分かれている。月曜日発売となる週刊誌の原稿締め切り日は金曜日だ。

金曜日を迎えても佐世保署の動きがなかった。この日が締め切りの週刊誌記者は東京に帰った。米山釈放の動きはなく、月曜日の夕方にはこの日が締め切りの雑誌記者も姿を消した。

横島は編集部に連絡を入れた。

「顔見知りなら本人と会って取材ができれば儲けもの。釈放されるまで頑張ってよ」

ライバル社は姿を消した。横島は米山の釈放を待って居残った。

朝起は大きなビルを横倒しにしたような米軍の巨大空母が浮かぶ佐世保港を散歩の日課とした。波の静かな東シナ海は穏やかに照りつける太陽光線を陸地に向かって跳ね返していた。

昼間は佐世保署の見える喫茶店に屯して釈放に備えた。夜になると手持ちぶたさになる。近所の居酒屋に繰り出した。佐世保入りして六日が経っていた。いつもの居酒屋で日本酒の熱燗を煽っていた。後ろの席からこんな会話が聞こえてきた。

「パレスホテルで取り調べを受けている米山が明日釈放されそうなんだ。雑誌の連中が集まると取材がしにくいから署長に談判したんだ。会見は署の前じゃなくホテルの裏口で設定してほしいって」

「雑誌の連中は血迷ったハイエナみたいな連中ばっかりだからな」

舌打ちするような声だ。片方は鳥打帽を被っていた。佐世保署に席を置く記者クラブのメンバーだろう。自分が投宿しているホテルで取り調べが行われている。しかも釈放が明日だと言っている。

横島は席を立ってホテルに戻った。ロビーの正面にテーブルを挟んで黒革のソファーが置かれている。フロントを背にして座ると左手に観音開きのドアがある。ボーイに聞くとそこが裏口と言った。ドアを開けると芝生の張られた小さなテラスがあった。連中が口にしていた会見場所はここに違いない。確信した。

翌朝、朝食を摂ってロビーに降りた横島はその場に張り付いた。三時過ぎだ。昨晩居酒屋にいた見覚えのある鳥打帽が正面玄関でタクシーを降りた。「報道」と書かれた腕章を巻いて目の前を小走りに通って裏口のドアの向こうに消えた。

しばらくするとテレビカメラを担いだ男もタクシーから降りると裏口に姿を消した。腕章を巻いた男たちが次々と車で乗り付け裏口に消える。二人の会話は嘘ではなかった。テラスに出るとテーブルとソファーが用意されていた。地方の記者クラブは社会部に席を置く記者がほとんどだ。

横島は、その場を囲むように人垣を作る記者クラブの面々の後ろに取材ノートを持って立った。何人かの記者が見慣れない横島に対し振り向いて、冷たい視線を投げてきた。紺地に白い格子柄の入ったシャツとブルージーンズの米山太郎がマネージャーを伴って、待ち構える記者団の前に姿を見せた。

ざわめいていた空気が緊張したものに変わった。米山は八日間の取り調べで疲れたのだろう。憔悴しきった表情をしていた。記者団から質問が投げかけられた。

「米山さん、取り調べの方はどうでした」

質問する言葉が肩透かしで強面の面構えと違っていた。

「できたら取り調べの内容から教えてほしいんですが」

「それは刑事さんから止められていますから言えません」

「大麻を吸われた動機は？」

「仕事に行き詰まりを感じて精神的にも落ち込んでいましたのでつい友達に誘われるまま…」

そう言って俯いた。

「雰囲気に負けたというのか、つい手を出してしまいました」

「自分から仲間を誘って大麻を用意したという事実は」

「ありません」

これでは釈明会見にもなっていない。横島は業を煮やした。

「新宿の飲み屋で何度かお見かけしましたが、よく手にしていた紙巻きはマリファナじゃなかったんですか」

一歩前に出ての質問だった。米山の顔の筋肉が強張った。周囲の記者連中の視線が横島に集中した。

言葉を続けた。

「確かあの時、ゴロワーズだって言ってましたがそれは間違いなかったんですか」

「そうですよ。フランス製のゴロワーズ」

「ゴロワーズ独特の鼻を突く強い匂いとは少し違っていた気もしましたが」

「ゴロワーズに関しては私の方が詳しいと思うんだけど」

「そうでしたね。すみません…」

米山の緊張した顔が解《ほぐ》れた。

「じゃ今回の逮捕とは関係なかったんですか」

「去年、NHKの『紅白歌合戦』も落ちたものですから精神的に落ち込んでいたんです」

「ということは仕事の本数もかなり減ったと…」

話の筋道を本件から切り離した。

「歌手にとって『紅白』に出られないというのは大きいのよ。芸人は仕事で追われるようじゃないと余計なことを考えちゃうのよね」

「そこで、つい友人の誘いに乗ってマリファナに手が伸びたと…」

「勧められて魔がさしたというのかしら」

「こんなことがあると飛騨高山に住むお母さんも心配しているでしょう」

今度はお涙ちょうだいの方向に舵を切った。

「こんなことをしてしまって。母のことを言われると辛いんです」

米山が目頭を押さえ俯いた。誰も被せて質問するものがいない。

「皆さん、質問がないようでしたらこれで終わりにさせていただきます。今日はお忙しいところをありがとうございました」

マネージャーの言葉が会見の終わりを告げた。

記者たちが姿を消した。横島はマネージャーに名刺を渡した。

「先程は余計な話を持ち出してすみませんでした」

「『週刊太陽』さんですか」

そう言って名刺と横島の顔を交互に覗きこんだ。

「まさかあんたがこんなところにいるなんて」

米山が横島の前に立った。

「俺は週刊誌の記者だもの会見場に現れても当たり前でしょ」

「あんた記者だったのね。知らなかったわよ」

「飲み屋で自分の商売を口にする馬鹿もいないでしょ」

マネージャーは口を開いて聞いていた。

「とにかくあんたがいてくれたおかげで助かったわよ。警察のクラブに詰めている記者に何を聞かれるかドキドキしていたときに絶妙なタイミングで助け船を出してくれたんだもの」

「あれでよかったんでしょ」

「ありがとうございました」

マネージャーに頭を下げられた。

「逮捕されたことで禊は済んでいるんだから、聞かれたって余計なことに答える必要はないんだよ。俺が質問の流れを作ったんだけどよかったんだよね」

「大助かりよ」

そう言って両手を握られた。

「彼は新宿の遊び友達なの。記者だなんてことは知らなかったけど遊びと仕事のけじめができる男なのよね」

勝手に過大評価をしてくれた。

東京への帰路を長崎空港にするとマスコミと鉢合わせになる可能性がある。距離はあるがタクシーを飛ばして福岡空港から乗ってはどうか。これは横島の提案だった。東京まで二時間の飛行時間に米山の横に座った横島は係官の取り調べでの状況や逮捕された心境をたっぷりと取材することができた。

「独占告白！　大麻に手を出した私が悪かったのです」

翌週の『週刊太陽』に横島が書いた米山の肉声がスクープ記事として掲載された。

トップ屋は常に特ダネを求めて関係者筋の間を徘徊する。編集会議を終えた横島がネタ探しで集芸社を出ようとしたときだ。

「横島、ちょっと相談があるんだ、時間ないかなぁ」

背中で福泉に呼び止められた。福泉が向かった先は集芸社ビルから白山通りを挟んだ斜向かいにある喫茶店「さぼうる」だった。

店の地階は壁が煉瓦造りになっている。この店は六〇年代後半から七〇年代にかけて勃興した学園闘争や七〇年安保闘争に参加していた学生たちが作戦会議に使っていた店だ。その名残として煉瓦の壁に学生運動のセクト名や闘争のスローガンが白いペンキで殴り書かれている。福泉とテーブルを挟んで腰を下ろした横島はその落書を珍しそうに眺めていた。

「横島、俺の学生時代の仲間が東邦テレビでプロデューサーをしているんだ。そいつからの連絡で是非お前に会いたいと言ってきたんだ」

福岡から羽田空港に到着すると米山は事務所の迎えの車に乗った。それを見送ってから横島はタクシー乗り場に向かった。そのとき横島の前に走り寄った男が小さく頭を下げて名刺を出した。縁無しの眼鏡をかけた頬骨が細く口元の小さな男だった。

「佐世保で米山さんの記者会見に同席していたものです。あの席のあなたのインタビューぶりに共感を覚えたんです。失礼ながら名刺の交換をしていただけたらと思いまして」

その場で交換した名刺は確か東邦テレビの名前が刻まれていたが名前まで覚えてはいなかった。

「俺の大学の同期で備前靖男という男が東邦テレビのワイドショー『奥さま二時ですよ』の番組を持っているんだ。佐世保であった米山太郎の会見で問い詰めたり解したりと自在な質問を浴びせるお前を見て感心したと言ってるんだ」

タレントへの取材に慣れていない地元記者の真髄に迫らない遠慮がちな質問に痺れを切らした横島の質問に関してのことだった。

「テレビが扱う芸能物の記者会見は、番組ディレクターがマイクを持ってニュース番組のようなありきたりな質問をするだけ。テレビのワイドショーはニュース番組なんかじゃない。茶の間で観ている主婦層の立場に立って週刊誌的な下世話でもいいからもっと際どい質問をして視聴者を喜ばせる。要はこれまでの芸能記事の扱いに週刊誌的な娯楽の要素を大幅に取り入れたい。そこで芸能界の裏側まで精通している腕利きの週刊誌記者を番組で起用してみたい。そんな申し入れだったんだ」

　思いもしない話の展開だった。

「テレビのワイドショーはニュース番組じゃない。あくまでも野次馬のような週刊誌的な扱いにしたい。そこでお前に白羽の矢が立ったっていうわけなんだ」

「だったら芸能レポーターというわけですか」

「そういうことだな。これまで通りでフットワークを利かして幅広い情報収集を怠らなければ記者会見でも厳しい質問ができる。そこを期待してのオファーだよ」

　芸能記者は幅広いニュースソースを作ることが肝心だ。仕事を引き受けるにしろ断るにしろテレビ界の内部事情に精通している人間との面識ができれば鬼に金棒だ。

　横島はトップ屋の情報収集の一環としてこの話を聞いた。

「期待にこたえられるかどうかは分かりませんが、お会いするのはいいですよ」

「そうか、だったら至急先方に連絡を入れるから会ってやってよ」

　福泉は満足そうに頷いた。

　横島が備前と落ち合ったのは六本木交差点の角にある洋菓子喫茶店「アマンド」だ。梅雨にはまだ早いがパラパラと細い雨が落ちていた。日比谷線の六本木駅から地上に上がると、薬局の入る並びのビルに店はある。肩をすぼめて店に飛び込むと窓際に座った男が立ち上がった。縁なし眼鏡。羽田空港で名刺を受けた男に間違いない。

「あの時は失礼しました」

空港で突然名刺を出したことに対する詫びだった。

「佐世保の記者会見場では、あなたの質問を羨ましく眺めていました。うちのスタッフに会見の場でそれを求めてもタレントに対する予備知識がないものですから聞きたいことも聞けず、相手の言うがままを聞いているうちに終わってしまうんです」

福泉の言っていた通りの要望だった。

「テレビは視聴率によってスポンサーからの広告料金が決まるんです。それにはまず番組の充実が求められるんです」

窓の外は雨脚が強くなっていた。

「どこの局も一緒ですが、芸能ものの扱いは記者会見の映像を流しスタジオに詰めている評論家がタレントに忖度したまったく面白くもない感想を吐くだけ。タレントの言い分と評論家のヨイショだけのコメントで終始する番組なら相手の宣伝に利用されているようなもので、それじゃ面白味なんか出るはずもなし。視聴者が知りたいのはそんなことじゃなくて事の起こりの裏側なんですよ」

『週刊太陽』の編集部でよく聞く言葉を備前が吐いた。

週刊誌が独断場としている、張り込みのような動きのある映像を撮ってインタビューとリンクして使いたい。備前の頭の中はこれまでのワイドショーの既成の枠から脱却した娯楽性を前面に押し出す番組作りを考えていた。結婚も離婚も血なまぐさい事件も事の起こりの裏側には人間同士の葛藤の縮図が詰まっているはずだ。

その部分にフォーカスを当てることが当事者の人間性の本質に迫ることである。

備前はそんなことも言った。

福泉はN大の芸術学部写真学科卒と言っていた。

横島が『週刊太陽』とは嘱託契約であり、空き時間の使い方は自由であることも知っていた。

「『週刊太陽』さんとの仕事はこれまで通りに続けていただいてもかまいません。うちは月曜日から金曜日までの帯番組ですから週二、三回出演していただけると助かるんです」

週刊誌と並行して仕事を続けることの規制はないという。

「番組に登場する回数に関係なく週給で二十万円。これはうちの出演者に対する標準のギャラなんです。質問時にマイクを持っていただく取材現場での振る舞いはこれまでの雑誌の仕事と同じで構いません。奔放な質問を繰り出していただければいいんです」

取材時のハイヤーの使用も取材費も制限なし。年俸は年間五〇週働くとして約一千万円。

こんな好条件はどこを探してもあるものじゃない。

「ありがたいお言葉ですが少し考えさせていただけませんか」

横島は即答を避けた。まず福泉にことの推移を報告した。

「良かったじゃないか。活字媒体と映像媒体を併せ持つと強力な武器になる。フリーランスとしての賢明な生き方だと思うな」

自分の意図しない配置転換で新聞社を退職していた福泉は、自分の経験から横島にテレビの仕事を強く勧めた。

「僕はテレビのような表舞台に出るより雑誌の裏方として駆けずり回っている方が性に合っていると思うんですが」

誰もが両手を挙げて喜ぶ待遇を示されたというのに横島の顔は喜びを押さえた影のような曇りがあった。

「随分引っ込み思案なんだ。自分で掴んだチャンスなんだから大船に乗ったつもりで引き受ければいいじゃないか。何も心配することはないだろう」

「でも…。少し考えさせて下さい」

福泉は沈んだ顔色で背中を丸める横島を怪訝に思った。

その夜、横島は新宿三丁目の飲食街がひしめき合う通りを徘徊していた。顔見知りのいる店を避け何軒かの暖簾を潜った。

翌日、編集部に上がると現像した写真の入った袋を両手で持った福泉がドアを押して入って来た。

「どうだ、決心がついたか」

「え、ええ…」

「どうしたんだ、顔色が悪いぞ」

眉間に皺を寄せられた。

「ちょっと昨夜飲みすぎちゃいまして」

「お前も随分と決断力のない男なんだな」

あからさまに不愉快な顔をした。

「大丈夫です、引き受けることに決めました」

「そうか、そりゃあ良かった。備前が喜ぶぞ」

一転して目尻の皺が三本並んだ。

「備前さんにはこれから連絡を入れます」

「お前の活躍を楽しみにしているんだからな」

そう言って肩を叩かれた。横島は備前に連絡を入れた。

「仕事はお引き受けしたいんですが、田舎に住む両親との関係がありまして記者会見の映像ではあまり顔を出したくないんです」

「また、どうして？」

「大学受験を失敗した僕は、大学を諦める条件として真面目にサラリーマン生活を送っていることになっているんです」

「顔をテレビに露出してしまうと両親に嘘がばれるということなのかなぁ」

「そうなんです」

「じゃ、最近実家には帰っていないんだ」

「ええ、親父とうまくいってませんでして」

「そうなんだ。じゃ、極力顔を出さないアングルで撮るようにカメラには注意させるということなら大丈夫かな」

「そうしていただけるんでしたら助かります」

備前は横島の言い分を聞き入れてくれた。

デスクの神原には福泉から話が伝わっていた。

「うちとしてもネタ元の間口を広げることは大事だから、君が先方とうまく兼ね合いをつけてテレビで使うネタをうちのページにも反映してくれるんなら反対する理由がないよ」

掛け持ちでのレポーター転身に背中を押してくれた。


一九七六年の梅雨が明けた七月二十七日、元首相の田中角栄が「ロッキード社から五億円の賄賂を受け取った」とする容疑で逮捕された。横島が新しい分野に活躍の場を得たのは一カ月前のことだ。

横島の存在が注目されたのは、この二年前から休業宣言をしていた女優の澤山邦子がニーヨークで演劇評論家との間に作った子供を五月に極秘出産して帰国している。その情報を掴んだことだった。

横島は、世田谷区梅ヶ丘のマンションに住む澤山邦子の住民票を調べてみると七月下旬に大田区大森に住所を変えていた。

大田区役所で再び住民票を調べると、澤山と並んで五月二十五日に女の子の名前が入籍されていた。住居は国道十六号線の大森橋信号を大森諏訪神社方面に入った住宅街の一角だった。数寄屋造りの黒く塗られた木の塀に囲まれた高級な一軒家だった。極秘に出産した手前、マンションに住み続けるより一軒家の方が近所付き合いも避けられる。そう考えると引っ越しの理由も説明が付く。

片側二車線道路で道幅は広い。玄関から出てくればその姿を遮るものがない。澤山の住居のある道路の反対側に車を停めておけば気付かれすにすむ。カメラアングルはどの角度からも狙える。張り込みとしては申し分のない場所だ。

「戸籍上、彼女の出産は確認ずみだから、子供と一緒でなくとも彼女が家から出てきたところで本人に子供さんの出産事実を直撃する。そのシーンからの映像を使って本人が事実を認めたとなれば、それこそ劇場型のドキュメンタリーとして視聴者の反応を呼び起こすことは間違いなしだ。これが成功すれば番組の作り方を革命的に変えることができる」

備前は顔を赤らめて興奮していた。

番組ディレクターとカメラマンの三人でチームを組んだ。ハイヤーを使っての張り込みを開始した。

早朝から夕刻までの張り込みだ。行動を開始して四日目だった。

午後の三時を回っていた。数寄屋造りの門扉が動いた。半分ほど開かれると白いノースリーブと紺のフレアスカートの女性が姿を現した。小柄で腰のくびれに特徴のある体型は澤山に間違いなかった。強い日差しを遮るように丸みを帯びたブルーのタオルケットの包みを両手に抱いている。動いた右手は母親が赤ちゃんをあやす手つきそのものだ。横島はその動作を見て確信した。

西日が黒塀を照らしていた。澤山は誰かを待っているのか左右を見渡している。タクシーを呼んでいたのだ。グリーンの車体が停まった。運転手が窓を開いた。

深山と何事かを交わすと後ろのドアが開いた。澤山は乗り込んだ。

「カメラ回っているよね」

ディレクターがカメラマンに確認を取った。

「大丈夫です」

「あの様子だと遠出じゃないから、戻ったところで澤山に直撃した方がフィルムも長く回せるでしょ」

横島の咄嗟の判断にディレクターが首を縦に振った。

カメラのレンズが走り去るタクシーを追いかける。

様子からして知人宅か病院に向かったのではと読んだが、出てきたところで直撃しておいた方が良かったのか。横島の胸中は後悔とわくわく感が複雑に交差していた。澤山を乗せたタクシーが玄関の前に停まったのは六時を少し回っていた。日差しはまだ強かった。横島はどんな質問をすることがブラウン管の前の視聴者に喜ばれるか。その言葉を探しながら車を出るタイミングを計っていた。

「俺が先に行って話しかけるから遅れないできてくださいね」

そう言い置くと横島がハイヤーのドアを開けた。

「澤山さん、東邦テレビの者ですが。その赤ちゃんはニューヨークで出産なさったそうですね」

一気にそれだけ言った。マイクを澤山の前に突き出した。

「え、どなたですか…」

抱いている子供の顔を掌で隠して背中を向けた。

「東邦テレビの『奥さま二時ですよ』のものです」

「私に取材ですか…。困ります」

出演しているドラマでは歯切れのいいセリフが売りの澤山が消えるような声でそう言った。

「出産して三カ月。もう首は座ったんですか」

カメラが回る音に澤山が顔を向けた。

右手をレンズの前に出して撮影を止めようとする。

「おめでたいことですから隠すこともないんじゃないですか」

「でも、困るんです…」

「この赤ちゃんのお父さんは演劇評論家ですよね。結婚なさるんですか。それとも相手には家庭がありますから認知という形で育てるんですか」

間を置かない横島の質問がマイクに収録されている。

「そのことについては、まだ申し上げられません」

「札幌に住む両親には出産を報告してあるんですか」

「それは…まだです」

「女の赤ちゃんですよね」

小さく頷いた。

「可愛いでしょ」

「はい…」

そこまで話すと門扉を開けて逃げるように姿を消した。横島はそれ以上深追いすることをしなかった。

「出産も女の子であることも認めた。これだけ臨場感のあるフィルムが撮れたんだから番組はいかようにも編集できますね」

ディレクターが興奮した口調で閉ざされた門扉を見ていた。

局に戻った。横島の報告を備前は身を乗り出して聞いた。

「それは楽しみだ。番組編成に連絡入れてよ。マスコミに配布する明日のラテ欄の原稿を差し替えするから少しだけ待ってもらえないかって」

ディレクターに命令した。現場で澤山を収めたカメラのモニターを回させた。赤ちゃんを抱いてタクシーに乗り込む澤山の顔は頬にふっくらと肉がつき柔らかな笑みに母親としての充実感が溢れていた。

横島が直撃したシーンでは、澤山の驚いた顔が見事なアップで映っていた。録音されている横島と澤山の会話がちぐはぐで澤山の動揺ぶりがそれだけで十分に見て取れる。

両腕を組んで見入っていた備前が口にした言葉はこれだった。

「澤山邦子極秘出産。衝撃の告白を直撃」

備前がその文面を原稿用紙に書き込むと待機しているディレクターにそれを渡した。翌日の番組コンテを確認して横島は退散した。

横島はいつも通り番組の始まる二時間前にスタジオ入りした。

備前と司会の沖田健二が机を挟んで鳩首会談をしていた。

「横島さん、今日の番組に視聴者がどんな反応を示すのか楽しみですよね」

沖田健二の目が輝いていた。

「僕は記者会見のときと同様に、インタビュアーに徹していますから僕を扱う絵の方もお願いしますね」

備前は表に出たがらない横島の奥ゆかしさに微笑ましささえ感じていた。番組が始まった。

「司会の沖田健二です。今日も盛り沢山の楽しい話題を用意しています。皆様も良く知っている女優さんが異国の地で極秘に愛の結晶を出産していた。そんなめでたいニュースも用意していま す。放送終了までゆっくりと楽しみください」

澤山邦子の出産を報じるコーナーは、玄関から澤山が姿を見せた映像から始まり帰宅した澤山に横島が走り寄ってマイクを向けるシーンへと繋がっていた。

「女の赤ちゃんですよね…。可愛いでしょ」

横島の問いかけに、頷く澤山の困惑と嬉しさが入り混じった映像はこれ以上説明を要しない説得力を持っていた。

視聴率調査では『奥さま二時ですよ』が三四％と他局の同じ時間帯に放映されたワイドショーをぶっちぎりで抜いていた。

横島の存在が再び注目されたのは将棋界で「王将」の座まで上り詰めた既婚の棋士が女子大生を都内のマンションに囲って不倫を続けているという情報だった。

女子大生の同級生を取材した。出身地は太平洋戦争の敗戦で中国大陸から多くの引揚者が帰還した日本海に面した港町・舞鶴港のある街であることが分かった。舞鶴に飛んだ。父親は市議会議員をしていた。父親の存在を確認すると港の岸壁をカメラに収めて東京に戻った。事前取材で彼女の住むマンションと部屋番号も確認した。

次は張り込みだ。部屋のドアが開き女子大生がエレベーターに乗ったのを確認した。エレベーターを降りた。細面の顔で体にフィットしているブルージーンズと白いメッシュのノースリーブが彼女のスタイルを引き立てている。駅に向かって歩き出した。後ろから追いかけた。肩まである髪が風に舞う。両手で髪を掴むとゴムバンドで束ねた。ここで声をかけた。

「すいません、あなたが住んでいるマンションは棋士の神部先生名義のものですよね」

「え、どうしてですか」

「東邦テレビのものです。先生とお付き合いしているんでしょ」

「いえ、そんな事実ないですけど」

意外そうな表情で事実を真っ向から否定した。

「市議会議員のお父さんがこんな事実を知ったらどう思いますか」

舞鶴に取材で足を運んだことを伝えた。

「えっ、どうしてそんなことを」

「あなたは同級生の何人かをこのマンションに招待していますよね。部屋には彼の写真も飾ってあるでしょ」

車の中からカメラを回していたスタッフがドアを開けて彼女の前に走り寄った。カメラのレンズが自分に向かっていることを知った彼女は両手で顔を覆った。膝からその場に崩れた。

「困ります。こんなことが表沙汰になったら私、学校にも行けなくなってしまいます」

ノースリーブの肩が震えている。

「相手の棋士は政府の教育機関の委員を務めていますよね。僕たちはそれを問題にしようと思っているんです。事実を証言していただけるんでしたら、あなたの名前が分からないように編集もできます。田舎の両親にも内緒にしておきます」

震える肩が止まった。彼女が横島の顔を見た。

「あなたと先生の事実だけを話していただけるんでしたら私が今言ったことは約束します。協力していただけませんか」

両親の存在を調べたことが彼女を観念させたのは間違いなしだ。

番組協力への約束を取りつけることができた。彼女の証言を材料に棋士への直撃インタビューをした。横島の活躍がそのまま番組の視聴率を押し上げた。備前の思惑が見事に当たった。

テレビ局は、主婦族に視聴率の高い昼のゴールデンタイムに力を入れている。東日本テレビは『奥さまワイドショー』があり、三時からは『酒井恒夫うわさのスタジオ』。ＴＫＳテレビは『3時に会いましょう』。関東テレビは『奥さまのワイドショー』で東邦テレビが『奥さま二時ですよ』だ。

スタジオ中心の番組制作からの脱却を狙った東邦テレビが横島を起用して劇場型の番組制作を始めた。その成功を見た各局が右向け右で芸能レポーター起用に方向転換をしていた。

各テレビ局がレポーターとして狙った人材は横島の活躍からヒントを得て芸能雑誌の一線で活躍する芸能記者だった。後に茶の間の人気者となった芸能レポーター梨山勘治は光山社が発行する『ギャングレディー』の記者だ。

ＴＫＳテレビの前本清二は昌現社発行の『女性現在』のトップ屋からの転身で東日本テレビで活躍する石里敏和は平坦社発行『女性エイト』の嘱託記者からの転身だった。石里敏和はテレビからスカウトされたとき提示された条件をこう語っている。

「東日本さんからレポーターの話が来たとき、週刊誌で得ている給料を言ったところその倍のギャラを出すと言われたんで転職には躊躇することはなかったですね」

電波媒体のギャラは紙媒体の原稿料をはるかに凌いでいる。

「芸能記事をニュースとして扱うんじゃなく、芸人を餌にしたショーとして料理すれば茶の間の主婦族には受けるはずだ」

備前の深読みがワイドショーの在り方を根本的に変えていた。

時間を冒頭に戻す。

ポジの選定作業を終えた福泉が、ネガの選定を終え現像室から戻ると時計の針が六時を回っていた。待ち構えていたように備前からの電話が鳴った。

「ごめんごめん、さっきは手が外せなくて。ようやく仕事が一段落したところなんだ。番組を見たよ。横島の活躍凄いじゃん。今日も視聴率は他局を圧倒してぶっちぎりだっただろ」

福泉は落ち合う飲み屋の場所を考えながら答えた。

「横島って彼の本名なのかなぁ」

備前の声は見当違いの事を言った。

「えっ、突然どうして？」

「甲斐義男《かいよしお》って名前聞いたことがない」

「そんなのないよ」

「実は、今日の番組を見ていたと言う視聴者から電話が入って横島譲二ってレポーターの名前は本名ですかって問い合わせがあったものだから…」

「横島の本名が甲斐義男じゃないですかって言うわけ」

「そうなんだ」

備前の依頼で横島を紹介したのは福泉だ。

「俺が彼と知り合ったのはかれこれ七年以上前になるのかな。喫茶店のボーイをしていた彼に張り込み要員として運転手を頼んだのがきっかけで仕事を組んでするようになったんだけど」

「彼はサテン（喫茶店）のボーイをしていたの」

まさかという響きだった。横島をスカウトした経緯を話した。

「一緒の張り込みをしているときに彼の田舎の話が出たけど。俺と同じ山梨だったんだ」

「それは俺も聞いたことがあるよ。勝沼のブドウ生産農家で両親がワイナリーを経営していて家業は弟が継いでいると」

「その通りだ。で、どうしたんだ。横島は名前を変えたり隠したりする必要はないんじゃないの。役者や作家ならそれも考えられるけど」

「電話を掛けてきた男が言うには、横島の本名は甲斐義男で高校を卒業して浪人しているときに田舎でワルを働いて警察に追われている身だって言うんだ」

「ワルってどんな」

「同級生の女の子を仲間に混じって悪戯しているって言うんだ」

「強姦か？」

「そこまでは言わなかったけど」

「それって信憑性があるの」

「電話の主は娘が被害を受けた当事者だと言って憤慨していたよ。まさかおたくは警察から逃げ回っている男と知ってレポーターに使っているわけはないでしょうけど。そう言うんだ」

公共のテレビ番組で犯罪者をレポーターとして起用している。

こんなことが表沙汰になれば局の信用問題として番組幹部の責任問題だけでは終わりそうもない。

「突然の話で事情が飲み込めないんだ。順を追って聞かせてよ」

花見を兼ねての酒盛を予定に盛り込んでいたが想定外の展開だ。

「甲府市の郊外にあるF市で生まれ育った横島の父親は、近所の中学校で用務員として働いていたそうなんだ。大学受験失敗した横島は甲府市内にある予備校に通っていたが、現地の暴走族とつるんで遊んでいる最中にバイクに乗せた女の子を暗闇に連れ込んで悪戯したというんだ。九年前の出来事で暴走族のメンバーは補導されたが横島だけは姿を消したまま。父親は職場を追われるように退職し甲斐家は夜逃げ当然で姿を消してしまった。そう言われたんだ」

苦渋を噛み殺した声になっていた。

「丸縁の眼鏡と長髪が人相を変えているため地元でも甲斐とは分からなかったけど、澤山と向かい合って取材をしていたこの日の番組を見ていた高校時代の同級生が甲斐義男に間違いないと言いだして騒ぎになっていると言うんだ」

「だったら横島に確認してみればいいんじゃないの」

それ以上は言えなかった。

「そうだろ。ところが自宅に電話入れたんだけど誰も出ないんだ。彼は結婚していないよな」

「聞いたことはないな。独身だと思うよ。まだ帰ってはいないだろうから遅い時間になれば捕まるさ。連絡がついたら教えてよ」

それだけ言って受話器を置いた。福泉は再び受話器を取ると横島の自宅の電話番号をダイヤルした。何回かけても呼び出し音が響くだけで応答はない。

千鳥ヶ淵に建つ九段会館のレストランは桜が満開になる時期にはなかなか予約が取れない。天気予報は関東の桜の開花は二、三日後になるはずだと伝えていた。だったらまだレストランに空きの席があるだろう。そんな計算をしながら九段下に向かった。

案の定レストランは客がまばらだった。生ビールを注文して腰を下ろした。備前の電話が頭から離れなかった。

そう言えば思い当たる節が浮かんだ。備前からのレポーターの話を振ったとき両手を挙げて喜ぶはずと確信していたが横島は躊躇するように首をなかなか縦に振らなかった。視聴者からの電話が本当なら横島の示した反応が頷ける。

立ち上がってレストランの入り口に置かれた公衆電話から再度横島宅にダイヤルした。呼び出し音が鳴り響くだけだった。九段下交差点を飯田橋に向かった左側にホテル・ランドパレスがある。一階のレストランの並びにあるのは「ロイヤルバー」だ。

この店は一枚板の厚くて長いカウンターが人気で、福泉がよく使う店だ。写真部に連絡を入れ自分の居場所を伝えた。直木賞受賞作家の見覚えのある顔が編集者らしき男とカウンターの中央の止まり木に並んでグラスを傾けていた。福泉は二つ空けて腰を下ろした。

カティサークのオンザロックを注文した。二杯目に口をつけたところでカウンターの脇にある電話が鳴った。

ボーイが受話器を取った。

「福泉さん、備前さんとおっしゃる方から電話ですよ」

背中に冷たいものを感じながら止まり木から腰を外した。

「彼のところに電話を入れてようやく連絡がついたよ」

「そう、で、どうだった」

「昼間の視聴者からの電話の件を伝えたんだ。それから真偽を確かめようとしたところ突然電話が切れちゃって…」

しばらく無言が続いた。

「おまえ、横島のことは、どう思う?」

「どう思うって、紹介したのは俺だからこれから横島の家に行ってみるよ」

「俺も一緒に行くよ」

「嘘か本当かはともかく、俺が一人で行った方が奴も安心すると思うから取り敢えず俺が行ってみるよ」

京王線の多摩プラザに住む福泉は、京王線の八幡山駅近くに住む横島を何度かタクシーで落としたことがある。八幡山の環八通りに面した瀟洒なマンションだ。『週刊太陽』で記者稼業をはじめて半年ほどしたときのことだ。コンビを組んで仕事を続けるうちに東京の兄貴のように慕われるようになっていた。

「アパート暮らしだと、朝晩不規則な生活で隣近所に迷惑がかかるんで周囲に気兼ねしないですむマンションに越そうと思いまして」

横島が嬉しそうな顔をして福泉の前にマンションの賃貸契約書を広げた。

「不動産屋の紹介でここに決めたんです。駅から近いし新宿に出るのに電車で一本なんでぼくにはぴったりなんです」

そう言って入居に際して保証人を依頼された。

何度か横島を下ろしたことのある場所でタクシーを降りた。入口のドアの内側に並ぶ郵便受けで横島の名前を探した。四階の七号室に当たるボックスに横島の名前が付いていた。四階までエレベーターで上がった。部屋のドアの前に立った。咄嗟に確認した。ドアと天井との間に備え付けられている電気の計電計がかなりの速さで回っていた。横島が部屋にいる証拠だ。

「横島君、福泉だ。いるんだろ、開けてくれないかな」

名前を呼びながら呼び鈴を押してみた。室内からは何の物音も聞こえない。

「横島君、いるんなら返事をしてよ」

この時間のマンションの通路は静まり返って物音一つしない。聞こえてくるのは環八通りを走る大型トラックの騒音だけだ。

何回か呼び掛けていると隣の部屋のドアが開いた。化粧気のない髪をもやもやにした女が顔を見せた。

「すみません、子供が寝ているものですから。横島さんは少し前に外出する音が聞こえましたけど」

それだけ言うときつい音をたててドアが閉まった。

これ以上迷惑をかけるわけにはいかない。エレベーターで一階に降りるとその旨を備前に知らせた。

「そうだろ、怪しいよな。俺は電話を掛けてきた人間の連絡先を聞いているから局内で騒ぎにならないうちに詳しい事情を聞きに山梨まで行ってくるよ」

「何か分かったらすぐに連絡をくれよな」

電話を切った。翌日の夕刻だった。

「今、甲府から特急『あずさ』の新宿行きに乗るところなんだ」

備前からの電話だった。

「電話をかけてきた主に会って横島の高校の卒業写真を見せてもらったんだ。横島が甲斐義男であることは間違いなかったよ」

「やっぱりそうか」

「間違いない」

ホームに響く列車の発着のアナウンスが受話器を通じて聞こえてきた。備前が訪ねた電話の主の説明はこうだった。

「娘が被害を受けたのは警察の捜査で甲斐と四人の同級生だったんです。事件を知った後、私が悔しさまぎれで警察に被害届を出したんですが、調べてみると私も知っている近所の子供たちでみんな将来のある身ですから村長さんからの談判もあってやむなく示談で済ませたんです」

葡萄の生産農家で剪定された葡萄棚が目の前に広がる母屋の縁側に腰を掛けての面談だった。

「私の胸の中には娘の不憫が澱のように沈んでいたんですが、十年ひと昔で近所ではこの事件が忘れられているんです。娘の縁談が決まってひと安心しているところにこんな騒動が持ち上がったものですから私ら家族は大慌てなんです。私にしてみれば横島レポーターが甲斐義男であってもなくてもいいんです。余計な騒ぎで娘の受けた事件を蒸し返されたくない。それだけなんです」

急須を持って湯呑茶碗にお茶を注いでいた母親が拝むような目つきで備前に頭を下げた。

父親の言葉はこうだった。

「勝手なお願いですが、私どもはこうしていただけるようなら助かるんです。私から問い合わせをうけたテレビ局の方が横島レポーターをうちに連れてきてくれた。挨拶を受けてみるとまったくの別人で人違いだった。そう言って騒ぎを収めたいんです。もしテレビ局にこらの警察から問い合わせがあった場合にもそうした対応を取ってほしいんです」

騒ぎが蒸し返されると娘さんの縁談にも支障をきたす。父親の心配は至極当然のことだ。

「騒ぎを収めたいんで横島の起用を中止にしてください」

重ねて要望された。

備前の報告を聞いていた福泉が言葉を挟んだ。

「今日も行ってみたけど横島はマンションを出て帰ってはいないよ。電気のメーター計は昨晩と同じ速さで回っていたけど…」

「隠していたとんでもない素性がばれちゃったんだから、おめおめと人前には出て来られないだろう。それより横島と知り合ったのが新宿のサテンだと言っていたけど、雑誌社ってのはそんな得体の知れない輩でも記者として雇い入れているの」

そう言われると福泉は返す言葉がなかった。

「とにかく商売になるネタが欲しいからそうなっちゃうんだよね」

「雑誌社は商売になるんならたとえヤクザでも雇い入れるんだ」

「そんな意地の悪い言い方をするなよ。お前のとこだって横島のおかげでかなりの数字は取れたんだろ」

「そう言われると…。お互いがあいこってことか」

「あいつは、また逃亡生活に逆戻りすることになるんだな」

「事件を起こしたとき、潔く詫びていればこんなことにもならなかったのになぁ。要するにあいつは根がずる賢いんだよ。うちとしたらこのまま姿を現さないで消えてくれたら都合がいいんだけど」

テレビ局の事なかれ主義がそのまま備前の口から出た。

かれこれ三〇分もの長電話になっていた。

「一本乗り過ごしちゃったから次の列車に乗るよ」

そう言って電話が切れた。


福泉は神原にも同じことを報告した。

それ以来、横島が『奥さま二時ですよ』に顔を出すことは二度となかった。

横島が住むマンションを管理している不動産会社から、福泉に連絡が入ったのはそれから三カ月後のことだった。

「横島さんのところの家賃が二か月分滞納しているんです。それもですが、このところ当人の姿が見えないって管理人が言うものですから、保証人になっている福泉さんと一緒に部屋を見ていただけないものかと思いまして」

管理会社が入居時の保証人に連絡を取るのは当たり前だ。

良からぬ胸騒ぎを感じながら福泉は八幡山に向かった。額の禿げ上がった初老の男とネクタイを結んだ不動産会社の人間が部屋の前に立っていた。

「テレビに出演している有名人なのに、桜の季節から急に姿が見えないのでおかしいと思って管理会社に連絡を入れたんですよ」

申し訳なさそうな口調で言ったのが管理人だった。

「どうしちゃったのかなぁ」

そんなことを言いながら合い鍵を差し込んでガチャリと回した。電気のメーター計はほんのかすかに緩く回っている。

玄関には三足の革靴と穿き古した黒いバスケットシューズが脱ぎ捨てられていた。廊下の突き当たりが十畳のリビングでテーブルセットが置かれ右側に同じ広さの部屋がありベッドが置かれていた。

白木のテーブルの上に原稿用紙が置かれ太字のボールペンで書かれた文字が並んでいた。原稿用紙は下の部分に『週刊太陽』のネームが入ったものだった。

「お騒がせしてしまってすいません。備前さんが電話で言われたことは本当です。浪人時代に仲間と起こしてしまった悪戯のつもりの失敗が表沙汰になってしまい怖くて逃げ出してしまいました。福泉さんと備前さんには申し訳なさ過ぎて合わせる顔がありません。僕がテレビレポーターなどという大それたことを引き受けなければこんなことになることもなかったのにと悔やまれます。あの時の僕は迷いました。辞退しようとも考えました。僕がこのまま姿を消すことで皆様の迷惑が免れるようでしたら幸いです。二度と皆様の前に姿を現すことはございません。皆様にはこれまで本当にお世話になりました。　横島穣二」

管理人にとって芸能レポーターは有名人なんだろう。共有する秘密事を覗き込むような顔で首を伸ばして文面を一緒に読んだ。

「あの横島さんが何か悪いことでもしたんですか」

腑に落ちないという顔で訊いてきた。

「いえ、たいしたことじゃないんです…」

福泉は平静を装った。滞納している家賃の支払いを不動産会社に約束して退散した。

それから半年が経っていた。十月の半ばになると富士山頂には新雪が積もる。富士山の裾野を周回するように富士吉田市から静岡県の富士宮市に繋がる国道一三九号線が走っている。その途中の鳴沢村と上九一色村に隣接する富士山麓に青木ガ原と呼ばれている樹海がある。

この時期になると地元民は茸取りでこぞって樹海に入る。松茸をはじめ二十種類以上の茸が収穫できる茸の宝庫だ。

様々な雑木で覆われている樹海は、富士山の噴火で流失した大小の溶岩に覆われ複雑怪奇な地形から発する磁気が複雑に入り乱れ磁石の針が正しく作動しないため足を踏み入れると方向感覚を失い地元民さえも樹海の奥深くに迷い込んでしまう。

富士山頂から麓に広がるこの樹海を眺めると、南米アマゾンのジャングルを思わせる黒味を帯びた深い緑が不気味な景色を作り出している。テレビドラマ化された松本清張の『波の塔』は東京地検の新米検事と人妻がこの樹海に迷い込み自殺を遂げるという設定で使われた。それ以来、樹海は自殺の名所として知られることになり全国から自殺志願者が集まるようになった。困ったのは秋を待って茸取りに入る地元民だ。

「太い蔦が木に絡みついているのかと思って近づいて見ると首を括った遺体で腐った目が俺を睨んでいたんだ」

「男女と思われる白骨化した二つの遺体が溶岩の間に絡みつくように重なっていたんだ。あんな気味の悪い物を見ちゃうと飯が喉を通らなくなっちゃうよ」

こんな具合で腐乱した自殺遺体と頻繁に遭遇することになった。

所轄の警察署が、付近の消防団員の協力を得て定期的に自殺者の捜索に乗り出すようになったのはこうした地元民の苦情を聞き入れてからだ。

「お宅の番組に出演していた、テレビレポーターの物と思われるバッグが樹海を捜索中に見つかったんです。ご本人と確認を取ることができますでしょうか」

電話の問い合わせ先は富士吉田署員からのものだった。

岩場の陰に置かれた紺のハンティングワールドのショルダー・バッグから「東邦テレビ・レポー

ター横島穣二」と書かれた名刺と財布が出てきたと報告された。

「春先に、個人的な事情でうちの仕事は辞めていますので本人とは連絡の取りようがありません」

電話に出た備前がそう答えた。

「見つかったのはバッグだけですか」

今度は備前が尋ねた。返って来た言葉はこうだった。

「近辺には本人らしき遺体は見つかっていません。単なる落し物の可能性もあると思いまして」

それ以上のやり取りはなかった。受話器を置いた備前はこの電話を福泉に知らせることをしなかった。余計な詮索をし合いたくなかったからだ。各局とも主婦向けのワイドショー番組にこぞって芸能レポーターを起用していた。レポーター抜きの番組作りでは視聴率争いから大きく後れを取ってしまう。東邦テレビは横島の後釜に新たなレポーターとしてサンニチ新聞文化社会部の記者・栗田久雄をスカウトして起用していた。福泉は梨山勘治や前本清二が情報番組でマイクを握っている姿を見るたびに横島の顔を思い出している。

「お前、どこで何しているんだよ。たまには連絡のひとつもよこせよ」

もちろんこれは独り言だ。

あの人は今

古書店が並ぶ神田神保町の靖国通り。十月の最終金曜日から十日間の日程で毎年恒例の「神田・古本まつり」がこの周辺に集まる古書店の協力を得て開催される。

祭りが始まると多くの書店が大型の本箱を歩道の両側に並べるため道幅が狭くなって歩きにくい。掘り出し物を求めて書籍に気を取られていると前を行く歩行者の足を踏んでしまう恐れがあるから要注意だ。

国電お茶ノ水駅に通じる通りの駿河台上に建つ明治大学の校舎の屋上に西日が沈みはじめていた。神保町交差点から九段下に向かう靖国通りの左側の歩道を五十メートルほど歩くとボックス型の赤いポストが設置されている。郵便局の制服である紺色の菜っ葉服を着た男が自転車から降りた。荷台に積まれている籠にK郵便局と書かれたプレートが付いている。

男はズボンのポケットから先端が二股に分かれた鍵を取り出すとポストの横にある鍵穴に差し込んだ。扉を開けると網袋の中に葉書や紙袋の荷物が満杯の状態で入っていた。

「こんなにまとまった荷物があるんなら、投函なんかしないで局の受付に直接持っていけばいいものを。重たくてしょうがねえや」

面倒くさそうに網袋を持ち上げると荷台の籠に郵便物を移し替えた。淡路町交差点の先にあるＫ郵便局はこの界隈に十か所ほどのポストを設置してある。集配は朝、昼、晩と日に三回だ。男はこの日最後の集配に回っているところだった。

男は通行人とぶつからないよう慎重にハンドルを握るとゆっくりした足取りで歩きだした。岩波ブックセンターの前を通りかかったときだ。店から出てきた男の膝が自転車の前輪に勢いよくぶつかった。集配物を積んだ自転車はバランスを失いガチャ〜ンと音をたてて倒れた。ドサッと音をたて荷台の郵便物が歩道に散らばった。

「なんだよ、急に。ちゃんと前を見て歩けよ」

郵便局員が自転車にぶつかった男に怒鳴りつけた。

「ふざけるな、こんなに混み合っているところに自転車を乗り入れるほうが危ないじゃねえか、馬鹿野郎ッ」

光沢のある黒のジャケットにグレーの細めのスラックス姿が偉丈夫《いじょうぶ》に郵便局員の前に立ちはだかった。四角く顎の張った男だ。

古本市で買ったものだろう、右手に本の入ったビニール袋を下げている。

「俺は仕事で荷物を運んでいるんだ。文句を言われる筋合いがどこにあるッ」

郵便局員も負けてはいない。倒れた自転車を起こしながら男に怒鳴り返した。幾分太り気味で膨らんだ鼻の郵便局員は太い眼鏡のフレームが表情を隠しているが口元を歪めている。路上に散らばる郵便物を避けながら通行人は睨みあう二人を横目に通り過ぎる。

郵便局員がしゃがんで散らばった郵便物を集めはじめた。

「郵便屋さんだったのかぁ。ちょっと言いすぎちゃったみたいで…」

男が右手で頭を掻きながら頭を下げた。その一言で空気が和んだ。

「俺も注意しながら自転車を引っ張っていたつもりだけど、古本まつりのこの時期は込み合うからねぇ」

その言葉に呼応するように男もしゃがんで手伝った。街路樹のすずかけの木の葉が風に吹かれて揺れながら足元に落ちた。荷物を籠の中に戻し終えると二人は小さく会釈を交わした。

「あれ、大神田《おおかんだ》ちゃんじゃない」

菜っ葉服が素っ頓狂な声を出した。

「えっ、俺のことを知っているんですか」

「『週刊太陽』の大神田ちゃんじゃ…ない」

「そうですけど」

「俺だよ、昔、西丘小百合のマネージャーをしていた森橋《もりはし》だよ」

「西丘小百合をやっていた森橋さん…」

両目を広げて確認する目つきになった。

「あっ、本当だ。森橋ちゃんだ」

森橋が口にした『週刊太陽』はここから歩いて三分ほどのところにある総合出版社・集芸社が発行している芸能週刊誌で大神田明彦はこの雑誌の芸能記者だ。

「森橋ちゃん、いつからこの仕事を…」

自転車の荷台を見ながら言った。

「もうかれこれ十年になるかなぁ」

「十年…」

それを聞いた大神田はわずかに光を残す西の空に視線を泳がせた。

「相変わらずいいなりしてるじゃん。トップ屋稼業（芸能記者）は順調なんだ」

その言葉が大神田の腸に重く響いたようだ。

「久し振りだからさ、飯でもどう」

大神田にしてみればこれが精一杯の場繕いの言葉だった。

「仕事は六時までなんだ。その後ならいいけど」

互いの立ち位置の違いが微妙に生じていた。

「じゃ、この一筋奥にある寿司屋はどうかな」

そう言って一ツ橋方向に向かって延びている路地を指さした。

「寿司屋…。ああ、以前に何回か行ったことのある大政とかいう店」

「そうそう大政寿司だよ、覚えている」

「覚えているよ。あそこは良い店だよね。俺、最近はカウンターの寿司なんてつまんだことがないから嬉しいよ。それにしても大神田ちゃんは相変わらず羽振りが良いんだ」

「待ってよ。もうこれ以上俺を虐めないでよ」

「虐めるって、俺が…」

そう言って右手の人差指で自分の顔を指した。

「そうだよ。この場で土下座をしろと言えばするからさ。あのときのことはどうか勘弁してくれないかなぁ」

両手を膝に付けて深々と頭を下げた。

「昔のことはもういいよ。お互いに立場というものがあったんだから、しょうがないよ」

「嘘じゃないよ。俺はあの記事を書いた直後に事務所が森橋ちゃんに取った処遇を知ってとんでもないことをしてしまったんだと後悔したけど後の祭りだった。謝まっても許されることじゃないとは分かっていたけどどうしようもなくて」

下げた頭をあげながら詫びの言葉を続けた。

「ま、確かにあのときは参ったけどそれは大神田ちゃんのせいだけじゃないんだから」

「そう言ってもらえると気も晴れるんだけど…。ごめん謝る」

「美味い寿司でも御馳走しくれるんならもうそれでいいよ」

釣瓶落としのこの時期は夕暮時が早い。靖国通りを走る車がライトを点灯はじめていた。二時間後に会う約束をして別れた。

沖縄のハイスクールに通う十六歳の西丘小百合がBBCサニーから『十七歳』で歌手デビューしたのは七一年の六月だ。

戦後二十七年続いた米軍の支配下から沖縄が日本に返還されたのは一九七二年五月十五日だった。

第二次世界大戦でミッドウェイ海戦、フィリピン、グアム、サイパン島と激戦の末、アメリカ軍に追い詰められた日本軍は本土決戦に備え最終防衛拠点として玉砕を覚悟でアメリカ軍を迎え撃ったのが沖縄だ。激しい地上戦で地形が変わるほどの大量の爆弾を投下され、一〇万人近い民間人の被害者を出して米軍の占領下に置かれた。

「本土並み復帰」をうたい文句にようやく新生沖縄がスタートしたが防衛施設庁は米軍の用地確保のため用地暫定使用法を発動した。

これは二千人近くに及ぶ反戦地主の土地を強制使用し米軍に対しての基地の強化を約束したもので、中身は地元民に対する補助金体質の進行と本土資本の支配を強めるだけだった。西丘小百合の歌手デビューはそんな沖縄返還の動きに連動した結果の産物だった。

アメリカの統治下におかれていた沖縄は本土に渡るのに外国人扱いのパスポートを必要としていた。郵便物も然りで形式的とはいえ税関での検閲が必要とされていたことから郵送する荷物の到着が遅れ日時が読めないという不便さがあった。

沖縄のラジオ局・那覇放送の音楽担当ディレクター島袋勘治は東京・赤坂の一ツ木通りにある芸能プロダクション「カミングアウト」の川崎雄太社長の元に電話を入れた。一年前、島袋は川崎の依頼で演歌歌手・村田秀朗の新曲キャンペーンで一役買い自分の持つ番組に出演させて以来の付き合いだった。

「東京で発売されるレコードが沖縄に入って来るには二週間以上の遅れがあるんです。本土と同じタイミングで新曲を使いたいんですがなかなかそれができなくて。そのあたりの相談に乗っていただけると助かるんですが」

沖縄復帰を一年後に控えた本土では旅行業者や不動産業者が沖縄復帰を見据え虎視眈々と沖縄進出を狙っていた。復帰ともなれば必ず沖縄ブームが来る。そうなればどんな商売をやっても儲かるはず。

そんな皮算用をしている大手資本の動きだった。

「新曲の音源を確実な方法で迅速に税関を通すには、レコード会社に掛けあってマスターテープを提供していただくほうがいいのか、プレスしたレコード盤で協力をいただく方が近道なのか。そのあたりの相談に乗ってほしいんです」

音楽市場としての沖縄に興味を持っていた川崎は、新曲キャンペーンでお世話になった恩義もあり島袋のこの相談を引き受けた。

それには心当たりがあったからだ。レコード会社は新曲を発売する場合は発売の二、三週間前にマスコミや電波媒体への宣伝用として見本盤を制作する。その見本盤が手に入りさえすれば島袋に航空便で郵送できる。これが可能になれば島袋の希望とする本土並みの速さでリスナーの耳に届けられるはず。

川崎は早速、何社かの付き合いのあるレコード会社に顔を出した。

「川崎さん直々に頭を下げられたら断ることもできないでしょう」

大手と言われている東鳩レコードもコスモレコードも疑うことなく見本盤の協力を確約してくれた。川崎はそんな言質を胸に仕舞うと翌日には沖縄に向かった。羽田空港を離陸した沖縄行きの飛行機が駿河湾沖に差しかかると右手に聳える富士山頂には七合目付近まで新雪が積もって冬の到来を告げていた。

川崎が降り立った十月下旬の沖縄は照りつける太陽が強烈で、川崎は本土との気候の違いに戸惑った。那覇空港の職員も乗客も長袖姿は見当たらない。髪をオールバックに決め小柄ながら腹の出たお腹をグレーのダブルのジャケットで隠している川崎は流れる額の汗をハンカチで拭いながら秋物のジャケットを脱いで税関を通り抜けた。

島袋が直立不動で立っていた。

「僕のお願いした件なのに、川崎さん直々にお越しいただくなんて恐縮してしまいますよ」

「これからは沖縄も本土の垣根がなく行き来できるようになるわけですから、何かと協力関係ができたらと思ってお伺いしたんですよ」

「そう言っていただけるようでしたら光栄です」

半袖のアロハシャツを着た島袋に迎えられて車に乗った。

那覇市内に向かって走る車の上空を金属音を響かせて垂直尾翼に星条旗のマークを付けた戦闘機が空気を切り裂くように東シナ海の方向に向けて飛び去って行く。

「本土に復帰するっていったって、沖縄の住民は戦争下のように毎日騒音に悩まされるんですよ」

島袋は飛び去る機影を追いかけながら沖縄の現状を口にした。

本土復帰とはいえ基地は撤去されるどころかそれまで以上の強化の動きが続いていた。島袋の愚痴はそのまま島民の気持ちを伝えているようだった。国際通りに面した水色のビルの三階に那覇放送のオフィスはあった。ラジオとテレビが共同で使っている建物だ。

会議室に通された川崎は脱いだジャケットを隣の椅子の背凭れに置くと切り出した。

「相談を受けた件ですが、要は発売される商品を東京のレコード店並みのタイミングで手に入れたいということですよね」

「そうなんです。それが可能になると本土並みの番組が作れるんでそこを相談に乗っていただけないかと」

川崎は自信たっぷりに胸を張った。

「レコード会社の大手五社が制作する発売前の見本盤を手配しますよ。見本盤はプロモーション用に作るものですから、番組に使う範囲では売り買いするわけではないですので、問題ないんでその線で話をまとめますから」

「本当ですか、それをしていただけるんでしたら助かります」

「毎月プレスされる見本盤レコードを手配して空輸で送ればいいんでしょ」

その言葉を聞いた島袋は両手をテーブルにつき深々と頭を下げた。

「それはありがたいです」

「これなら沖縄と本土とのタイムラグは生じないでしょ。力になれることは協力させていただきますよ」

「そうですか。それをしていただけるんでしたらリスナーからの反応が楽しみですよ」

川崎が指に挟んだ煙草にポケットから出したジッポのライターで火を点けると再び頭を下げた。

「お礼はどのような形でしたらよろしいですか」

平身低頭の島袋の言葉が終わらないうちに川崎が口を開いた。

「金銭云々ではなく、本土で通用すると思えるスター性のある子がいたら紹介していただきたいんですよ。本土復帰に合わせて沖縄からのスターを輩出したいんです。それに協力いただけるようでしたらお礼なんて水臭いことは止めにしましょうよ」

「沖縄からスターを。そんな話をいただけるんでしたら僕の方からお願いしたいくらいですよ」

島袋は二つ返事で引き受けると答えた。

運ばれた珈琲はまだカップに温かさが残っていた。最終便のチケットを持つ川崎には時間は十分に残っていた。残りのコーヒーを飲み干すと腰を上げた。

「番組の制作現場を見せていただけますか」

「大したスタジオではないんですが」

会議室を出ると番組制作の収録ブースが並ぶ廊下に出た。ブースの入口のドアの上に付く赤い電灯。これが点灯しているときは番組収録中を伝えるものだ。

二人は並んで廊下を歩いた。右手の手前のブースを覗くと番組が終わったようだった。マイクの前に座る長髪のほりの深い島顔の男が窓の外に立つ島袋を見ると立ち上がって挨拶をした。隣に座っていた女の子も同時に頭を下げた。白いパイナップルの絵柄の入ったTシャツに赤いミニスカートの女の子に川崎は目を奪われた。東京は冬支度が始まるというのに真っ黒に日焼した顔と背中まで伸びる黒髪。目元の涼しげな瞳。何もかもが強烈な存在感を発揮していた。

「あの子は局の職員ですか」

川崎が島袋に聞いた。

「いえいえ、高校生でバイトとして番組進行係をお願いしている大嶺小百合という子ですよ」

「バイトですか」そう言ってひと呼吸置いた。「彼女の持つ雰囲気は何もかもがタレントとして資質を備えていますよね」

「そうですか。大嶺のお父さんは米軍・嘉手納基地で軍属として働くアメリカ人の建築技師でお母さんは沖縄女性ですよ。二人姉妹で長女の彼女は十六歳。彼女の将来の夢は国際弁護士になることだって言っていますよ」

川崎が興味を惹かれたのは、日本人離れしたエキゾティックな顔立ちもだが弁護士志望という勉学心旺盛な人間性だった。

「どういった経緯でここのバイトをはじめられたんですか」

「彼女が自分で作った曲を録音したテープを持ち込んだんです。曲は素人の域を抜けてはいないんですが、人柄が素直そうだったものですから番組のアシスタントとしてお願いしているんです」

川崎の執拗に強烈な視線を感じたのか彼女は俯いてしまった。

「彼女なら本土に出さえすれば歌手が駄目でもモデルや女優としても通用しますね。マイクの前での仕事に慣れているということになれば、ラジオのパーソナリティーとしてすぐにでも東京キー局の番組に紹介できますよ」

川崎の要望に応じ、大嶺小百合が東京に出て歌手デビューを果たすとなれば那覇放送は他局に先駆けて芸能界に広いコネクションを持つことができる。そうなれば本土の大物タレントの招聘も自在に増やすことができる。となれば競合他社を出し抜いて人気番組の制作も可能となる。双方の目論見と胸算用が一致していた。

肩に大きな布製のバッグを掛けた大嶺小百合が収録室から出てきた。細身の体に白いスニーカーが似合っていた。川崎の視線を意識した彼女は小さく頭を下げると階段に向かう廊下を小走りに走りだした。

「彼女と少し話してみたいんですが無理ですかね」

女の子の背中を見ながら言った。

「大嶺、ここにいる社長さんが君と話したいというんだ」

女の子が振り向いた。

「私ですか?」

「東京から見えているプロダクションの社長さんだよ」

川崎は名刺を財布から出した。

「先程からあなたに見惚れていたんですよ。あなたの持つ健康的な美しさと日本人離れした雰囲気。すっかり惹かれてしまいましてね」

「えっ、私をですか…」

両手を膝に揃えて顔を赤くした。

「島袋さんの話だと歌うことに興味をお持ちということで。あなたさえその気がおありなら東京で歌手デビューをなさってみる気はないものかと思いまして」

大嶺には〝東京〟と言われてもピンと来るものがなかった。沖縄は外国人扱いで、東京に出るにはパスポートがなければ入国がかなわない。唐突な誘いが大嶺には現実として遠すぎたからだ。

驚きを露わにした大嶺の大きな瞳が川崎の顔を見た。口紅ではなくリップクリームの透明感のある輝きが彼女の魅力を倍加させていた。

「あなたさえその気でしたらご両親にもお会いしたいんですが」

川崎の勢いに押されるように後ずさりした。助けを求めるように島袋の顔を覗き込んだ。

「今答えを出すこともないんだ。お母さんと相談してみなよ。こんなチャンスは滅多にあるものじゃない。君から預かっているデモテープを聴いていただくためにお渡ししようと思うんだけど問題はないよね」

「は、はい」

その瞳が輝いていた。

「僕はいつでも沖縄に来ることができます。両親と相談してそのつもりがあるんでしたら島袋さんに連絡してください」

島袋から渡されたのは自作自演のギターの伴奏で歌った三曲入りのテープと生成りの体にフィットしたミニのワンピース姿の写真だった。

川崎は持ち帰った彼女のテープを聴いた。『初恋』とタイトルの付いた曲は一本調子の歌唱でけして褒められたものではなかったが、川崎が懇意にしているBBCサニーのプロデューサー阪上次郎のアイドル育成の持論を思い出した。

「アイドルは歌はうまくなくてもいいんです。リズムとテンポとその子の持つ愛らしさがあればそれで十分。スポーツと一緒で歌は鍛えると上手になるんです」

大嶺は誰にも負けない新鮮な愛らしさを持ち合わせている。阪上の語っていた持論をそのまま具現しているように思えた。

新市場として注目されている沖縄出身の新人となれば、阪上は間違いなく食指を伸ばす。そんな目論をも働かせ川崎はBBCサニーにデモテープを持ち込んだ。BBCサニーは大手電機メーカー「サニー」が音楽業界の市場拡大を見据えアメリカの大手レコード会社「BBCレコード」と技術提携し二年前（六八年）に立ち上げた業界では新興勢力だ。

会社の路線は既存の演歌路線を外してポップス系新人の育成に力を注いでいた。阪上は演歌路線で定評があるコスモ・レコードから新人育成の手腕を買われて移籍してきた若手実力派だ。

BBCサニーは市ヶ谷の外堀通りに面した細く長いビルに社屋を置いていた。前日まで冷たい秋雨が降り続いていた天気も朝方には上がり抜けるような青空が広がっていた。

肩まである髪。頬が幾分窪んだ神経質そうな顔。縁なしの丸い眼鏡をかけた阪上はビートルズのジョン・レノンに似た風貌をしていた。

川崎は応接間のテーブルに大嶺小百合の写真と預かって来たデモテープを置いた。

「電話で伝えた子がこの子なんですよ」

阪上が右手で眼鏡の縁を持ち上げながら写真を覗き込んだ。

「どうですか、いけると思いませんか」

凝視していた写真から目を離すとしばらく目を閉じた。それから窓の外に視線を向けた。中央線の朱色に塗られた電車が速度を落として飯田橋駅のホームに滑り込むところだった。

「売り方ひとつですね」

そう言ってデモテープをカセットデッキにセットした。大嶺小百合の声は柔らかい。抜けるような明るい声が応接室に響き渡った。阪上はワンフレーズを聴くとテープを止めた。受付嬢を呼んで珈琲を運ばせた。

「この子ならいけます。うちでやらせてください」

低く響く声は確信に満ちていた。

川崎の読みは当たっていた。煙草に火を点けると煙を深く吸い込んだ。

白い煙を緩やかに吐き出すと満足そうにカップの珈琲を飲み干した。

「来年は沖縄が日本に返還されます。そうなれば必ず沖縄ブームが来るはずです。こんなに南国の雰囲気を持った子はどこを探しても見つかるものではないでしょうね」

阪上は川崎の胸の内を読みきったような言葉を吐いた。

阪上に太鼓判を押された川崎は大嶺小百合のテレビカメラの前に立つ姿を頭に浮かべながらタクシーに乗った。事務所に戻ると川崎は事務員に島袋の名刺を渡して那覇放送局への国際電話の申し込みを急がせた。沖縄と本土の通話は国際電話の扱いで国際電話の交換台を通さなければ通話は不可能だ。回線が繋がったようだ。

受話器を渡された。先方の声を待った。

「川崎さんですか。先日はどうも御足労をお掛けしまして。大嶺の件はどんな按配ですか」

これが島袋の第一声だった。海の向こうとの通話だけに音声がワンテンポ遅れて届く。

「彼女は本土でもイケそうですか」

はやる空気が伝わってきた。

少し間を置いてから答えた。

「BBCさんが是非やってみたいと手を挙げてくれましてね」

阪上とのやり取りを話した。

「本当ですか。BBCといえばバックの資本も大きいですし新人にはもってこいの会社ですよね」

「その通りで、彼女の側はどうなんですか」

「昨日、本人から電話が入ったんですよ」

島袋の声が弾んでいる。

「その気になってくれたんですか?」

「ええ、ただ母親が娘の学校の問題を心配しているんです。川崎さんが、直接お母さんと会われたほうがいいと思います」

本人にその気があると分かれば九割はスカウトが成功だ。

受話器を置いた後で、阪上に連絡を入れた。

「母親の反応はいまいちのようですが本人はその気のようで…」

「そうですか、善は急げですよ。すぐに行ってください」

命令調で背中を押された。川崎は翌日沖縄に飛んだ。島袋に迎えられた。その足で浦添市にある大嶺家に向かった。国道の両側に植えられたパームツリーの街路樹は爽やかな風に揺れ国際通りを走る車の外には半袖姿の通行人の姿があった。

大嶺家は那覇から車で四〇分ほど行った、浦添市の国道から一筋海岸線沿いに入った集落の中にあった。地平線まで続く青い海原の東シナ海が目の前に広がっていた。海風が心地いい。集落の家屋は大型台風上陸に備えるため重量感のある厚い瓦が使われ、家を囲んで積まれた石垣は屋根と同じ高さになっている。

道路沿いに点在するどの家も石垣沿いにガジュマルの木が植えられ、花壇には濃い緑の葉を伸ばしたハイビスカスが目に染みる鮮やかな赤い花ビラが付いていた。

海岸から吹き寄せる柔らかな風が風景を緩やかに見せている。

坂道の右手にある大嶺家の前で車が停まった。木造平屋建の石垣の門扉の前でマリーンブルーのTシャツに色の落ちたジーンズの彼女と作業着のようなモンペ姿の母親が並んで出迎えてくれた。母親は額に幾重もの皺を刻み塗りつぶしたような日焼けをしていた。

眉毛の奥に開いた瞳は娘と同じ黒く澄んでいた。並んで立つ母娘の姿がそのまま沖縄の風土が滲み出ていた。妹は学校で父親は仕事で不在とのことだった。茣蓙《ござ》の敷物が敷かれた居間にはがじゅまろの幹を使った四本の足を持つテーブルが重量感を発揮して置かれている。大きな窓と白いペンキで塗られた室内の壁は本土では見られない造りだ。

川崎は虎屋のカステラを土産に用意していた。

「娘が歌手になりたいというのは聞いています。芸で身を立てることに関しては反対しませんが、成功するか失敗するかは誰にも分からないことです。娘はまだ十六歳。仕事ばかりでなく勉強も続けさせたいんです。仕事だけでなく学校に通わせていただけることを約束していただけるんでしたら私は反対しません」

母親は傍らに娘を座らせ訥々と話し出した。テーブルのお皿に「紅芋パイ」と書かれた茶菓子が出された。地域の名物で母親の手作りという。

「お母さんのおっしゃることは十分承知しています。私も自信がなければここまで足を運ぶことはしません。娘さんの持つ爽やかな雰囲気と明るい歌声が本土ではきっと受けるはずです。任せていただければ責任を持ってお引き受けします」

テーブルに両手をついて頭を下げた。

「本土にあるアメリカンスクールに通わせることを約束してください。それでしたら娘の東京行きをお任せします」

聖心インターナショナルスクール、カナディアン・インターナショナルスクール、セントメリーズインターナショナルスクールと都内にある三つのアメリカンスクールの名前を口にした。

「約束します。私どもで責任を持ってこちらの学校からの転校の手続きをさせていただきます。仕事をセーブしなければならないほどの人気者になってくれることを願って仕事を進めさせていただきますから」

「そこまで言っていただけるんでしたら安心です」

皺を刻んだ母親の顔が笑顔に変わった。

娘は安心したように母親の顔を見た。

「本当に私で大丈夫なんですか」

十六歳の女子高生は素直な心配事をそのまま口にした。

「お母さんと約束させていただいたことを守ります。安心してついてきてください」

川崎はテーブル越しに彼女の手を握りしめた。


学業と仕事の両立のため小百合は土曜日に上京して歌とダンスのレッスンを受けて日曜日の最終便で帰る。そんな生活が始まると専属のマネージャーが必要になる。

「カミングアウト」は『紅白歌合戦』に常連として出場している演歌の村田秀朗と三沢里美を抱えていた。老舗の事務所だけにマネージャーもスタッフもそれ相応の歳を重ねている。新たに女子高校生歌手を抱えるとなれば何かにつけて相談相手となれるマネージャーが必要不可欠だ。候補者として最初に川崎の頭に浮かんだのが森橋吾朗だ。森橋は実力派ヴォーカルグループ・ロス・パラオスのマネージャーをしている。村田秀朗や三沢里美が出演する歌番組でテレビ局に行くと、川崎は楽屋で森橋と顔を合わせることが多かった。

本番が始まり歌い手をスタジオに送り出したマネージャーたちは、楽屋で世間話に花を咲かせながら番組収録の終わりを待つ。この時間がマネージャー同士の情報交換の場所だ。森橋は時間潰しの雑談の中で川崎にこんな愚痴をこぼしたことがあった。

「実力のあるうちのグループはどんな仕事でもそつなく無難にこなしてくれるんで不満もないんですが、完成された歌い手だけに僕の力で新しいものを作り出すという面白味がないんですよ」

「じゃ、どんな仕事がしたいんだ」

不満を持つ同業者の聞き役に回るのもベテランマネージャーの人脈作りには欠かせない役回りだ。

「大工の棟梁は自分で設計した家の見取り図を書いて、その図面に添って材木を切り刻み家を建てる。芸能マネージャーは棟梁と同じで自分の手で新人歌手を発掘して育て『紅白』出場まで持って行くことだと思うんですよ」

「だったら自分で新人を見つけてマネージメントしてみればいいじゃないか」

不満を解消するには自分で動くことだと諭した。

「男が仕事で独立するには三つの条件が必要かと思うんです。それは経験と財力と人脈。ぼくの今は、この条件を手に入れるための準備期間です。生きのいい新人とそれを認めてくれるスポンサーを見つけるまでは修業のつもりで働きますよ」

自分の意見を持つ森橋の野心を、川崎は温かく聞いていた。現状で満足している男には大きな仕事はできない。現場を仕切るマネージャーはそれ相応の知性とルックスを持っていなければ連れて歩くタレントがくすんでしまう。容姿端麗な大嶺にはその要素を引き出してくれるスタッフでなければ彼女の才能が生かしきれない。

アメリカンスクールに通い弁護士を目指すという彼女にとって、二十六歳と若くルックスも申し分ない森橋は川崎の求めるマネージャー像にぴったりマッチしていた。

父親が千葉県庁に勤務する公務員でお茶ノ水にある明治大学の経営学部に進んだ森橋は税理士の資格を取ることが両親からの必須条件で大学を選んだとも言っていた。

同級生に芸能プロダクションを経営している父親がいて、浅草にあるその事務所に誘われて遊びに行ったときのこと。演歌の大御所春日七郎が顔を見せた。後ろから大きなトランクを持ったマネージャー風の男が追いかけるように付いてきた。

「坊ちゃん、先生のお付き（付き人）が突然辞めちゃって困ってるんだよ。誰か知り合いで働いてくれる体力のある若者はいないかなぁ」

マネージャー風はほとほと困り果てたという口調で森橋の同級生に愚痴をこぼした。黒い背広に艶のある整髪料。髪をオールバックに固め蛇の図柄の描かれた赤いネクタイを締めている、その派手さが公務員の父親を持つ森橋には別の世界の生きもののように見えた。

紺の背広に袖を通すと決まった時間に家を出る。判で押したように決まった時間に帰宅する。

時計の振り子のように生きる父親の生き方に森橋は小学校時代から理由のない反感を抱いていた。男の衣装に目が奪われ有名人に付きそう〝お付き〟という言葉が新鮮に聞こえた。

「難しい仕事でなければ僕が手伝ってもいいですけど」

自分でも分からないくらいその言葉が自然に出た。

男が森橋の前に立った。

「あんた学生さんだろ。本当にマネージャーする気があんの」

ねめるような視線を浴びせた。その目は「おちょくりなら怒るぞ」と本気な目をしていた。

「僕でいいんなら本気です」

同級生は森橋の思わぬ反応に口をパクつかせたが森橋はその場で決めた。翌日から春日七郎の付き人として事務所に顔を出すようになった。細身の長身で長髪が似合う優男の森橋は付き人として仕事先で他所の事務所の歌手にも可愛がられた。

森橋が川崎に声をかけられたのは春日七郎の付き人からロス・パラオスのマネージャーに転職してから二年が経っていた。

川崎は事務所とは目と鼻の先にあるキャピタル東急ホテルのレストラン「折り紙」に森橋を呼びだした。黒地に白のチェックの入った三つ揃えのスーツを着た男がロビーから川崎の待つ「折り紙」に向かって歩いてきた。颯爽と歩く森橋の姿に川崎は満足していた。

「悪かったね、急な呼び出しで」

「そんなことはないですよ。なにか面白い話でもあるんですか」

森橋が封の切られていないマルボロをポケットから出した。

「実はこんど沖縄から十六歳の女の子が来るんだ。日本人離れした風貌で歌が駄目ならモデルで十分やっていける。そんなルックスの持ち主で、ＢＢＣサニーから歌手デビューが決まっているんだ」

「そりゃ面白そうですね」

沖縄で預かった写真をテーブルに置いた。上半身をぐっと前に乗り出した森橋の顔が写真に吸い込まれている。

「全身から漂う雰囲気がただ者じゃない。社長が電話で言っていたとおりでスタイルが抜群ですね」

これが小百合に対する森橋の最初の印象だった。

川崎は沖縄での彼女のお母さんと交した約束事を話した。

「どうかね、君がそのつもりならお願いしたいんだ」

覗き込むように森橋の目を見た。

「この子なら僕からお願いしたい素材ですよ」

「分かった、これで決まりだ」

川崎は細かいことは言わなかった。

「親元を離れ、東京という大都会に飛び込んでくる彼女は心細いはずだ。彼女を成功に導くには心配事を溜めて心が固まらないように安心感を与えてあげること。それが君の仕事になるんだ」

二人は固い握手を交わした。森橋は所属先の社長に退社を申し出た。

「君にも夢があるだろうから引き止めることはしないよ」

森橋のこれまでの誠実な仕事を感謝し快く送り出してくれた。


マネージャーが決まると川崎は沖縄に飛んだ。

年明けを待って学校が休みの土、日の週二日上京することにした。ＢＢＣサニーのスタジオで歌とダンスのレッスンを始める段取りも取った。

小百合がはじめて羽田空港に降り立った日、到着ロビーに川崎と森橋が出迎えていた。到着ロビーで待っているとベルトコンベアーに乗って運ばれてくる荷物を待つ客の姿が見える。色の醒めた細めのブルージーンズと長袖の緑のセーターを着た女の子がその中に見えた。すらりとしたスタイルで日焼けした顔、それに長い黒髪が周囲の乗客を圧倒する存在感を発揮していた。

「社長、あの子でしょ」

壁の向こうに立つ彼女に向かって指をさした。

「うん、そうだ。あれが大嶺小百合だ」

「他の乗客と匂いが違いますね。イケますよ、あの子ならファンのハートを掴めます」

森橋は初めて会う恋人を迎えるような胸の高まりを感じた。

「そうだろ。あとは君の腕次第だぞッ」

「日本の風習になれるまで彼女は外国人としての扱いをしてあげた方が安心するんじゃないのか

な」

投宿先をホテルにすると言ったのは川崎だ。

「だったら手頃なホテルがありますんで当たってみましょうか」

森橋が選んだのは品川区・高輪にある高輪ホテルだ。

レッスン期間からデビューまでとなれば長逗留になり経費もかさむ。ロス・パラオスのマネージャーとしてこのホテルのディナーショーに何回か出演した縁で支配人と親交を持っていた。

その件を話すと支配人も快く応じてくれた。

高輪ホテルは大石内蔵助をはじめとする赤穂浪士の四十七士が眠る高輪・泉岳寺に近く大木が茂る緑の豊かな立地の中にある。東京の雑踏に慣れない大嶺にはもってこいの投宿先だ。

右手に大きな黒革のバッグを持った彼女が出てきた。

川崎が両手を広げて出迎えた。

「お疲れ様。飛行機は大丈夫だった」

「ええ…」

そう言いながら混雑しているロビーを珍しそうに見渡している。

「紹介するね。これから東京で君の面倒を見てくれることになった森橋君だ。これまでの経緯は伝えてある。分からないことがあれば何でも相談するといいよ」

「東京で世話をすることになりました森橋です」

瞬きした眼で森橋を見た。日焼けした顔が眩しかった。

「私、本当に何もわからないんです。迷惑をかけることもあると思いますがよろしくお願いします」

恥ずかしそうに小さく頭を下げた。

キュートという言葉がそのまま当てはまっている。

森橋の運転する車が高輪ホテルの正面に停まった。白く塗られた小ぶりなホテルだがそれだけに親しみを感じられる建物だ。

小百合は嬉しそうに建物を見上げた。部屋に案内した。小百合が床に下ろした両開きになるバッグを広げた。中味の大半が厚い本で埋まっていた。漢和辞典、広辞苑、英和辞典に混じって何冊もの単行本も詰まっていた。女の子が興味を注ぐ衣服の少なさに驚いた。

「勉強が好きなんだ」

無邪気な表情で嬉しそうに笑った。

「私ね勉強して沖縄の人たちのためになりたいんです」

一転して柔和な表情が引き締まった。

「本土の人は沖縄が日本に完全復帰すると思っているでしょうけど、私にはそう思えません。沖縄のアメリカ兵はやりたい放題で凶悪な事件を起こしても裁判権は日本にないんです」

小百合の勉学心を煽っているのは生まれ育った沖縄の置かれた立場からきているものだ。沖縄には「日米地位協定」が横たわっている。島内で米兵が起こした事故や事件に対し捜査権、裁判権は日本側に帰属することなく米軍の指揮下に置かれている。復帰してもそれは変わらないはずだと小百合は断言した。

「私の中学時代の同級生がアメリカの兵隊さんに乱暴されたんです。犯人は基地内に逃げ込んで警察が引き渡しを要求しても軍は犯人を本国に帰還させたと言ってそのまま放置され、友達は事件を悲観して薬を飲んで自殺してしまったんです」

澄んだ目が遠い目に変わった。

「こんなことが許されると思いますか。私は国際弁護士になって日米地位協定の曖昧さを世界に訴えたいんです」

歌手として成功すること。その目的を果たせば沖縄より高いレベルの東京の大学で学ぶことができる。明確な目標を持っていた。

到着した日、夕食と東京見物を兼ね森橋は銀座四丁目の交差点にある三越デパートに連れ出した。東京のデパートの品ぞろえの豪華さに小百合の目が輝いた。店内の女性物売り場を回った。深紅のタートルネックのセーターと青と白のストライプのミニスカートを選んだ。これは森橋のセンスだ。セーターとスカートを胸に抱えて小百合は喜んだ。

初対面での第一印象が相手のやる気を起こさせる。トリコロールの三色の切れ味のある色使いが小百合の存在を引き立たせるはずと踏んだ森橋の読みだ。

翌日、森橋の運転する車に川崎を乗せて彼女の待つ高輪ホテルに向かった。森橋の買い揃えてくれた衣装に着替えた小百合がステップを踏むような足取りでロビーに降りてきた。

「小百合は良いセンスしてるなぁ」

川崎の目が嬉しそうに光った。

「昨日、小百合の希望で銀座に出たんですよ」

「これ、森橋さんからプレゼントされたものなんです」

小百合は森橋の傍らに並んで川崎に頭を下げた。小百合の森橋への懐きぶりがそれだけの仕草で川崎には伝わった。

「森橋を選んだ俺の選択は間違いなかったな」

川崎は口には出さないが内心ほくそ笑んだ。

その足で市ヶ谷のＢＢＣサニーに向かった。

応接間に通されると阪上が珈琲カップを前にして小百合の『初恋』を聴いていた。

「あっ、私の曲…」

小百合が思わず声を出した。

「お待ちしていました。ようこそ我が社に」

阪上が満面に笑みを浮かべて小百合の前に右手を出した。

「大嶺小百合です。昨日東京に着きました」

阪上の双眸を見据えてお辞儀をした。それから阪上の手を握った。

川崎が森橋を阪上に紹介した。森橋は簡単に自分の経歴を話した。

「そうですか。よろしくね」

四人は席に腰を下ろすとカセットから流れる曲をしばらく聞いた。

「この曲はテンポが素晴らしですよね。それもですがかなりの音域があるんで、レッスンで鍛えれば楽しみなヴォーカリストになれますよ」

カセットが止まったところで小百合の歌唱を褒めた。

「川崎さん、素晴らしい素材を紹介くださってありがとうございます」

川崎は胸を張った。

「よろしくお願いします」

頭を下げる森橋の挨拶を遮るように言った。

「マネージャーはタレントさんをいかに気持ちよく仕事させるかが任務ですからね」

何もかも見越している口調だった。小百合に視線を戻した。

「この場に、あなたはいるだけで絵になりますね」

珈琲が運ばれて来た。阪上は砂糖とミルクの容器を小百合の前に並べて勧めた。

「早速ですがデビューのタイミングですが、いつにしましょうか」

新人の歌手デビューはレコード会社と事務所とで宣伝費の話し合いをする。それから作詞作曲者の選定をしてレコードの制作に動き出す。

「川崎さん、宣伝の予算はどれくらい期待できるんですか」

阪上が相手の腹の内を探るような目つきで切り出した。

「二、三千万というところですか」

「結構頑張っていただけるんですね」

「ＢＢＣさんの方でもそれくらいは」

「川崎さんがそこまで言っていただけるんでしたら、うちも頑張りますよ」

「そんなに急がなくても。これからレッスンが始まるわけですから、それからでもいいんじゃないですか」

「いや、一日も早くデビューさせるには早い方がいいですよ。社内的に彼女のためのプロジェクトを立ち上げるのに契約書を示さないと稟議が通らないものですから」

ＢＢＣサニーのやる気がそのまま伝わって来た。

阪上は立ち上がって受話器を手にすると契約書を持ってくるよう部下に指示した。芸能界は人間関係で物事が判断されて動く世界だ。

最近は様変わりしているが戦前前後を通じて『ＮＨＫ紅白歌合戦』の常連組でさえ事務所との専属契約書を交わしている場合は少ない。芸能界＝興行の世界で主導権を握っていたのは役者の働き場所となる劇場や演劇小屋をもつ小屋主だった。小屋主は興行で採算の取れる役者を選んで指名する。客が入らなければ商売にならないから、小屋側の買い手市場だ。その連絡先が芸能事務所で芸人は事務所を通じて仕事が舞い込む。

事務所の収入は、仕事をこなした芸人からの口利き料として出演料の何％かを芸人から支払われる。芸能事務所はあくまでも小屋主と芸人との連絡を取り持つ役柄で、訳者との間に専属契約など存在しない。

その構図が変わったのは多くの民放テレビが放送を開始したことだ。番組編成のため各局が多くの芸人を必要とした。昭和二十年代の後半に芸人の需要が爆発的に伸びた。これまでと逆に、芸人は売り手市場に転じた。テレビ局による芸人の奪い合いがはじまった。

そこに目を付けたのが芸能プロダクションだ。自前で芸人を育成し局に売り込むようになった。そこまでは良かったが育てたタレントを他社に横取りされてしまっては元も子もない。専属契約を結んでいればその心配もなしになる。専属契約は身柄拘束のためだ。

お笑い芸人を大勢抱える大阪の大手芸能事務所では、今でも大多数の芸人と契約は結んでいない。CM出演が期待できるタレントが育つと、ようやく専属契約を持ちかける。これは戦前から続いてきた芸能界のあり方を踏襲したものだ。

話をBBCサニーの応接室に移す。

「実印をお持ちでなければ仮の契約書として社長さんのサインでもいいですよ」

用意された二通の契約書に川崎の手で署名捺印が押された。

沖縄から毎週通う交通費からレッスンスタジオ、レッスン料までレコード会社が全額支払う旨も追加の項目で書き込まれていた。さすが、一部上場企業が発足させた会社だけに事務手続きはぬかりない。

毎週のレッスンが始まった。二日間のダンスとボイスレッスンを終えると森橋の運転する車で最終便に間に合うように首都高速を羽田に向かう。デビューに際しての主導権はレコード会社側が握ることを常としているがBBCサニーの急ぎようは尋常ではなかった。

レッスンが始まって小百合が四回目の上京をしたときだ。川崎は阪上から呼びだされた。応接室のドアを開けると腰を下ろす間もなく切り出された。

「六月にデビューということで準備していきませんか」

その口調は命令調だった。「カミングアウト」にしてもデビューが早ければそれだけ勝負を早くかけられるわけで異存はなかった。

「来年の五月が沖縄の本土復帰。そのタイミングを考えると一日でも早いデビューが〝沖縄ブーム〟に乗り遅れないための最上策と上層部からの指示なんですよ」

阪上の申し出は事務的だが絶対的な響きを持っていた。

沖縄から通っている小百合はジャケット写真の打ち合わせや曲の選定、デビューに際してのイメージ作りなど作戦会議に参加するとても沖縄に帰る時間はなくなっていた。

「デビューが四カ月後に迫っているものですから、生活の拠点を東京に移すことになりますからよろしくお願いします」

川崎と森橋はその週のレッスンを終えると小百合に同行して沖縄に飛んだ。「一度約束したことですから、社長さんにおまかせします」こう言って小百合の母親は驚くそぶりを見せることもなかった。

第一関門は突破した。拠点を東京に移しても物事の動きが慌ただしくてホテル暮らしのまま物事が進んだ。歌手名は阪上の知人の占い師の推薦で西丘小百合と決まった。

小百合は、六月五日『十七歳』で歌手デビューした。

キャッチフレーズは「沖縄からやって来た夏娘」だった。

ＢＢＣサニーの肝入りでバックに水着姿の小百合の映像がテレビのＣＭで流れると、小麦色の肌と堀の深い顔のエキゾチックさが茶の間の人気を呼んだ。マスコミも放ってはおかなかった。

取材が殺到した。芸能誌はこぞって小百合の水着姿を表紙に使用した。人気のバロメーターはレコードの売り上げだ。全国のレコード店の売り上げが業界紙に毎週発表される。そのデータを元に芸能誌がページを組む。ＢＢＣサニーの目論見は見事に当たった。

デビューから二カ月後の八月に入ると売り上げのチャートがトップテン入りした。毎日のスケジュールが殺人的になってきた。

例えばこうだ。八月七日、ＡＭ九時。ＴＢＳ入り。リハーサルの後『週刊平坦』取材。午後三時、本番の撮り終了後、四谷の関東放送で収録。六本木スタジオに移動して『月刊平坦』巻頭カラーの衣装合わせと撮影。

八日、ＡＭ十時、羽田発の全日空機で札幌入り。テレビ出演のあとススキノのレコード店でサイン会。最終便で羽田着。

九日、ＡＭ十一時、日本テレビ入り。歌番組収録の後、日本教育テレビに移動、合間に『月刊太陽』の撮影と取材。ＰＭ九時、東日本テレビの歌謡番組にゲスト出演と息をつく間もない。

表紙で使う雑誌の撮影は仕事場から仕事場に移動する車の中にスタイリストを呼んで打ち合わせをした。これも車の渋滞などが起こる想定を抜きにして組んだスケジュールで、これ以上のタイトなものはない。

東京の夏は沖縄の夏とは何もかもが違っている。茹だるような蒸し暑さの中で食事の時間も削られる綱渡りのような生活が続いていた。

慣れない仕事と殺人的なスケジュールで小百合は体力も含めて精神的にも消耗していた。こんな殺人的スケジュールをこなすとなれば九月に新学期を迎えるアメリカンスクールに通うことも小百合には夢物語にしか思えなかった。

ホテル暮らしを続けさせたのは川崎の親心だった。ホテルなら食事の心配もなければ部屋の掃除の必要もない。双方の置かれた立場には隔たりがあった。十六歳の少女にはいつ戻っても綺麗に掃除は行き届いているが、その空間には自分の楽しみを見つけることができなかった。

仕事が終わると森橋に送られて部屋に戻る。森橋は翌日の打ち合わせを終えると帰って行く。初めて家族と離れて暮らす小百合にとって温かみのない部屋に独りぼっちにされるのは孤独すぎた。

関東テレビで歌謡番組の出演を終えて楽屋に戻ると森橋の〝おつかれさま〟の労いの言葉にも答えることもなく化粧台の前に座って力のない目で自分の顔を鏡に映していた。

「どうしたんだ」

「体がだるいんです」

森橋が額に掌を当てた。汗をかいた額はかなり熱を持っていた。

夏風邪をひいたようだ。この後、月刊誌の取材が入っていた。

局の一階の喫茶店で待つ記者に理由を説明してキャンセルした。

詫びを入れて小百合を車に乗せた。ホテルは木々が生い茂る高台にある。静寂な空気と言えば聞こえはいいが女の子が一人で夜を迎えるには寂しすぎる佇まいだ。

「疲れからだろうからゆっくり休みなよ」

荷物を車から降ろすと小百合を部屋に送り届けた。

「明日は午後から東西テレビに入るから午前中は寝ていなよ」

森橋は翌日使う小百合の衣装をクローゼットから出して壁のハンガーに掛けた。

「朝食は一階のレストランからサンドイッチを買ってくるから俺が来るまで起きちゃ駄目だぞ」

森橋はドアのノブに手を掛けた。

「私一人になるのが寂しいの」

ベッドから起き上がった小百合が小走りで走り寄った。

森橋の体に両手を回して抱きついた。

「私を一人にしないで…」

森橋は涙を溜めた瞳で見上げる小百合の背中に手を回した。

小百合の体が森橋の全身に預けられた。

両腕に力を込めた森橋はその体を受け止めて唇を重ねた。

小百合の唇は柔らかかった。上下の歯が小さく震えていた。

「帰らないで」

温かい唇から小さく声が洩れた。

「分かった。俺がお前を守ってやるから」

再び唇を重ねるとそのままベッドに倒れ込んだ。

小百合と森橋の二人三脚の生活が始まったのはその日からだ。

「カミングアウト」は調布にあるアメリカンスクールの入学手続きを済ませたが、仕事のスケジュールを見ると九月から始まる新学期の授業に出る時間はどんなに調整しても無理としか言えなかった。

「社長は私との約束を守る気がないのね」

隣で背中を向けている森橋の汗ばんだ肌に小百合は爪を立てる。

「気持ちも分かるけど、事務所はお前の予想外のヒットでてんてこ舞いなんだ。この世界は勢いがあるときに走らないとすぐに忘れられちゃう。社長には俺が約束を守るように談判するかもう少し我慢しなよ」

森橋は事務所の姿勢を理解できたが小百合には我慢ができない。

事務所から支給される小百合の給料は三万円で好きなお洒落もままならない。時間に忙殺され両親との約束事を反故にされ続ける小百合は歌手デビューしたことを後悔するようになっていた。

九月に入った最初の日曜日だった。

関東テレビでのトーク番組の収録を終え東西テレビの歌謡番組の楽屋に入ったときだった、川崎が姿を見せた。

「小百合、これから新人賞の賞獲りレースが始まるんだ。暮れまでこのまま走り続ければ音楽大賞の最優秀新人賞は間違いなしだぞ」

鏡に向かってメイクをする小百合の肩を叩いた。学校に通えない慰めの言葉もない。仕事のことしか口にしない川崎の無頓着さに小百合は肩を落として聞いていた。

ピンクのシャツに紫地のＭＩＳＳＯＮＩのストライプのネクタイの川崎は鏡の前に立つと顔を左右に動かしながらギュッとそのネクタイを締め直した。

「社長、少しばかり小百合の給料を上げてくれませんかねぇ」

豊富な小遣いを与え自由な買い物をさせることが小百合の不満を少しでも和らげればと考えた森橋の親心だった。

「衣装は事務所持ちで細かいものはお前が出す伝票を事務員が処理しているだろ。小百合にはこれ以上余分なお金の使い道はないはずだ。タレントに余計な贅沢を教えるとろくなことがないからな」

それもマネージャー業の教育とばかり言い放った。

踵を返すと手に持つバッグを右手に持ち直して背中を向けた。

「じゃ森橋、あとは頼んだよ」

呆気に取られた小百合はメイクの手を止めて目頭を押さえた。

「西丘さ〜ん。出番の用意をよろしく〜」

ディレクターの甲高い呼び出しが廊下に響いた。小百合は前の仕事で使った深紅のミニスカートを着替えることもなく森橋に背中を押されて立ち上がった。両目の下に涙が溜まっていた。森橋はやりきれない気持ちで小百合の背中を見送った。

出演を無難にこなした小百合は楽屋に戻ると何も言わずに森橋の前に立った。天井を睨んで唇を噛みしめている。

「もう我慢できないの。私、仕事を止めて沖縄に帰るわ」

両手を胸の前で握り締めると駄々をこねるように首を左右に振った。森橋は両手で小百合の肩を抱いた。小百合の瞳から大粒の涙が頬を伝わって森橋のワイシャツを濡らせた。

「もう少しの我慢だ。売れてしまえば自由な時間もたっぷり取れるようになるから学校のことは俺が社長に掛け合うよ」

そこまで言うと再び両腕で抱きしめた。

「社長はずるいッ。お母さんの前で言っていた約束を守ってくれないんだもの」

森橋の胸に顔を埋めた。背中を振るわせて嗚咽をあげる。

ノックもなく楽屋のドアが開いた。

肩にハンティングワールドのバッグを掛けた男が立っていた。

二人は咄嗟に体を離した。

「あれ、どうしちゃったの」

取材ノートを片手にしているのは『週刊太陽』の大神田明彦だった。

「大神田ちゃんかぁ、驚かせないでよ」

「ドアに小百合の名前が掛かっていたから開けたんだよ。まさか楽屋で色恋沙汰じゃないでしょ」

「そんなんじゃないよ。こいつが仕事をしたくないって駄々をこねるものだから宥めていたところなんだよ」

小百合は部屋の角に体を寄せて正面を向かない。

森橋は涙にくれる小百合の事情を説明した。

「仕事をしたくない。それはちょっと贅沢すぎるよ。テレビに出たくったって出られない歌手がごまんといるのに仕事が嫌だなんて」

小百合をなだめるように言った。

森橋と大神田の付き合いはかなり古い。前の事務所でロス・パラオスのマネージャーとしてＮＨＫの『紅白歌合戦』のリハーサルの楽屋に詰めていた当時に取材を受けて以来だ。メンバーが本番で着る衣装についての取材だった。どこで衣装を用意したのか。その質問に森橋はお茶ノ水の明治大学の校舎の並びにあるテーラーと答えた。

その店を大神田は知っていた。話が進むと二人は明治大学の同窓生であることを知った。明治大学は学生運動の拠点にもなっていた。東京六大学野球でその年優勝をしていた。正月の早明戦のラグビーの話題も出た。会話が弾んだ。

森橋は中退していたが大神田は卒業して集芸社に就職し週刊誌の芸能班に配属されていた。芸能記者はトップ屋とも呼ばれ特ダネを探してテレビ局やラジオ局に顔を出すのが商売だ。タレントを連れて局入りしている森橋と顔を合わせることも必然の成り行きだった。

森橋は大神田に集芸社近くの寿司屋に何回か誘われた。カウンターに座ると海栗《うに》だのアワビだの大トロと高級なネタを平気な顔で注文する大神田に圧倒されながら寿司をご馳走になった。

「俺たちは、表紙に打てるような大きなネタを掴めばこれくらいの寿司はいつでも口にできるんだ。その代わり毎週の編集会議でネタのないときは編集長の厳しい視線に晒されて針の筵だよ」

贅沢ぶりに驚いていると記者稼業は特ダネさえ獲れば取材としての接待費は湯水の如く使える。得意気な口調で大神田に聞かされた。

「お互いが美味いものを食べるために、マネージャー仲間で話題になる業界内の噂話があったら教えてよ」

大神田がうまいことを言って誘い水をまいた。

「プロ野球界では自分とポジションの重なる選手が怪我をするとベンチを温めている選手は内心両手を叩いて大喜びするそうなんだ。自分に出番が回って来るからだよ」

これを前振りにして続けた。

「芸能界も同じだよね。ライバル歌手のスキャンダルが暴かれると電波媒体や広告業界はそっぽを向く。使われるパイは決まっているわけだからそうなれば別の芸人の出番が回ってくる」

この言葉に口を挟む余地がなかった。

「楽屋で交わす仲間内の与太話でもいいのさ。我々芸能記者はそれをヒントにネタを探すからどんな小さな話でもいいから教えてよ」

毎週二百ページ近い雑誌の中味を編集して駅の店頭に並べている週刊誌の過酷な内情を教えられた。聞いているうちに大神田への同情心も湧いた。無理のない範囲でネタを流す約束をして別れた。

二人の間に友情＝商売の関係が生まれたのはそれからしばらくしてのことだ。歌番組で森橋がテレビ局の楽屋に入ったときだった。

この業界に入るきっかけとなった師匠の春日七郎と顔を合わせた。

久々の再会だった。

「ご無沙汰しています」

「おお、元気そうじゃないか」

そう言って肩を叩かれた。

「師匠はどうですか」

「どうもこうもないよ。俺は歌手だっていうのに出たくもない映画に引っ張り出されそうになって困ってるんだよ」

聞いてみると主役に決まっていた役者の林田旭が体調不良で急遽降板となり春日に出演の依頼が来たということだ。歌手と言えど一枚看板で売る映画の主役へのオファーが来ること自体が春日の大物ぶりを示していた。その日は挨拶を含めた四方山話で終始した。

「編集会議に出すネタが一本もないんだ。助けてよ」

大神田から電話が入ったのは春日と会った翌日の昼過ぎだった。

「ガセでも何でもいいから、会議で発言できるネタが欲しんだ」

切羽詰まった哀願の声だった。すげなく受話器を置くこともできなかった。役にも立たないと知りながら楽屋で聞いた春日の嘆き節を話して受話器を置いた。ところがどうだ。翌週、水曜日の『週刊太陽』。新聞広告に森橋の話した内容が大きな活字で踊っていた。

「林田旭が癌の疑いで緊急入院・妻の野坂めぐみが寝ずの看病」

体調不良の一言が週刊誌の調査で〝癌の疑い〟になっていた。

大神田は大スクープを物にして手柄を立てたことになった。

週刊誌記者の調査力の機敏さには舌を巻いた。何のリスクも負うことなく商売を成り立たせる週刊誌商魂の強かさにも舌を巻いた。その日の夕方、大神田から弾んだ声の電話が入った。

「森橋ちゃんのおかげで俺、編集長賞をもらえそうなんだ」

当然の口調で寿司屋に誘われた。芸能界と雑誌社の持ちつ持たれつの体質で今回のように雑誌に載る芸人たちのスキャンダルは同業者からのリークも少なくないことを知った。

話を小百合の楽屋に戻す。

「小百合の言い分が贅沢なのは分かっているけど、国際弁護士の資格を取って将来は沖縄のために尽くしたい。その夢を具現させるため沖縄から上京したんだ。約束を守れない事務所の言い分もあるけど小百合にも譲ることのできない事情もある。そこで俺が板挟みになって困っている。大神田ちゃんならどうするかな」

大神田は森橋の説明を静かに聞いていた。

話しを振られたが立場が違いすぎて答えようがなかった。

「そうだったんだ。そのあたりは難しいよね」

「約束を守らない人って私は嫌いッ」

小百合が駄々っ子のように両手で壁を叩いた。

芸能プロにとってタレントは商品だ。売れるとみたら稼げるだけ稼がせる。商品を売りだすのは本人の力だけではない。事務所の力とレコード会社の宣伝力があってこそマスコミや電波媒体への露出が増えてヒット曲が生まれる。

「そういう約束なら彼女の言い分も分かるなぁ。彼女の納得する形で折衷案を社長に申し込むしかないだろ」

「ありがとう。何かあったら相談に乗ってよ」

「乗れる相談ならいつでも乗るよ」

それは小百合を慰める言葉にも聞こえた。


秋口から師走に向かって集中するその年の新人賞で小百合はラジオ局が主宰する新人賞を二つ獲って、暮れに開かれる大本命の『日本音楽大賞最優秀新人賞』も受賞することができた。

こうなれば黙っていても仕事が入ってくる。逆に小百合の夢は遠のくばかりで解決の糸口が閉ざされて行くことになる。

「小百合が仕事にやる気をなくして困っているんだ。飯でも食う時間ないかなぁ」

森橋から『週刊太陽』の編集部に電話が入ったのは、九段下のお濠の桜が見ごろを迎え花見客でごった返している春爛漫の昼過ぎだった。

大神田は編集会議を終えたところだった。

「ＯＫ、いつもの寿司屋でいいのかな。そうそう、今は桜が見ごろなんだよ。お花見をする時間はあるのかな」

「そんな悠長なこと言っている場合じゃないんだよ」

「ごめんごめん」

「本人を連れて行くからカウンターでなく個室を取っといてよ」

「分かった。七時でいいのかな」

五分ほど遅れて二人が到着するとカウンターに座る客が小百合の出現に驚きの目を向けた。

「これから取材なんですよ」

常連とおぼしき客に大神田が説明した。客は大神田が芸能記者であることを知っている。通された個室に握りと刺身の盛り合わせが運ばれて来た。料理を勧めても小百合は俯いたままだ。並んで座る小百合の掌が森橋の手を固く握り締めている。

「何を言っても社長が聞く耳を持たないんだよ。仕方ないから二人で独立しようと思って」

「仕方がないよね、でも慎重にした方がいいよ。この世界は堅気の世界じゃないからどんな邪魔や妨害が入るかもしれないしね」

熱燗を森橋の猪口に注ぎながら言った。

「私、彼と結婚するつもりなんです。結婚してしまえば社長さんだって私たちの仲を反対できないでしょ」

大神田は潤んだ目で見つめられる森橋が羨ましかった。

「だったら、うちの雑誌で婚約を発表してしまえばいいじゃない」

「それも考えたんだけど、もうちょっと待ってよ」

「森橋ちゃんも彼女に対してその気があるんだろ」

「もちろんだよ。でも社長と喧嘩別れはしたくないんだ。飼い犬が後ろ足で飼い主に砂を掛けるようなことだけは避けたいし」

「私たち結婚するの。そのときは大神田さん協力してね」

寄り添って座る姿を見せつけられると嫉妬心が湧いた。

そんな二人だからこそ味方に付きたかった。

「任せてよ、どんなことでも協力するよ」

大神田は大将に勘定を申し出ながら胸を叩いた。


『週刊太陽』に二人の記事が載ったのは寿司屋で食事をした一週間後のことだった。

「独占スクープ！　西丘小百合（十七歳）とマネージャー森橋吾朗氏（二十七歳）との秘められた愛がいま公に」

サブタイトルは「西丘小百合がマネージャーの森橋吾朗氏と結婚へ！」となっていた。

「沖縄から上京以来、ホテル暮らしの私は十分なお金も渡されず生活の必需品にも不自由していたんです。そんな私を森橋さんは親身になって相談に乗ってくれました。私が頼れる人は森橋さんだけなんです」

こんな書き出しから始まっていた。

「私の回りの人たちはみんな悪魔です。誰も私との約束を守ってくれないんです。森橋さんは私の何もかも心配してくれます。そんな彼に自然に愛情を感じるようになりました」

大神田が楽屋で二人の相談を受けながら交わした会話がそのまま載っていた。十七歳になったばかりでこれからの活躍を約束されている西丘小百合の突然の結婚報道に芸能マスコミは色めき立った。東邦テレビの歌謡番組に出演していた小百合の元に芸能記者が駆け付けた。

何も知らされていない「カミングアウト」のスタッフがテレビ局に向かったときには既に西丘小百合が報道陣に囲まれていた。

「結婚するって本当ですか」

「私は彼を心から愛しています。何も知らない東京での生活を送るなかで彼は私の神様です。彼の理解がなければこれまでの仕事はできなかったんです」

健気な態度で報道陣に答える小百合を森橋は傍らで見守っていた。

「森橋さんからプロポーズをしたとありますが本当ですか」

質問が森橋に向いた。

「もちろん、僕は本気ですよ。彼女を安心して仕事ができるように守ってあげたいんです」

「ということは…」

「デビュー前に小百合と交した約束事を事務所が守ってくれないことからはじまったんです」

「カミングアウト」の川崎を先頭にしたスタッフが現場に到着したのはそのときだ。

「おい、森橋、勝手なことを言っているんじゃないぞッ」

川崎の叫び声だった。

「あれ、事務所さんの了承は得ていないんですか」

顔に青筋を立てた川崎にレポーターが質問した。

「『週刊太陽』の記事は何もかもが出鱈目だッ」

そう言い放つと森橋は川崎の命令でスタッフに羽交い締めにされて連れ去られた。青ざめる小百合には手の施しようがなかった。収録がはじまった。スタジオに入った小百合は、収録を終えると事務所スタッフの先導で局の裏口に付けられた車に乗せられてマスコミの前から姿を消した。

記事に対して「カミングアウト」が事務所で開いた記者会見では、森橋吾朗の一人芝居だと言って二人の結婚を全面否定した。小百合本人への取材も頑なに拒んだ。マスコミは火元の当人である森橋を追いかけたが行方は杳として知れなかった。


「らっしゃ～い。大神田さん、今夜は旧知のお仲間との再会のようですね」

白地に「大政寿司」と紺の文字で書かれた暖簾を両手で分けて硝子戸を開けると店主が張りのある声で迎えてくれた。

「先に着いちゃったから、やらせてもらってるよ」

右手に猪口を持った森橋がカウンターの中央に座っていた。

菜っ葉服の作業着からグレーのフィッシュボーンのジャケットとピンクのシャツに着替えてい

た。カウンターの明るい照明に照らされた森橋の顔を見ると古本市の喧騒の中で会ったときと違い多少は肉好きが良くなっているが当時の面影が蘇って来た。衣装と場所が変わっただけで人間の相はこんなに変わって見えるものなのかと改めて知らされた。

「職業が変わっても着こなしのセンスは相変わらずだね」

そう言いながら森橋の左側の席に大神田は腰を下ろした。

「駄目だよ、安月給じゃお洒落どころじゃないよ」

「とにかく元気そうで…。ずっと気になっていたよ。誰に聞いても森橋ちゃんの行方を知る者がいなかったものだから」

「私は森橋さんが店に入って来た時からすぐに分かりましたよ。お二人が会うのは二十年ぶりくらいなんだそうですね」

大将がそう言いながら中トロを切って二人の前に置いた。

寿司屋の亭主は客が勘定を申し出ると一瞬目を瞑って指を折り曲る。それが算盤《そろばん》の役目を果しているのかはともかく自信を持った口調で金額を口にする。出された金額が適切な数字なのかは疑う気にもなれないがこれだけの歳月を経ても森橋を覚えていたとなれば大将の口から出る勘定の金額も疑う余地がないのかもしれない。

森橋が大将に猪口を持たせて熱燗を注いだ。

三人が猪口を持って乾杯を口にし合った。

大神田が財布から名刺を一枚出してカウンターに置いた。

「集芸社・常務取締役」と肩書が刻まれていた。

今度は森橋が胸のポケットから茶色に変色している二つ折りに畳んだ革製の財布を出した。

「大神田ちゃんは、俺と会ったときから頭を下げ続けているのはこれの件だよね」

財布を開くと紙幣の入った反対側に灰色にくすんだざら紙が折り重なって入っていた。森橋がそれを取り出し慎重な手つきでカウンターに広げた。隅々が擦れてボロボロに千切れる寸前の雑誌の誌面だった。

「独占スクープ！　西丘小百合（十七歳）とマネージャー森橋吾朗氏（二十七歳）との秘められた愛がいま公に」

『週刊太陽』一九七二年四月二十日号に載った記事だった。

大神田の視線が釘付けになった。誌面には細身の優男が壁により掛かりながら受話器を持ったカットと西丘小百合と二人で並んだ写真が写っていた。誌面と森橋の顔を交互に見た。

「これは、あのとき俺が書いたものだ」

「そうだよ」

「こうしていつも持ち歩いているわけ」

「ああ、財布に入れているから」

そう言いながら擦りきれそうな折り目のデコボコを両手で平らにしている。大将と大神田は森橋の掌の動きを黙って見つめていた。

「正直言ってあのときは大神田ちゃんを恨んだよ。『週刊太陽』が発売された日、俺たちはそんなことが書かれているとは露知らず歌番の収録でテレビ局に入ったんだ。本番前のカメリハが終わったところで大勢のマスコミが番組ディレクターの制止を振り切って雪崩のようにスタジオに押し掛けたものだから共演者も何事が起きたんだと慌てちゃって。俺は、そのときはじめて自分たちのことが書かれていることを知ったんだ」

包丁を持つ大将も手を止めて森橋の言葉に耳を傾けていた。

「書くぞって、一言だけ言ってくれたら俺だって対処のしようがあったんだよ」

「そうなんだよね。原稿を上げたところで電話を入れたんだけど連絡がつかなくて」

「もういいって、そんなことは」

言い訳は聴きたくない。左右に首を振った森橋の顔がそう言っていた。

「マスコミの到着に、少し遅れて社長が事務所のスタッフを連れて駆け付けたんだよな」

呟くように言うと森橋は熱燗を注文した。運ばれて来た酒を手酌で猪口に注いだ。口に含むとゆっくりと飲み干した。大神田は黙って森橋の口元を見つめている。

「番組の収録が始まったところで俺だけが拉致されて事務所に連れて行かれたんだ。あの後、俺が表に出ることはなかったけ俺がどんな目にあわされていたかは分かってたよね。思い出すだけでも背筋が寒くなるよ。よく生きていられたなぁって」

話を振られた大神田は猪口を持つ手を止めた。

「うん、推測はついていたけど…」

「そんなところだよ」

森橋が姿を消した後も、小百合は入っていたスケジュールに穴を空けることなく仕事をこなしていた。

タレントを抱える企業（レコード会社、芸能プロ）にとってタレントは収益を上げるための商品であり道具でしかない。芸能マスコミが取り上げるタレントの記事も宣伝に繋がると見れば諸手を挙げて協力するが価値を損なう場合には徹底的に潰しにかかる。

二人の結婚記事で、書かれた記事の当事者に接触ができない媒体は二人の結婚問題をそれ以上後追いすることをしなかった。いや、できなかった。自分の書いた記事が事務所に全否定されたが、『週刊太陽』には事務所からもレコード会社からも抗議の連絡は一本も入らずのまま何事もなかったように鎮まった。西丘小百合は芸能活動を続けていた。

「俺が事務所に連絡を入れても、あいつは辞めた。それだけで電話は切られたから連絡の取りようがなくて」

大神田は森橋との接触を試みたが電話連絡以外の手だてはなかった。

飲み干された森橋の猪口がカウンターの上から照らす照明で光って見えた。

「結果はあんなことになっちゃったけど、言わせてもらえるなら俺なりに森橋ちゃんと小百合の立場を考えて書いたつもりなんだ」

出された中トロが乾いて色を失っていた。

「それは分かるよ。書いてほしいときには頼むって俺が大神田ちゃんに言ったんだもの。あれはこの店で飯を喰ったときじゃなかったかなぁ」

「そうだよ、小百合を交えて話したのはここの座敷だったな」

そう言って後ろにある個室を振り返った。

「申し訳なかったけど俺の読みが甘すぎたんだよね。二人の結婚の意思を既成事実として公表することで事務所側がこれまでの小百合に対する不誠実を詫び森橋ちゃんの実直な仕事に対しての姿勢を認めて物事が好転する。そんな期待を込めて書いたつもりだったんだよね」

「そうだと思ったよ。でも一報入れてほしかったな。こんなことを書いたからって」

「俺なりには良かれと思って書いた原稿だけど。連絡がついて森橋ちゃんの気が変わって止めてくれと言われたらどうしようと…。輪転機は回っていたし、それが怖くて…。勇気がなかったんだよ」

「週刊誌って毎週毎週ネタに追われているわけだから、何もない週だってあるだろうからね」

見透かされたような森橋の言葉に大神田は返す言葉を失った。

「でもな、小百合とお母さんは俺に感謝していると思うんだ。だってあの騒動があったからこそ小百合は学校に行けるようになったんだもの。大神田ちゃんにも感謝しているんじゃないかな。あの子は馬鹿じゃないから」

森橋の手を離れた西丘小百合は売れっ子アイドルタレントの道を歩みながらもアメリカンスクールに通って卒業していた。学業を優先する姿勢は崩すことなく中央線沿線にあるＳ大学に進み、在学中に著名な作家と結婚して出産したが大学は卒業している。

「本当に感謝されているのかなぁ」

「していると思うよ」

「そう言ってもらえれば俺も楽になったよ。大将、腹が減ったから何か適当に握ってよ」

長年背負っていた肩の荷を下ろしたのだろう、大神田は猪口を運ぶ回転が速くなりトロだの海栗を続けざまに頬張った。

もちろん森橋にも同じものを握らせて勧めた。

「小百合の勉学心を煽っていたのは生まれ育った故郷の沖縄の置かれた立場だよね。沖縄に駐留する米軍に対する恨みと仇打ちだよ」

森橋は米軍の日本政府のもとで取り交わされている「日米地位協定」の理不尽さを小百合から聞いたそのままの言葉を使って大神田に説明した。

「今だって基地問題は揺れているよな。沖縄は戦後じゃなくていまだに戦時中みたいなものだよね」

硝子戸が開いて客が入っていきた。

「らっしゃ〜い」

大将が愛想よく迎えた。おしぼりを出して飲み物を聞く。

「まずは生ビールをもらおうか」

湿っていた空気が来客の登場で一変した。

「事務所を辞めた後、どうしていたの」

わだかまりの消えた大神田が踏み込んだ。

「大学に入ったのは税理士の免許を取ろうと思ってのもので、大学を中退して芸能界なんかに入ったもんだから公務員の父親が怒って、実家とは音信不通になっていたんだ」

芸能界を追われた森橋は人生のやり直しを考えた。両親に詫びて実家に戻り税理士資格を取れる専門学校に通った。

「無理だったよ。勉学とは全く縁もない業界に五年もいたもんだから、頭のほうが呆けちゃって勉強したことがてんで頭に入らないんだよ」

猪口を持つ手を休めて寿司ネタの書かれたボードに視線を向けた。

「税理士試験を諦めたら両親の元に居続けるわけにもいかないだろ。懇意にしていたマネージャー仲間に連絡を入れたら仕事を紹介されたのさ」

それは演歌畑の大手芸能プロダクションから独立して事務所を構えた六月和子だった。『紅白歌合戦』にも三回出場している実力派の六月はその後ヒットにこそ恵まれなかったが地方回りの営業の仕事にはこと欠かなかった。

「地方がほとんどだったから『カミングアウト』の人間と顔を合わせることもなくって気楽にやっていたよ」

独立と同時に離婚していた六月は事務所の経理部長との色恋沙汰がマスコミに書かれると森橋が漏らしたのではないかと疑われて事務所を追い出された。捨てる神あれば拾う神ありで、今度はギャラの安さに我慢の限界を感じた大林貴美子がデビューから世話になっていた大手芸能プロから独立を企てた。

これに怒った事務所は音事協（日本音楽事業者協会）に手を回し、テレビ局など電波媒体はもとより全国規模で営業を仕切る関係各所に手を回して徹底的な締め出しを図った。その圧力を知る業界関係者は大林からの協力要請にも逃げるように離れて行った。

大林は西丘小百合と同時期にデビューしていたこともあり仕事先の楽屋で森橋とは何度も顔を合わせていた。失職中の森橋に大林からスタッフとして手伝ってほしい旨の連絡が来たのはそれから半年後だった。

森橋が仕事欲しさに恥も外聞も捨て関係各所に営業で回ったが仕事は一向に入ってこなかった。

「何社かの限られた大手プロダクションの仕切りで芸能界は回っている。それに楯突くとことごとく潰される。儲かるのは経営者だけ。それをいやというほど知らされたよ」

表向き自由競争で動いているはずの芸能界はそうじゃない。芸人は仕事がなければ陸《おか》に上がった河童同様だ。否応なく事務所を閉めた。森橋が辿りついたのが新聞広告に載っていた「郵便局集配係り募集」だった。これが郵便局の菜っ葉服を着ることになった森橋のこれまでの足取りだった。

「週刊誌は、書かれる側にとっては荒海を泳ぎ回る人食い鮫のようなものだよ。食い散らかすだけ食い散らかして後は逃げの一手なんだもの」

大神田は森橋の前に出した名刺を申しわけな気に引っ込めた。

「もう少しなにか切りましょうか」

大将の言葉が固まった空気に新鮮な酸素を吹き込んでくれた。

「そうだね、もう一本燗をつけてもらえますか」

大神田の声が心なしか元気を失っていた。熱燗が森橋の前に置かれた。

「でも、この記事を書いてもらったおかげで俺は通っていた専門学校では人気者だったんだ」

「何が役に立ったわけ」

カウンターに広げた週刊誌の記事は二つ折りにはなっていたが、まだその場に置かれていた。

森橋が再びそれを広げた。

「マネージャーで公にタレントとの結婚宣言したのは後にも先にも俺が最後だと思うんだ」

確かのその通りだ。

「先生を囲んだ同級生との飲み会の席で、この記事を見せると俺は一躍スターよ」

記事を読んだ同級生たちは西丘小百合とのつき合いを根掘り葉掘り聞かれた。森橋はありのままを話した。

「そこにいた全員だよ、全員が羨ましやがったさ」

「俺が書いた原稿が用を成したことになるんだ」

「試験には受からなかったけど、この材料があったから専門学校に通った二年間はおかげ様で楽しく過ごすことができたよ」

大神田の顔がほころんだ。

「だったら森橋ちゃんのこれまで歩んできた人生を、俺の持っている人脈で夕刊紙の『あの人は今』のコーナーで書かせようか」

「俺のことを？」

「今度はちゃんと許可を取ってからにするから」

大将がまんざらでもない顔つきで聞いていた。

「余っ程じゃないと新聞なんかに書かれることはないからね。もっとも犯罪者なら別だけど。ここはひとつ人生の思い出として大神田さんに一肌脱いでもらったらどうですか」

「そう言われると悪い気もしないなぁ」

「第二の人生を楽しむための材料としていいアイディアじゃない」

大神田がたたみ込んだ。

「そうかなぁ…」

大将の手から森橋の猪口に熱燗が注がれた。

「じゃひとつ頼むとするか」

大神田の顔が緩んだ。

「新聞に載ったらここでまた飲もうよ」

「そのときは私にご馳走させて下さいよ」

捻り鉢巻を締め直した大将が爛漫の声で申し出た。

「じゃ、俺はまたこのカウンターで寿司にありつけるわけだ」

「任してよ〜」

大将の威勢のいい声が店内に響き渡った。

西武新宿線の東村山にある団地で妻と二人で住む森橋は、おぼつかない足取りで御茶ノ水駅に向かった。ビルの谷間から見える西の空に上弦の月が浮かんでいた。

蘇州夜曲

「お父さん、我慢《がまん》さんから電話ですよ」

丹熊甚一《たんくまじんいち》は手にしている猪口を卓袱台に置くと立ち上がって妻の花子から渡された受話器を手に持った。

「コスモレコードの制作担当者からかおり君のレコードデビューに関する打ち合わせをしたいという連絡が入ったんですよ。明後日の三時に先方の本社で会う約束をしましたんで一時ころまでに上野に出てきていただけませんか」

催促するような電話をかけてきたのは作曲家であり音楽プロデューサーも手掛けている我慢《がまん》静夫《しずお》だった。

「今日も田植であと二、三日は外せないんですが」

節くれだった指の関節を眺めながら言った。福島県いわき市郊外に六反歩ほどの田畑を持つ丹熊家はこの村では五本の指に数えられる豪農として知られている。この日も村の衆の助っ人を頼んで自宅の前に広がる田圃の田植えを終えて晩酌をしているところだった。

「コスモさんが乗り気なんですよ。かおり君を歌手デビューさせる気持ちがおありなら是非会っていただきたいんです」

そう言われても今日頼んだ助っ人衆を明日も頼んである。

「お父さん、田植えは私が村の衆とやっときますから」

耳元で花子に囁かれると甚一は我慢の申し出を断れなかった。

翌朝、着慣れない紺の背広を箪笥から引っ張り出し約束の時間に合わせ常磐線の上り急行列車に乗った。胡麻塩頭の甚一が上野駅のホームに降りると口髭を生やした我慢が走り寄って来た。

「列車は混んでいました？」

「大丈夫でした、座れましたから」

「そうですか、よかったです。じゃ行きましょうか」

公園口に出てタクシーを拾った。

「かおり君に対しての評価がどれくらいのものか。それと新人のデビューには相当な宣伝費が必要となりますんで先方がどの当たりを考えているのか。そのへんの相手の出方を窺ってみようと思いまして」

渋滞で車の流れがのろのろだ。道路の両側にせり出すように建つビル群に目を奪われている甚一に我慢が念を押すように言った。

コスモレコードは赤坂・ＴＢＳテレビの裏手にある五階建ての自社ビルだ。タクシーが玄関前に停まると玄関口に置かれた鉢には大型の白い六弁花《ろくべんか》の辛夷の花が咲いていた。

コスモレコードの三階にある応接室の壁には『紅白歌合戦』で歌う絢爛豪華な和服姿の美空ひばりの写真が木枠の額縁に入って正面の壁にでんと飾られている。

演歌の女王・美空ひばりは一九七二年まで九年連続で『ＮＨＫ紅白歌合戦』の紅組でトリを任されていた歌謡界きっての実力派だ。

写真の下に付いている説明は最後のトリとなった二年前のステージを撮ったものだった。甚一はその写真に思わず頭を下げた。

写真の横に重厚なチーク材で出来た五段組みのサイドボードが置かれている。中には多くの所属歌手が獲得したトロフィーと楯、それにミリオンセラーを記念して作られたアルミのケース入りの金色に輝くシングル盤が七枚並んでいる。それだけでもコスモレコードが音楽業界の老舗であることが見て取れた。

「こちら、福島のいわき市から来ていただきました丹熊かおりさんのお父さんです」

甚一は通された応接室で体を固くして座った。

我慢が制作部長の名刺を出した鴨下澄夫を甚一に紹介した。

ひばりの写真に関心を示した甚一に、鴨下が丸縁の眼鏡の縁を右手の人差指で上げながらひばり母娘の歩んだ道のりを説明した。

「ひばりさんは、小学校三年生の頃からお母さんの勧めで近所の銭湯の入り口に蜜柑箱を置いて夕方になるとその上に乗って毎日歌っていたんですよ」

「それは歌手になるためにですか」

甚一が福島弁の混じった言葉で質問した。

「そうですよ。自分の娘の歌の非凡さを信じたお母さんが人前で歌うことに慣れさせたくて歌わせたんです」

「娘の力を信じて精進させれば夢は叶うということですかね」

甚一の声はダミ声に近い。

「歌手になりたいという母娘の執念が実ったんですね。それが認められたからこそ毎年のように『紅白』のトリを務める日本を代表する歌い手になれたわけですね」

そう説明されると甚一は美空ひばりの写真に再び視線を向けた。

「かおり君は歌を歌いたくて、高校を卒業すると自分から水上温泉の宴会用の舞台を持つ温泉ホテルに就職してきました。仲居さんとして働く傍ら時間が空くと私のピアノの伴奏でステージに立つようになったんです」

我慢が言葉を挟んだ。

「ひばりさんは銭湯の前で、かおりさんは温泉で歌の修業を積んだ。お互いの共通点がありますねぇ」

鴨下の言葉に我慢が腰を浮かせた。

「偶然の一致としては幸先がいいですよねぇ」

今度は鴨下が大きく頷いた。

我慢は作曲家であり音楽プロデューサーとしての肩書きを持っている。自分の弾くピアノで歌の修業をはじめた丹熊かおりの将来性を見込んで鴨下に紹介した当人だ。

「我慢さんが送ってくれたかおりさんのテープは聴きました。年齢に似合わずパンチを持った歌唱力がいいですよね」

「そうでしょ」

我慢が得意満面な表情で甚一に視線を流した。

「ひばりさんの場合、戦後の貧困で国民の心が荒みきっているところに青空に突き抜けるような明るい歌唱力を持って登場したわけで、ラジオでの人気が爆発して注目されるようになったんです」

「時代が後押ししてくれたんですね」

「その通りです」

「うちのかおりの場合はどうですか」

甚一が問いかけるように呟いた。

「弾ける可能性はありますよ。ただ、今の時代は電波媒体や紙媒体と宣伝しなければならない媒体が多岐にわたっていますから、本人の実力もですが宣伝次第というところもあるんです」

鴨下が黒革の表紙が付いた厚めのシステム手帳を開いた。几帳面な細かい字でびっしりとページは埋まっていた。鴨下が動かす指の先を見ると小橋ルミ江、南田沙織の名前が書き込まれ名前の下に金額が書き込まれている。

「これはデビューに際して彼女たちの所属するレコード会社が組んだ予算なんです。ここに示されている通り『紅白』を目指す実力のある歌手デビューともなれば七、八千万円の予算はどうしても必要になるんです」

煙草に火を点けると一呼吸して甚一と我慢の顔を交互に見た。

「予算の内訳はラジオへのレコードCMスポット、テレビ出演への工作費、新聞・雑誌関係の広告、街頭のポスター、衣装、新曲の制作費などでこれらを合計するとこんな額になるんです。この経費に関しては事務所とレコード会社が折半で用意する。そのことは私が言うまでもなく我慢さんが分かっていると思いますけど」

至極明快な言い回しだ。

「うちから七年前にデビューした都はるかの場合は、こんな具合に宣伝費をかけたんです」

都はるかは前年の『紅白歌合戦』で、先輩を押しのけて紅組のトリを務めた実力派だ。その彼女のデビュー時の宣伝費が八千万円だったという。

「都の場合、これだけの経費を要しましたがデビューからのシングル盤が七枚で百九十万枚。LPが二枚で百万枚とヒットを飛ばして合計の売り上げが三十億円を上げたんです。ランニングコストを入れても我が社として二十億円は稼がせていただきました。こんなわけで歌手は当たると利益が大きいんです」

「歌手はレコードが売れて有名になると一日五十万円とか百万円になる地方の営業の仕事が入るんです」

我慢が続けた。

「そうですね。月に営業が十本入れば七百万円。年間にして一億円は事務所さんの稼ぎになりますからね」

鴨下は事もなげに言った。

「ところで、かおりさんはどこのプロダクションに預けるおつもりですか」

「これだけ可能性を秘めた子ですから新しく事務所を立ち上げようと思ってるんですよ。四、五千万円かけても売れればすぐに元が取れるわけですから、他の事務所にその旨味を持って行かれることもないでしょ」

我慢が間を置かずに言った。

「資金の方は心配ないんですか」

「丹熊家はかなりの資産家ですから、事務所の役員になっていただいて協力をお願いしようと思っているんです」

「そうですか。でしたら心配はないですね」

甚一の耳たぶが微妙に動いた。

続けて一枚のシングルレコードに関する印税の内訳も出た。

「三百五十円で売られるレコードは作詞印税三%、作曲印税三%。歌唱印税は一%で原盤権の印税は四%。これはレコードの制作費を出資した会社に支払われるんです。レコード店の利益は価格の三〇%です」

鴨下の口から離れる言葉は債権の説明をする銀行員のようだ。

「歌謡界では美空ひばりの歌唱印税が二％で例外なんです」

付け加えた説明はこうだった。

「ひばりさんは歌が上手くて、レコーディングでも歌い直しなしの一回の収録で終わるんです。何回も歌い直しがあるとスタジオの使用料や参加ミュージシャンへのギャラも高くなるんです。ひばりさんのお母さんは、娘のレコーディングは他の歌手に比べて安く上がるんだから印税を高くしても良いんじゃないか。そんな申し出がありまして、それをレコード会社が受け入れたんです」

甚一はそんなものかと聞いていた。

「うちは演歌部門が強くてひばりさんだけでなく都も島本千代子います。次代のスター育成として実力が備わっている新人となれば会社もそれなりに力を入れてくれると思います」

「コスモさんがそう言っていただけるのでしたら、うちもそれなりに頑張らせていただきます」

「我慢さん、丹熊さん、お互いに頑張りましょう。ただ一言言えることは毎年百五十人近い新人がデビューしているんですが、三年後まで残るのは五人いるかいないかなんです。そのあたりは我慢さんも承知しているとは思いますが」

「力のない者は消えて行く、力のある者だけが生き残る。そんな世界ですよね」

小さく頷く鴨下に甚一は深々と頭を下げた。

コスモレコードを出た二人は歩いて一〇分ほどのところにあるＴＢＳテレビ前の喫茶店「アマ

ンド」に場所を移した。

「お父さん、鴨下さんもあの通りで乗り気でよかったですね。事務所は私が代表でお父さんも役員として参加していただきますから」

「私が芸能プロダクションの役員になるんですか」

「そうですよ。近々登記を済ませます。事務所の場所は交通の便からしても表参道と明治通りが交差する明治通り側のビルにしようと不動産屋と交渉中です。これからが楽しみですね」

甚一は頭の中が整理されない顔で頷いた。

我慢に送られて上野駅に向かった。駅の売店に走った我慢が幕の内弁当とワンカップ大関を二本添えて甚一に渡した。


丹熊家には長男の勝男と四歳違いのかおりがいた。

かおりは歌が好きだった。ラジオから流れる歌を聞きながら覚えて歌った。親の欲目にしても愛嬌のある顔立ちとスタイルも悪くはなかった。小学三年生になると朝丘雪路が歌って流行していた『ドンパン節』も見事なパンチを使って歌った。

田舎の村祭りは青年団の活躍の場としての大イベントだ。春の田植え前にある豊饒祭と秋の収穫を終えた後の新嘗祭は村人が揃って鎮守の神社に出向いて神楽を舞ったりと大賑わいだ。

恒例の〝のど自慢大会〟では青年団長が司会進行をつとめる。

甚一は自分の村の〝のど自慢大会〟だけでは飽き足らず、村会議員の地位を利用し周辺で開催される祭りの〝のど自慢大会〟にかおりの参加を申し込んで自分の運転する車で連れて行った。かおりの登場に拍手が湧くのは、甚一が街の洋服屋に注文した最新デザインの衣装を用意して舞台に上げるからだ。かおりが十歳のときの祭りには赤と白と青を組み合わせたトリコロールのブラウスと赤いフリルの付いたスカートを着せた。

「次は丹熊かおりさんです、皆さん盛大な拍手をお願いします」

テレビから抜け出てきたような衣装で登場したかおりに会場は一瞬静まり返り、それから拍手が湧いた。マイクを持つと美空ひばりを彷彿させるこぶしの効いた歌唱力にこれまた会場が沸いた。

愛嬌のある笑顔も舞台受けする。

歌い終えたかおりに司会者がマイクを向けた。

「それにしても上手ですね。大きくなったら何になりたいんですか」

「東京に出て歌手になりたいんです」

堂々と答えた。甚一が言わせたわけではない。甚一はそんな我が子を『紅白歌合戦』の舞台に立っている姿をダブらせて眺めていた。

高校二年の春休み、市民会館で開かれた地元テレビ主宰の〝のど自慢コンクール〟に出場した。娘の晴れ舞台に甚一はかおりを福島のデパートに連れて行きグリーンのワンピースと赤いカーディガンを選んだ。かおりは弘田三枝子の『人形の家』を歌った。家族上げての応援の甲斐もあってか予選を通過したかおりは二十人が出場する本大会に駒を進めた。ここでも最優秀賞に輝いた。

大会委員長から渡された大きなトロフィーを抱えたかおりに審査委員を務めた東京のテレビ局のプロデューサーが声をかけてくれた。

「もしその気があるようでしたら私に連絡をください。レッスンを積めば歌手として十分やっていけると思います」

かおりは帰路のハンドルを握る父親にそのことを話した。

「審査員の先生がそう言ってくれたのか」

「名刺ももらったの」

名刺には「東西テレビ制作部長」と書かれていた。

「お前がステージで言った言葉をお父ちゃん聞いていたけど、本当に歌手になりたいのか」

「審査員の先生も言ってくれたから」

甚一の頬が緩んだ。玄関口で迎えた花子はトロフィーを抱えるかおりを抱きしめた。丹熊家の居間のテレビの上に置かれたトロフィーが天井から下がる蛍光灯の光に輝いている。

「いやぁ、かおりは大したものだ」

晩酌の猪口を手にした甚一はそう言って悦に入っている。

「この村から歌手が出たなんてことになるとお父ちゃんは嬉しくてしょうがないなぁ」

かおりが眩しそうに父親の顔を見た。勝男も聞いていた。

「審査員がどんなうまいことを言ったか知らないけど、下心がなければそんなうまいことを言うとは思えないけどなぁ」

高校を卒業して稼業の百姓仕事を継いでいる勝男の言葉は辛辣だ。

「私が歌の勉強したいって言っているのに、お兄ちゃん私の夢を潰すようなことしか言わないんだから」

「そんなことないよ。お前くらい歌える女の子は全国にいくらでもいるだろうから言っているんだよ」

「どうしてそんなことを言うの」

かおりの目から大粒の涙がこぼれ落ちた。

「お父さんはどう思っているんですか」

トロフィーを眺める花子がかおりの背中をさすりながら訊いた。

「賞をいただいたんだからかおりの気持ちもわかるよ。でもプロの道に進むとなればそんなに生易しいことではないってことは事実だろうけどな」

甚一は諸手を挙げて賛成したかったが福島の片田舎の村人にとって東京、芸能界という言葉は敷居が高すぎた。

ブラウン管に好きな歌手の姿が映るとかおりが歌う。勝男がうるさいと言って怒鳴る。そのたびにきょうだい喧嘩になった。

歌手として通用する。そうお墨付きを与えてくれた審査員から連絡が来るわけでもなし、話は立ち消えになっていた。高校を卒業したかおりが選んだ就職先は、群馬県の水上温泉にある老舗の温泉ホテルだった。就職課の先生は都内の繊維会社やデパートなどの求人案内を生徒に勧めたが、かおりの目を引きつけたのは温泉旅館の会社案内のパンフレットだった。

重厚な歴史を感じさせる温泉宿の建物でもなく、大宴会場の広間で料理に舌鼓を打つ客の写真ではなかった。宴会場に設けられているステージでピアノをバックにマイクを持つ客の姿に目を奪われた。

接客係の採用でも自分の歌の歌唱力が認められたなら、客が歌う合間に自分がピアノの演奏をバックにマイクを握る機会があるかもしれない。そんな無邪気さが応募のきっかけとなり応募すると採用内定を取り付けた。

「躾の厳しい旅館で働けば、女の子として行儀作法が身につくからお母さんは大賛成よ」

花子はかおりの就職の選択を賛成してくれた。

就職したかおりが巡り合ったのが作曲家を自認する我慢静夫だった。我慢は東京のレコード会社から送られてくる詞に曲を付ける仕事もしていた。働き者の両親を持つかおりはよく働いた。

職場の先輩たちにも可愛がられた。客を送り出すと掃除機を手にして宴会場の掃除をしていた。

我慢がピアノを弾いていた。紺地に赤いチェック柄の入ったブレザーに白いポケットチーフは、のど自慢大会で表彰を受けた審査員と同じお洒落をしていた。

かおりがその様子を眺めていると我慢が振り返った。

「歌は好きなのかな」

「はい、大好きです」

「そうかぁ。朱里カズコが『紅白』で歌った『北国』は俺の曲なんだ」

傍らに置かれた歌謡曲集の冊子を広げた。

「ほら、和田由紀子のこの曲も俺が作った曲なんだよ」

曲のタイトルの下の欄に載っている自分の名前を指さした。

我慢がこのホテルでピアノを弾いている理由を説明してくれた。

「ここの自然に魅せられてきたんだよ。少し歩けばロッククライマーの憧れでもある谷川岳の屛風岩がある。緑と険しい渓谷の入り組んだ温泉郷と綺麗な伏流水。俺にとって曲作りをするのに最高の立地が揃っているんだ」

昼は作曲の仕事をして夜になるとステージに立つ客の相手をする。かおりがパンフレットで見たのはその写真だった。

「先生、私地元のテレビ局が主宰したのど自慢大会に出たことがあるんです」

掃除を終えたかおりが作曲の作業を続けている我慢に話しかけた。

「ほ〜どんな歌を歌ったのかな」

「弘田三枝子さんの『人形の家』です」

「本当、だったら聴いてみたいなぁ」

我慢の演奏に合わせてかおりが歌声を張り上げた。

伸びやかな歌声がピアノの演奏にグルーブしていた。

「キーをひとつ上げてみるからマイクを持ってもう一度歌って」

「はい」

今度は歌声が宴会場に木霊するように響き渡った。

「誰かのレッスンを受けたことあるの」

「審査員の先生が東京に出てこないかと勧めてくれましたが…」

かおりが歌手志望であることも知ると我慢が立ちあがった。

「今弾いたキーで歌いこなせるんなら面白いなぁ。高音で歌えるっていうのは聴いてる人の気持ちを高揚させてくれる力を持っているんだ」

かおりに旅館の社長の前で『人形の家』を歌わせた。

「去年までうちにいた専属歌手より上手いじゃないか」

「そうでしょ」

我慢が自慢顔で相槌を打った。

「君はこんな特技を持っていたんだ。歌ってよ。君の歌ならお客さんが喜んでくれること請け合いだ」

お客さんが食事をしている時間かおりがステージで歌うことがその場で決まった。かおりは思わず両手を叩いた。就職で家を出るとき、かおりは大事にしていた〝のど自慢大会〟で着た衣装をバッグに入れて持って来ていた。その衣装を我慢に見せた。衣装に着替えて社長の前でもう一度歌った。

それがリハーサルとなってその夜からかおりはステージに立った。

酒を飲みながら聴いてくれる客ではあるが美空ひばり似の歌唱力にお客さんは箸を動かすのを

止めて聴き入ってくれた。

食事を運ぶ仲居さんも立ち止まって聴いてくれた。客の喜ぶ姿を見た社長は細身でスタイルのいいかおりに合った衣装の用意を申し出てくれた。温泉旅館にしてみれば専属歌手の誕生だ。

午前の仕事が終わるとステージに上がる日は午後の仕事は免除された。我慢の演奏でレパートリーを増やすレッスンが始まった。

毎晩三〇分を越すステージを務めるようになっていた。

就職して一年が経過していた。

「どうして東京に出て行かなかったの」

宴会場の客が引き揚げた後、ビールグラスを持った我慢が聞いた。

「お父さんは賛成でしたがお兄ちゃんが反対して…」

「じゃ、お父さんを説得すれば可能性があるのかな」

「大丈夫だと思います」

「君をこのまま眠らせておくのはもったいないと思っているんだ」

我慢の褒め言葉がかおりの気持ちを大きくしていた。

「確か、田舎は農家と言ってたよね」

「お爺ちゃんの代から村会議員をしているんです」

「じゃ、お父さんも」

「はい」

田舎で議員をする家族と言えば地元の名士と相場は決まっている。

「じゃ、僕がお伺いして君の歌手への道を口説いてみようか」

「本当ですか」

我慢とかおりが上越線の水上駅から高崎線に乗り換え上野から常磐線のいわき駅に向かったのはホテルの仕事が一段落する月曜日だった。二人が丹熊家の玄関の敷居を跨いだのは午後の三時を少し回っていた。母屋の米俵の積まれている広い土間から上がり框に靴を脱ぐと居間は真ん中に卓袱台が置かれている。

前方に聳える安達太良山の頂きに雪化粧が残っていた。我慢は縁側に立ち耕運機の置かれた庭先と目の前に広がる田園風景とを見渡した。甚一が丁重な物腰で迎えてくれた。

「随分と広いんですね」

両手を大きく広げて空気を深く吸い込んだ。

「この回りの土地は全部うちのもので二町歩ほどあるんですわ。半分が畑で半分が田圃。先祖代々から引き継がれた土地なんですよ」

先祖代々稲作と野菜の生産農家として生きてきた。

甚一はそんな説明も加えた。

「そうですか。かなり暖かくなってきましたから、これから野菜類の種蒔きとかで忙しくなるんでしょうね」

農家の家屋は都会の住宅と違って何もかもサイズが桁違いに大きい。それぞれの部屋は障子で仕切られているが障子を取り外せば冠婚葬祭にも使える大きさだ。我慢は物珍し気に家の中を見回してから出された絹の座布団に腰を下ろした。

「半年ほど程前からですが、かおりさんが私のピアノの伴奏でステージに立つようになったんです」

出されたお茶菓子を前に我慢が説明した。

甚一はかおりが働く温泉ホテルに住み込みで就職をするとき、自分の運転する車に荷物を積んで送って行った。女将の計らいで食事をご馳走になり勧められるままに飲んだ酒が過ぎて一晩泊まって帰ることになった。東京から社員旅行で来ていた客が飲めや喰えやの大騒ぎしている宴会場でステージに置いてあるピアノを相手に客が次々にマイクを握って唸っている姿を目にしていた。

我慢はそのときのピアニストだった。客がマイクを握らないときにはかおりがマイクを握っている。我慢の説明はこうだった。

「かおりが、あのステージで歌手の真似事をしているんですか」

「はい、今は真似事ですが東京に出て歌手デビューをさせてみてはどうかと。そんな相談で今日はお伺いしてみました」

我慢の傍らに座ったかおりが甚一に言った。

「お父さん、我慢先生は朱里カズコさんや和田由紀子さんの曲を書いている有名な作曲家なんです。先生が私の歌を、東京に出ても十分通用するから歌手になってみるつもりはないか。そう言ってくれるんです」

「私は芸能界では多少名前の通った作曲家です。私の推薦があれば大手のレコード会社も乗ってくれると思いまして」

ピンクのシャツに赤と黒を基調にしたペイスリー柄のネクタイを締めた我慢の衣装は農村部には似つかわない。黙って遠回しに接していた勝男も自分の妹の歌を褒められると嬉しそうに頷いていた。

「娘さんの歌手デビュー。お父さんの御意見はいかがですか」

物腰の柔らかい言い回しだった。

「突然のことですからどう答えていいかわかりませんが、娘が望んでいることでしたら私が反対する理由はないですよ」

「お父さん、本当ぅ」

「ああ、小さい頃からのお前の夢が現実になるんならお父ちゃんもこんなに嬉しいことはないよ」

かおりは我慢の手を握りしめた。

「お父さんが賛成してくれるんでしたらこんなに力強いことはないです。本当に賛成してくれるんですか」

「私は満州に召集されて戦地に行き生き延びて帰ってきた男です。私が生き延びることができたのは歌の持つ力に救われたからなんです。歌は人間に生きる活力を与えてくれる力があるんです。男に二言はありません」

かおりの歌手デビューは芸能界に顔が広い我慢に任せることで話がまとまった。その夜の丹熊家のテーブルには街の料理屋から運ばれた鮪の刺身や茨城の近海で取れるカレイの刺身も並んだ。アルコールが甚一の頭の中を掻き雑ぜる。

甚一は出兵した満州での激戦を思い出していた。

甚一の父親・幸吉はいわき市に合併される前から村会議員を長年務めてきた実力者だ。幸吉と妻の留子との間に長男として生まれていた甚一は稼業を継いだ。収穫した野菜を一つにまとめて近郊の街に出荷する道筋を付けたり、村祭りでは率先して寄付金を募り世話を焼く人望のある働き手だった。

豪農だけに一反部（約三百坪）を越す広々とした屋敷に茅葺屋根の五〇坪を超える母屋が建ち、別棟に収穫した農作物を保存したり農耕器具などを納める納屋が建っていた。

農家の煮炊きは台所に置かれた二口の竈だ。山から切り出す薪を使って竈で煮炊きする農家の室内は竈のブリキの煙突の継ぎ目の隙間から洩れる煙で天井も板壁も鼈甲色に変色して茅葺屋根の色と調和がとれている。

野良仕事を終え卓袱台を囲んで向き合った甚一と幸吉は手酌で晩酌の猪口を傾けていた。庭先で採れたトマトとキュウリが、包丁を入れたそのままの姿で益子焼のお皿に乗って卓袱台に置かれた。鰹節を乗せたキュウリに醤油を掛けて箸を伸ばした幸吉が、茄子の害虫駆除の農薬配布の時期について甚一に意見を求めた。

「天気予報を見てからの方がいいよ。雨が降ったら薬が流れちゃうから効果がないもん」

そのときだ、丹熊家の玄関の板戸がトントントンと忙しなく叩かれた。留子が立ち上がって戸を開けた。国防色の鍔のある帽子を被った郵便配達人が暗闇を背にして直立不動の姿で立っていた。

「おめでとうございます。召集令状を持ってまいりました」

二十四歳になった甚一の元に一銭五厘の切手の貼られた召集令状が届いたのは一九三九年（昭和十四年）六月の夜だった。

その二年前、満州に進軍していた関東軍と中国軍との間での戦火が拡大し兵站増強の急務から多くの若者が戦地へ招集されて行った。

いわき市の市庁舎で行われた徴兵検査で甚一は身長が一五〇センチを少し欠けている（合格は一五〇センチ以上）ことから乙種合格となり第二補充兵となって徴兵が見送られていた。

村で十二人いる甚一の同級生は八人が満州の戦場に出兵していた。

来るものがついに来た。家族団欒の緩んだ空気が一瞬にして凝縮された。渡された赤紙を持ったまま立ち尽くす留子の手から幸吉が腕を伸ばして掴み取った。

「とうとう来たか」

甚一に見せる前に自分が眼を通した。

縦十五センチ横二十三センチの葉書にはこう書かれていた。

「召集ヲ命セラル依テ左記日時到着地ニ参著シ此ノ令状ヲ以テ当該招集事務所ニ届ツヘシ」

幸吉は半分禿げあがった額に手を当て正面の棚に祭られている神棚に向かって畏まった。甚一も花子も急いで後に続いた。

「死ぬんじゃないぞ、死んだら人間何も残らないからな」

背中の甚一に絞り出すような声で言った。

「留子も猪口を用意しなさい」

卓袱台の前に戻ると幸吉は三つの猪口に酒を注いだ。

乾杯の仕草をすると三人は無言で飲み干した。

出兵命令は一週間後だった。


赤紙の届いた翌日、眠れない夜を過ごした甚一が居間に顔を出すと朝茶の湯呑茶碗を手にしていた幸吉が留子と向かい合っていた。

甚一は眠い目を擦りながら卓袱台の前に座った。

留子の手でお茶が注がれる湯呑茶碗を甚一は眺めていた。

「一人前の人間に仕上げてから行かないとお国のために存分働くこともできないだろうから、出掛ける前に嫁をもらう手はずを整えてやるからな」

幸吉が眉間に皺を寄せて言った。甚一は何のことなのかチンプンカンプンで答えようがなかった。

「お前が嫁をもらうんだよ。嫁は俺の議員仲間の娘さんを頼んでおいたんだ。早かれ遅かれお前にはその娘さんと所帯を持たせようと考えていたから朝飯を食ったら祝言を上げる件でお願いに行ってくる。器量よしでお前もきっと気にいると思うぞッ」

その三日後だった。

文金高島田を纏った花子と紋付き袴姿の甚一が丹熊家の床の間を背に媒酌人の村長夫婦に挟まれて鎮座していた。富士額の丸顔が白粉で化粧され厚い唇に塗った口紅が花嫁の美しさを引き立てている。

甚一は一目で花子の可愛いおちょぼ口が気に入っていた。

障子を外して二間続きにした畳みの広間には三十人を越す親戚と近所の衆が集まって御膳料理を前にしていた。村長の祝辞だ。

「晴れの日を迎えた二人には良き夫婦として子宝に恵まれ末長く幸せに暮らしてほしいんですが、満州国への出兵を控えている甚一君にはお国のために働き無事復員ができることをこの場に居合わせる誰もが願ってやみません。甚一君の頑張りと無事の復員を祈願して皆さん乾杯の御唱和をお願いします」

挨拶が終わると出席者が手にした猪口を目の前の高さに上げた。

「甚一君と花子さんの前途を祝って万歳」

万歳三唱が済むと賑やかな宴会となった。

祝宴が進んでいた。村長夫人が二人の前に立った。小さく頭を下げて二人に酌をすると夫人が傍らに置いていた絣の布袋を開いた。

「村の婦人会の皆さんに頼んで夜鍋で縫い上げたものですよ。甚一君の無事の復員を願って作ったんですから。この〝千人針〟を身に着けていれば鉄砲の弾も逃げてくれる。そう言われている大事なものですから肌身離さず戦ってきてくださいね」

手拭ほどの大きさの木綿の白い布に口を開けた獰猛な虎の姿が見事な構図で赤い糸を使って縫われている。誰の手で縫われたものなのか〝長久〟の文字も赤い糸を使ったものだ。

夫人は〝千人針〟を花子の手に渡した。

「ありがとうございます」

お礼の言葉遣いは甚一の妻としてのものになっていた。

「甚一さん、本当に帰って来てくださいね」

文金高島田の花子が出席者の誰もの視線が注がれている中で甚一の双眸を正面から見つめ手渡した。

両目に涙が浮かんでいた。

「大丈夫だ、心配するなよ」

甚一は花子の肩に掌を乗せて引き寄せた。

新婚初夜を終えた甚一は三輪車の助手席に花子を乗せると街の写真館の前で停めた。二人だけの記念の写真を撮るためだ。花子は水色のワンピースを来ていた。甚一は憲兵隊から届けられた軍服に着替えると飾りのついた椅子に座る花子の後ろに二人の体が被らない位置で立った。眩いフラッシュが焚かれた。

「お二人さん、表情が硬いですよ」

写真屋の注文で三回フラッシュが焚かれた。

「写真は明日にお届けしますから」

撮影を終えると帰り道に電器屋に寄り道した。木造りの長方形をしたラジオを買った。花子の目を見つめて言った。

「俺は渡辺はま子が歌う『支那の夜』が好きなんだ。この歌がラジオから流れてきたら俺を思い出してくれないかな」

花子も視線を外さなかった。

並木路子の『リンゴの歌』や霧島昇の『旅の夜風』、高峰秀子の『煙草屋の娘』などが流行っていた。農家では晩御飯を終えると食後の団欒はラジオから流れるニュースや流行歌を聴くことが唯一の楽しみとしている。母親は農作業で破れた作業着の修復作業に針仕事をはじめる。亭主は手酌の晩酌を続ける。

そんな時間は各々が好きな歌を口ずさみながら作物の育ち具合であったり東京に働きに出た近所の子供たちの噂話に花を咲かせる。

そんなわけでラジオは農家の必需品だ。丹熊家には当然ラジオはあったがこの日買い求めたのは花子が自分の部屋に戻ったとき好きな放送局の周波数に針を合わせて聴けるようにしてあげたい。

甚一の心の籠った優しさだった。

新婚生活は限られた時間の五日間だけだった。心身共に夫婦となった実感を胸に刻んだ甚一は胸を引き裂かれる思いで出兵の朝を迎えた。これほど夜の時間を短く感じたことはなかった。

写真館で撮った写真を千本針の布に包んでポケットに仕舞った。

「嫁の腹の中にお前の子供が宿っているかもしれないんだ。その子のためにも帰ってくるんだぞッ」

甚一の耳元で囁いたのは幸吉だった。

相手が売った喧嘩なら受けて立ってやる。

一九三一年九月十八日、南満州鉄道・奉天駅近く柳条湖付近の線路が爆破された。遼東半島に駐留していた関東軍は中国東北軍の仕業として攻撃を開始した。これが〝満州事変〟だ。これは相手が売った喧嘩と見せかけて満州侵略のため関東軍が打った自作自演の芝居だったことが後に判明した。

ベトナム戦争の発端となった〝トンキン湾事件〟は日本軍が関与した〝満州事変〟とまったく同じ構造から始まった戦争だ。南ベトナム軍に肩入れしていた米軍は偵察中の米駆逐艦がトンキン湾で北ベトナム軍の哨戒艇から魚雷攻撃を受けたとして北ベトナムに空爆を開始した。

一九六五年八月五日のことだ。ところが米国の報道機関によって、後に〝トンキン湾事件〟は米軍の捏造であっことが暴露された。

日本は〝満州事変〟を機に〝五族協和〟（日本人、漢人、朝鮮人、満州人、蒙古人）をうたい文句に関東軍の援護を受け多くの日本人が国境を越え国土の広がる新天地に夢を求めて渡っていた。

昭和十四年五月、満州とモンゴルとの国境を挟んだノモンハンでモンゴル軍が国境を越えたことから関東軍との交戦状態となり応援に駆け付けたソ連軍との戦闘が始まった。ソ連、モンゴル軍の総攻撃を受け三カ月にわたる激戦で関東軍は一万七千人以上の犠牲者を出して全滅に近い打撃を受けていた。ノモンハン事件だ。九月十五日、日本は停戦協定を受け入れた。

甚一の召集令状は甚大な損害を受けた関東軍の緊急招集だった。

甚一が配属された先は天津の陸軍省だった。

招集されて知ったことは、満州国内の多くの都市を統治していた関東軍だが、四千キロに及ぶソ連との国境沿線の警備に追われ、目の行き届かない地域には強盗や匪賊が跋扈して統治とは言葉だけで内情はまるで違っていた。関東軍は武器を持たない現地民に銃を突きつけて土地を奪取し自分たちの家屋を建てた。

農民は迫害を恐れ、もっとも貴重な財産である豚を撲殺し食料として差し出した。甚一は農民たちの力を失った悲しげな表情を忘れることがなかった。統治なんかじゃない、侵略だ。

街を外れて郊外に出ると遥か彼方に悠然と聳える山々の稜線が心を和ませてくれた。この光景が福島の我が家から見る光景と似ていたからだ。夏を迎えると農家の庭先にトマトがなっていた。キュウリも茄子も実を付けていた。畑仕事に精を出す農夫の姿を見ると両親と連れだって野良に出て働いているだろう花子の姿が浮かんできた。

胸のポケットに千本針が入っていた。花子の顔を思い出すたびそっと軍服の上から触ってみた。

「花子、きっと元気で帰るから待ってるんだよ」

そう呼びかけていた。

翌年の五月三十日、日本軍占領下の南京で汪兆銘《おうちょうめい》を首班とする日本の傀儡政権である「南京政府」を樹立した。

甚一は天津から新たな遷都となった南京の本部守備隊に回された。

日中戦争が泥沼化して行く中で南京政府は、軍部内での利権や主導権争いが日常茶飯事で国家として統一された対中国政策は何の具体策もなされなかった。

真珠湾攻撃を契機に太平洋戦争の開戦の幕が切って落とされると大本営はアメリカ戦線に比重を置くようになっていた。必然的に満州への軍事物資が不足することになり、土地だけでなく食料など手に入る物は何もかも略奪することでその場を凌いでいた。

軍属として逗留していた右翼の笹川良一や児玉誉士夫は軍を後ろ盾に特務機関を組織し中国全土から戦争物資を調達し軍資金作りに奔走していた。こんなことまでしていた。芥子《けし》の栽培を奨励し戦火で追われ心の疲弊している現地民にアヘンを売り捌いた。結果、街中にアヘン中毒者が溢れることとなった。

それればかりか庭先に放し飼いにされている鶏を持ち去ろうとする日本兵に抵抗を見せると有無を言わせることなく腰に下げている日本刀で斬殺した。一太刀で首が切り落とされると血飛沫が二メートルも三メートルも空中に飛び散った。実りを迎えている庭のキュウリ畑が血のりで真っ赤に染まった。家長を惨殺された家族は泣くことも忘れて立ち尽くしていた。その恐ろしさを甚一は正視することができなかった。酷く凄惨過ぎる軍部の振る舞いが甚一の中で重く沈殿していた。

太平洋戦線では武力で圧倒的に優る米軍がフィリピン、グアム、サイパン島と圧勝して日本の本土に迫る進撃を見せていた。戦時物資の不足が深刻になると関東軍と対峙していた匪賊が現地民の協力をバックに大胆な行動をとるようになってきた。当たり前だ。

職務を遂行する中で甚一の楽しみは田畑が広がる郊外の景色を眺めることだった。遠く彼方に聳える山の稜線を眺めていると花子と過ごした濃密な時間を思い出した。甚一にとって至福を感じる時間だった。

四月の雪が消える気候になるとどこの農家でも主食となる馬鈴薯《ばれいしょ》の種蒔きが始まった。種芋を耕した畑の畝に並べて土をかける。百姓経験のある甚一は効率を考えない栽培方法を見過ごすことができなかった。

「もっといい方法があるんだ」

野良着に土をこびり付け農作業に精を出す農民に話しかけた。

「効率のいい方法があるんだ。俺に包丁を貸してくれないか」

台所から包丁を持って来させた。その包丁を握ると庭先に用意されている種芋を手にした。大きいサイズの芋は三つに、中ごろの芋は二つに切り刻んだ。

「何をするんだ。これは大事な種芋なんだ」

甚一の作業を見ていた農夫が甚一から包丁を取り上げようとした。

「黙って見ているといいよ」

静かに制した。二十個ほどの馬鈴薯を切り刻んだ。

「私も日本では百姓をしていたんだ。これは日本流の馬鈴薯の作り方でこの方法を使うと種芋は半分以上少なくても済む。このまま蒔いては腐ってしまう。切り口に灰汁《あく》を塗ってから蒔けば腐ることなく立派な芽が出るから騙されたと思ってやってみなさい」

包丁を返しながら説明した。

台所の竈《かまど》に溜まっている灰汁を運ばせると馬鈴薯の切り口に塗りつけた。手際のいい甚一の作業を現地民は見守っていた。

灰汁を塗り終えると耕された畑の畝に一つ一つ並べて土をかけた。

黙々とこなす甚一の作業を農民たちは黙って見ていた。

種芋を植え付けてからの甚一は、自分が蒔いた種芋の成長を見るのが楽しみでその農家に頻繁に顔を出すようになった。

三カ月が経つと元気に伸びる葉っぱの間から藤色の綺麗な花が咲いた。四カ月が経つと収穫時期を迎えた。甚一の蒔いた種芋も現地人が切り刻まずに蒔いた種芋と同じサイズの大きさの馬鈴薯を地中で実を付けていた。この方法だと相当数の種芋が節約できる。現地民は甚一の教えを喜んだ。それを聞いた近所の農家も翌年には種芋をカットして蒔くようになった。

種芋の指導を受けて収穫を増やした村の農民たちは、甚一が姿を見せると縁側に茹でた薩摩芋や馬鈴薯を茶菓子として用意して迎えてくれた。

キュウリの栽培も地べたに蔓を這わせたまま収穫する方法から、柵を作って蔓を棚に這わせることを指導した。これをすると形の良いキュウリが収穫できることを農民たちは知った。百姓を通じての民間外交だ。

ノモンハンでの敗北以来、国境からモンゴル軍と連携したソ連軍の進行が始まっていた。日本人が住む居住区も夜になるとゲリラが進行して来る。そんな情報が南京の軍部にも伝わっていた。懇意にしていた農家の主人が軍本部の警備に当たっていた甚一のところに隠れるようにやって来たのは日本がポツダム宣言を受諾して終戦を迎える一カ月前だった。

晩飯を終えると周辺の警備として軍庁舎が集まる地区の見回りに出た。

夕方から重い雲に覆われていた。月明かりもなく暗黒の闇の中を一歩一歩足元を確かめながら歩いた。

「甚一さん」

後ろから自分の名前を呼ぶ声がした。振り返った。懇意にしている農民の主人だった。目の前に近づいた。

両手に持ったふかし芋を差し出された。そして囁くように言った。

「甚一さん、ここで軍の仕事を続けていると取り返しのつかないことになります。何かあったら私の家に逃げて来てください」

額に深い皺を刻んだ農夫の顔が歪んでいた。

その情報は正しかった。

翌日の深夜、けたたましい群集の群れが軍本部の建物を取り囲んだ。銃で武装して相手の出方を待ったが、その夜は衝突が起きることはなかった。

夜が明けても不穏な空気が続いていた。現地民の動きはどうなるのか。甚一は情報収集の一環として蒸し芋を運んでくれた農夫の家の裏庭から戸を叩いた。

戸の隙間から甚一の顔を覗いた奥さんが開けてくれた。

眉間が吊り上っていた

「甚一さん、ここから帰っては駄目よ。ソ連軍から大量の武器が届くとの情報が入って、反乱軍が武装蜂起して今夜にも南京政府に向けて大規模な攻撃を仕掛けるようですから」

開けた戸を締めると丸太の棒を使った鍵がかけられた。

「今夜ここから出ると甚一さんはきっと殺されてしまいます。生きてはいられません。それは駄目です、困ります」

薬缶のお湯が沸騰している土間に通された。

「僕には任務があります。帰ります」

「駄目です、帰しません」

階段を下りてきた主人が甚一の顔を見ると安堵の色を浮かべた。

「あなたは乱暴な日本兵と違って私たちに色々なことを教えてくれました。死んでほしくないからこうするんです。騒ぎが収まるまでここにいてください」

首を左右に振り両手を広げて戸口の前に立った。

「甚一さんには死んでほしくないんです」

奥さんが薬草茶を淹れながら言った。

家族の言った通りだった。その夜に、闇の中に政府庁舎の方角から怒声と銃撃音が鳴り響いた。戦闘の始まりに間違いないようだった。

明け方までその騒ぎが続いた。武器を手にした叛乱軍の襲撃に間違いなかった。甚一は押し入れから続く屋根裏部屋に匿われた。

「食事は運びますから私たちが安全を確認するまでは絶対に外に出ないでください」

現地民の日本軍に対しての憎しみは、物資の略奪や手当たり次第の殺戮とで半端でないことを知っていた。迂闊に街を歩いたら日本人憎さでどんな攻撃を仕掛けられるか分からない。

教えた農法がこんな形で役に立ったとは。甚一は感謝した。

「ここにいれば安心ですよ。我慢してください」

粗末な木箱に納められたラジオを当てがわれた。チューナーを回すと中国語放送に混じって日本語放送も続いていた。

甚一は日本軍の情勢を伝えるニュースに耳を傾けた。流れてくるのは関東軍の威勢のいい進軍情報だった。そんなはずはないと信ずることはできなかった。

ソ連軍の援軍を受け叛乱軍が武装蜂起して政府庁舎まで押し寄せ日本軍は混乱に陥っている。食事を運んできた主人に教えられた。

その場に立ち会わなかった自分は所属部隊からは職務放棄して逃げ出した卑怯者となっている

はずだ。見つかれば軍法会議にかけられる。軍法会議、現地民の襲撃。逃げ場のない身の危うさを考えると背筋に冷たい汗が止めどもなく流れてきた。

甚一の心の拠りどころはラジオから流れてくる日本人歌手の歌う歌謡曲だった。渡辺はま子の『支那の夜』は連日流れてきた。

大陸を舞台にした歌謡曲で、支那娘と日本男性との恋を歌った哀愁をおびたメロディーだ。

甚一が南京に着任すると同時に発売された同じく渡辺はま子が歌った『蘇州夜曲』もヒットしていた。『蘇州夜曲』は『支那の夜』のヒットを受けて作られた同名の映画の主題歌となった。

関東軍が満州国を建国した暁には、壮大な荒野を手に入れ一旗揚げてやろう。そんな野望を抱いて渡って来た日本人の多くが聴いた曲だ。

国策映画会社として設立された満州映画協会が撮った『支那の夜』は李香蘭が主演した映画で、スクリーンに映るチャイナドレスに身を包んだ李香蘭の華麗な姿は戦闘に明けくれる戦場の兵士たちに勇気と希望を与えてくれたヒット曲だ。

ラジオから流れる渡辺はま子の歌を聴いていると、自分が買い与えたラジオと花子の姿が浮かんできた。『蘇州夜曲』は甚一の絶望的な気持ちを奮い立たせてくれた。

君がみ胸に　抱かれて聞くは
夢の船唄　鳥の唄
水の蘇州の　花散る春を

惜しむか柳が　すすり泣く
君がみ胸に　抱かれて聞くは…。

甚一は胸のポケットに縫い込んである千本針を広げた。中に仕舞ってある写真を出した。花子と映る写真だ。はじめて迎えた夜の、自分の胸の中で震えていた花子との契のあの時の肌の柔らかな感触を思い出した。子供が花子の腹の中に宿り育っているかもしれない。

「お母さんの、あのふくよかで温かいおっぱいを吸って大きくなっているのかな」

両手に赤子を抱く仕草をしながら甚一は呟いた。女の子が生まれていたなら歌手にしよう。ステージ衣装は赤いドレスが一番似合うはずだ。そんな妄想を駆り立てると生きて帰る希望が湧いてきた。

甚一は一人で籠る隠遁生活で歌の持つ力を知った。

匿ってくれた家族は優しかった。雑穀で炊いたご飯や馬鈴薯を蒸したものだったが三度の食事は不自由することはなかった。

「甚一さん、日本は戦争に負けました。これで私たち中国人も自由になれます」

雑穀で炊いた食事を運んでくれた主人の口から聞いた。

天皇陛下の玉音放送があったことも教えてくれた。

甚一は胸を撫で下ろした。

「南京の駅には列車を待つ日本人が溢れています。すぐに列車に乗れるかどうかはともかくその中に混ざっていれば生命の危険はないはずです。気を付けて日本に帰ってください」

一緒に階段を下りた。

白く濁った甘酒がコップに注がれていた。別れの乾杯だった。

乾パンとトウモロコシの焼きおにぎりが用意されていた。招き入れられたときの裏口の戸が開けられた。晴れわたった空に綿雲が浮かんでいた。久しぶりに見る空は青く深い色をしていた。

お天道さんが真上から強烈な勢いで降り注いでいた。両手を伸ばして深呼吸をした。

軍の本部が置かれた建物は略奪と破壊で跡形もなく荒れ果てていた。それでも建物の中に入った。警備員室のドアを開けると、三人の戦友が幽霊を見るような目つきで座っていた。

「お前はどこに行っていたんだ。てっきりゲリラに拉致されて殺されたと思っていたよ」

甚一は匿われていたことは口にしなかった。

姿の見えない上官の名前を口にした。

「あいつらは我々に〝逃亡を決意するがごときは意志薄弱なり〟なんて能書きを垂れながら敗戦の一週間前には姿を消したよ。後で知ったんだ。あいつらは家族を連れて日本に逃げ帰ってしまってたんだってよ」

そう言って床を蹴りあげた。

支那派遣軍総司令官・岡村寧次大将が南京で降伏文書に調印したのは翌日の九月九日だった。

九年にも及んだ中国戦線の損害は甚大なものだった。支那事変から太平洋戦争の終結まで日本陸軍は一四八万二〇〇〇の戦没者を出したがその二六％の三八万五〇〇〇人が中国戦線での死亡者数だった。

甚一が引き上げ船で舞鶴港に降り立ったのは九月の下旬だった。

港の岸壁には肉親の帰国を待つ群集で溢れかえっていた。

揺れるデッキを伝わり岸壁の土に足を踏み下ろした。

澄んだ碧い空に飛翔する鴎の姿が眩しく見えた。


甚一が出兵してから六年の歳月が経っていた。

両親に迎えられて玄関に立った。花子も並んで迎えてくれた。

その列に期待を寄せていた子供の姿はなかった。

「多くの戦友が死んだ。シベリアに抑留されて帰れない戦友が数え切れないほどいる。それを思うとこれからの俺の人生はおまけだ」

甚一はこの気持ちを胸に刻んで生きることにした。

その夜、花子の温かい体に触れて慈しみあった。南京の夜を思い出し幾度も幾度も花子の中に体を預けた。東の空が白みかけていた。

甚一は花子の耳元でこんな言葉を囁いた。

「女の子供が生まれたら歌手にしてみたいんだ」

花子は枕に預けた頭を小さく上下に振った。

収穫時期を迎え黄金色に実った稲穂があたり一面に重たい頭を垂れているはずの田圃は櫛の歯

が抜けたように休耕田が目立っていた。

働き手の男衆が戦争に取られたため、人手が足りず稲の作付けができなかったからだ。そんなことから全国的な食糧難になっている。遠い目をして幸吉が教えてくれた。

現地民に手当たり次第銃を向け略奪と殺戮を繰り返し、結果的には本土に原爆を二発投下され焼け野原になった日本。

敗戦によって三百万人以上という死者を出した無謀な戦争だった。

甚一は父親と共に百姓仕事に精を出した。近辺の百姓仲間と連携を取り計画的な野菜の栽培や果物の出荷などの世話焼をするようにもなった。生きて帰れたことを思うとどんなに働いても疲れを知らなかった。復員から二年後に男の子が生まれた。勝男だ。

子煩悩で働き者の甚一に父親から続く村会議員の声がかかった。

甚一は人の前に立つのが嫌いではない。

「今や全国的な食糧難に陥っています。食が安定しなければこの国の復興もありません。自分たちの手で量産できる作付方法を考えて頑張ろうじゃありませんか」

立候補すると三輪車の荷台に乗って農村地帯を回り両手を突き上げて農業の大切さを訴えた。自分が復員できたのも百姓の経験がそれをさせてくれた。そのこともマイクに向かって叫んだ。満州での経験を含めた演説が野良に出て働く住民の耳目を引きつけていた。選挙に立ったことで甚一は自分の雄弁さにはじめて気づいていた。

トップ当選を果たした。〝おらが村の英雄〟としての立場が出来上がった。選挙のたびに当選は確実される実力者として地元のために奔走する逞しい男になっていた。農協の設立や集団での農耕器具購入も先頭に立って業者との交渉に当たった。

花子と野良仕事に励む甚一の口から出る歌は『蘇州夜曲』や『支那の夜』だった。

「お父さんはどうして昔の歌しか歌わないの」

花子は『紅白歌合戦』などで聴く藤山一郎の『丘は花さかり』や霧島昇の『赤い椿の港町』を歌わない甚一を不思議な顔で見ていた。

「馬鹿野郎、俺が何の歌を歌おうが勝手じゃないか」

甚一は人に言えないジレンマを抱えていた。

戦死した戦友、シベリアに抑留された戦友、それを思うと満州で聴いた歌を口ずさむことが戦友への鎮魂歌にも思えたからだ。

待望の女の子が生まれたのは復員から八年が経っていた。

「ほら見てみろ。この子は器量よしだ。大きくなったら歌手になるんだからな」

生まれたばかりの赤子を抱きしめた。夜になると花子の胸から取り上げ、風呂に入れることが甚一の日課になった。

昭和三十五年の大晦日。丹熊家の茶の間にもテレビが運び込まれた。七歳になったばかりの歌の好きなかおりに、甚一が街の電気店に注文して運ばせたものだ。十四インチの黒い箱型の四本足が窓際の畳の上に置かれた。

届いたばかりの四角いテレビをかおりは小さな掌で飽きることなく撫でまわしていた。

「そんなにいじり回しているとテレビが壊れちゃうど」

勝男がいじめる。

「壊れないわよ」

かおりが反抗する。その先は決まり事のように追いかけっこからかおりが泣かされるきょうだい喧嘩の始まりだ。

師走に入ると東北地方には厳しい寒さがやって来る。

有楽町の日本劇場から放送された第十一回『NHK紅白歌合戦』。紅白合わせて歌手五十二人と二組のグループが出演している歌合戦で、紅組の十四番目に登場した美空ひばりの曲は『哀愁波止場』だった。鮮やかな鶴の刺繍が縫い込まれた和服は出演者の中でも群を抜いた存在感を発揮していた。

左手でマイクを握り右手が歌に合わせてシナを作る。

お婆ちゃんの留子が縫った綿入れのちゃんちゃんこを着せられたかおりは舞台のひばりを見ると炬燵から立ち上がった。甚一と幸吉とが向かい合って飲んでいる日本酒の徳利をひょいっと掴んで両手で握りしめた。

美空ひばりに真似て『哀愁波止場』を歌う。コブシの作り方がおちゃまでいじらしい。

「かおり、うまい、うまい」

猪口を卓袱台に置いた甚一が赤ら顔で両手を叩いた。

「私ね大きくなったら歌手になってテレビで歌いたいの」

そう言ってブラウン管を指さした。

「そうか、かおり、お父ちゃんはお前を歌手にするのが夢なんだ。本当に歌手になりたいか」

「なりた～い」

鼻にかかった甘えた声で甚一の背中に抱きついた。

「あっ、お父さんお酒臭い」

そう言って鼻をつまんだ。

「お前の声は伸びがあるから歌手になれる素質は十分だ」

親子のやり取りを聞く幸吉は孫の姿を嬉しそうに眺めている。


コスモレコードで三者会談を終えた日から半月経っていた。

芸能プロ「我慢カンパニー」を立ち上げ、我慢が甚一を社外役員の取締役に就任したことを電話で知らせてきた。翌日に郵便書留が届いた。

封を開けると会社の登記簿が同封されていた。代表取締役に我慢静夫が収まり取締役に丹熊甚一の名前が記されていた。

書類が甚一の手から勝男に渡った。

「凄いなぁ、親父が東京にある会社の役員に就任したんだ。かおりが売れるようなことがあれば家族で東京に引っ越ししなくちゃ」

輝いた眼を甚一に向けた。

「馬鹿を言うんじゃない。俺は何があってもこの土地からは離れないぞ。お爺ちゃんだっているんだ。俺は百姓が好きなんだ。百姓は俺の天職なんだからなぁ」

また親父の頑固が始まったと勝男は聞いていた。

丹熊家の夕飯が始まった時間を待っていたように電話が鳴った。勝男が受話器を取った。

「お父さん、我慢さんから電話」

晩酌の猪口を卓袱台に置いて立ち上がった。

甚一が挨拶をする前に我慢が話しはじめた。

「丹下さんとの打ち合わせで、レコーディングが年明け早々に決まりました。合わせて宣伝にも動きますんで早速四千万円を用意していただけますか」

「四千万円ですか…」

「ええ、先日の会議で出ていた額ですけど。『紅白歌合戦』歌手にするには、それなりの軍資金が必要だとお伝えしてあの席で了承をいただきましたよね」

会議室で鴨下がシステム手帳を出して説明したときはその説得力に押されて首を縦に振った。

畑仕事を終えて帰った甚一には、我慢が口にした額が途方もなく巨額に聞こえた。

「そういうことですから。先日お送りしました書類に銀行の口座も書かれていると思いますからお願いします」

返答をする間もなく電話は切れた。

受話器から洩れた金額が花子の耳にも届いたようだ。

「お父さん、そんなに大丈夫…」

「約束は約束だッ」

そうは言ったものの、甚一は我慢に通告された数字に押し潰されそうになった。

七十五歳を迎えた幸吉は息子と孫に畑仕事を任せて留子と隠居生活を楽しむ好々爺で、甚一のすることに口を挟むことはしない。

自分たちにあるものは先祖から残された田畑だけだ。

「爺ちゃん、どうしたらいいのかなぁ」

「自分の娘のことなんだから自分で判断しなくちゃ」

幸吉は答えた。

「お前はどう思う」

花子は俯いたまま顔を上げなかった。

「黙っていちゃあ分かんないんだよ」

苛立ちを隠せない甚一の口調が詰問調になった。

「お父さんが決めてください。私にはそれ以上言えませんから」

睨むように開いた瞳が濡れていた。娶ったときから気に入っていた花子の可愛いおちょぼ口が近くで見ると渇いてひび割れていた。農家の嫁は過酷だ。子供を身籠っても出産直前まで夫と一緒に野良仕事に出掛ける。それだけではない。仕事を終えて帰ると男衆は晩酌をはじめるが嫁には炊事洗濯が待っている。

花子の苦労を唇が語っていた。甚一は花子の唇に不憫を感じた。

かおりが歌手として成功すれば花子を農作業から解放して、綺麗な着物を着せてお洒落もさせてあげられる。家族の夢が手繰り寄せられるなら借金に土地を代替えしても無駄使いではあるまい。自分にそう言い聞かせた
「爺ちゃん、俺、明日起きたら銀行に行ってくるよ」

「…うん、そうしたらいい」

家族の総意として答えてくれたが湿った空気の夕餉になった。

甚一は花子にもう一本熱燗を用意させた。歌謡番組が始まった。ブラウン管にマイクを持った南田沙織が立っていた。

部屋の空気を入れ替えようと縁側の障子を開けた。

冷たい北風に乗って粉雪が庭に置かれた筵の上に落ちていた。

日の出を待って布団を抜けだした甚一は、先代のお爺ちゃんから使っている床の間の黒光した鋼鉄製の金庫の扉を開けた。

畏まると両手を揃えて頭を下げた。朝食を摂ると自宅前に広がる土地の権利証を鞄に入れて車に乗り込んだ。雪はやんでいた。

銀行の窓口に行くと奥の応接間に通された。甚一は支店長と融資係の行員を前に事情を説明した。

融資係は甚一の話を静かに聞いていた。

「そうですか、この土地から有名人が出たとなれば我々も鼻が高いですね」

諸手を重ねて愛想を言う。土地の権利証を渡した。

四通渡した権利証を開くと一通り目を通して頷いた。

「土地の評価額に合わせて融資させていただきます。それでかまいませんね」

支店長の言葉は慎重だった。連絡が入ったのが三日後だった。

「坪三千円ということで、一万三千坪分を担保として四千万円の融資ができますがよろしいんですか」

言い渡された不動産の面積は目の前に広がる田畑のどれくらいを指しているのか皆目見当がつかずに受話器を置いた。

通帳と実印を鞄に入れると家を出た。前回と同じ応接間に通された。権利証の銀行が書きいれた担保の項目の説明を受けた。不動産は自宅周辺に集まっていることから行員の説明もどれもが同じように聞こえた。説明が終わると融資額を記入した丹熊甚一の通帳が開かれた。その額を全額「我慢カンパニー」の窓口に振り込む手続きを依頼した。担保が書き込まれた権利証を鞄に収めて家に戻った。銀行が算定した土地の評価額と銀行からの融資額を幸吉に報告した。

幸吉は黙って聞いていた。


大金を懐にした我慢は水を得た魚のように勢いよく泳ぎ出した。

かおりを伴って生活の場を東京に移した。原宿の明治通りと表参道の交差点の表参道沿いにある同潤会アパートの一室が事務所兼二人の住居となった。コスモレコードに足を運びかおりのデビュー時期の打ち合わせをした。かおりはその足でいわきの自宅に向かった。

新しい住まいとレコードの発売時期の報告を兼ねた里帰りだった。

「お父さん、新人賞を狙う意味でもデビューは来年の春先がいいって鴨下さんに言われたの」

かおりの嬉しそうな報告を聞くと甚一は先祖から受け継いできた不動産を抵当に入れたことを忘れることができた。稲作も夏を迎えると稲穂に小さな白い花を咲かせる。一面に広がる稲穂を眺めていると愛娘の晴れ姿が浮かんできた。

それから一カ月が経っていた。我慢から電話が入った。

庭先に広がる田圃の稲穂が黄色く色づき首を垂れ始めていた。

稲の刈り入れを翌日に控えていた。風呂に入り汗を流した勝男と甚一が夕食の膳を前にして箸を持ったときだった。

「ただいま」

丹熊家の居間に元気のいい声が響き渡った。玄関口に大きなボストンバッグを下げたかおりが立っていた。

「お父さん、私の芸名が決まったから是非見てほしくて」

穿いていた黒いローヒールの片方がひっくり返る勢いで居間に走ると布製の旅行鞄から一枚の色紙を出した。太い筆文字で「大門かおり」と書かれていた。それを両手に持って甚一の前に出した。

「大きく世界に羽ばたけるようにって、我慢さんが占い師の先生に相談して字画を見ていただいたんだって」

色紙を包んだ白い半紙には〝大門かおり〟と書いた何通りもの字が並んでいた。列車の中で練習したサイン文字のようだった。

甚一は出身地か丹熊家の一文字を入れるのも悪くないと考えていたがここまで決まっていれば口を挟む余地もない。

デビュー曲『恋心』は鴨下澄夫作詞、我慢静夫作曲のものだった。

「私、実際より一歳若く十九歳としてデビューするからね」

「そんなことして嘘がばれないのか」

勝男が言葉を挟んだ。

「芸能界ってそういうところなの。二十歳より十九歳のほうが微妙な線で、若いファンの子がついてくれるって鴨下さんに言われたの」

甚一は黙って聞いていた。

「デビュー後の取材に慣れるためだと言って芸能週刊誌『週刊太陽』の記者さんとも会って食事をしたの」

肩まで伸びた髪裾に緩いカールがかかっている。シルク地のペイズリー柄のワンピースに紺のダブルのジャケットを着たかおりはわずか半年の間に見間違えるほど洗練された女に様変わりしていた。

「お前も随分変わったなぁ」

遠回しにかおりを眺めていた勝男が言った。

昭和五十二年四月の十五日、関東地方の空は雲ひとつない青空が広がっていた。有楽町にある関東ラジオの昼からはじまる音楽番組のスタジオでかおりの歌手デビューが発表された。我慢の友人で新人賞レースの選考委員も兼ねる音楽評論家の伊吹喬一が担当している全国ネットの番組だ。番組の冒頭でかおりが伊吹に紹介された。

「今日めでたくデビューの日を迎えた大門かおりさんです」

「はじめまして、大門かおりです。歌手を目指して二年前に福島から上京しました。色々な皆さんの応援をいただいてこの日を迎えることができました。頑張りますのでリスナーの皆さんも応援してくださいね」

昼飯を終えた丹熊家の四人は居間に置かれたラジオを囲んで聴いていた。電波が運ぶ娘の声が心なしか細く丸く聞こえた。

「いよいよ今日からプロの歌手としてのスタートですね。抱負を聞かせてください」

「聞いてくださる人の心に届く歌をうたえる歌手になりたいです」

「歌手になった経緯は」

「お父さんが戦地に行った体験から知ったと言うんですが、歌には人の心を動かせる力がある。生きる力を与えてくれる力がある。そう教えてくれたんです」

「そうですか、今日のこの番組はお父さんも故郷の福島で聴いていてくれるんですね」

「はい、きっと聴いていてくれると思います」

「そうですか、かおりさんは親孝行な娘さんなんですね」

「ありがとうございます」

スピーカーから『恋心』が流れだした。かおりの弾むような歌声が満州の隠遁していた屋根裏部屋で聴いていた渡辺はま子の『蘇州夜曲』を思い出させてくれた。復員時から想い抱いていた夢が具現した。融資を承諾してくれた銀行にも頭を下げたい気持ちになれた。

その夜、丹熊家の食卓には料理屋から取った仕出しの料理が並んだ。

「我慢カンパニー」と社名が印刷された封筒が送られて来たのはそれから三日後だった。スポーツ新聞にかおりが笑顔でインタビューに答える記事を掲載した紙面がコピーされて入っていた。『週刊太陽』の記事も同様のインタビュー記事だった。

秋口までのかおりのプロモーションスケジュールの一覧表も同封されていた。雑誌インタビュー、デパートのイベント、ラジオ出演、テレビの歌謡番組への出演、テレビのドラマ出演などが事細かに書き込まれていた。その記事に目を通していると甚一は百姓仕事の疲れも忘れた。花子にもう一本余分の晩酌を付けさせた。

我慢がかおりを伴って訪ねてきたのは子供たちの夏休みが始まる何日か前だった。我慢はかおりの市場でのレコードの動きをまとめたレポートを携えていた。北海道から九州までのレコード店の名前が細かく書き込まれた報告用紙には数字が書き込まれている。合計の欄は八千三百枚と書かれていた。

「はっきり言いますと動きが鈍いんです。この時期に二、三万枚は売れていないとテレビ出演やラジオ局へのプロモーションにもアプローチを掛けようがないんです。あと一弾強力な宣伝広告を打たなければと思いまして。新たに三千万円ほど用意していただきたくてお邪魔しました」

台所に立つ花子の手が止まった。

「そ、そんなに。もうはそんなに用意できませんよ」

想定外の要求に甚一は突っぱねるしかなかった。

「会議の席でも言ったじゃないですか。売れたらすぐに回収できますからあとひと頑張りなんですよ」

花子の体が揺れるのが見えた。

「先祖から引き継いだ土地です。これ以上は手をつけられませんよ」

我慢の口髭が歪んだ。

「売れてしまえば翌年にはまとまったお金が入りますから。土地を手放すというより担保に入れて一時の借入金として、レコード印税の入金がありしだい返金する。それでも問題があるんですか」

かおりは握りしめた両手を膝に置いたまま動かない。

「このままですとレコードの売り上げが新人賞の選考基準に達しないんです」

かおりのしおれた肩を見ると忍びなかった。

「分かりました。その額は作ります」

甚一の顔が利く農協に行けば担保なしで借り入れることもできた。それをすると莫大な借金の事実が村中に広まってしまう。それを良しとしない甚一は前回と同じ銀行に借金を申し入れた。

「我慢カンパニー」から郵送されて来たかおりが扱われている新聞の囲み記事と週刊誌に映るグラビア記事を鞄に入れて銀行の窓口に座った。支店長と融資係はかおりが扱われている印刷物には興味を示さない。甚一の差し出した残りの不動産の権利証に前回と同じく担保要綱を記載した。融資は翌日になると言い渡された。

融資を受けて振り込みの手続きが終了すると西の空に太陽が沈むところだった。家に戻ると花子は新たに買った写真用のアルバムに我が子の載っている記事をスクラップして眺めていた。

「賞獲りのレースの票を持っている審査員に現ナマを握らせているんですが、各社が張り合う形で誰もなかなか首を縦に振ってくれないんですよ。他の陣営に負けない額を握らせたいんでもうすこし都合を付けていただけないかと思いまして」

そう言って我慢が顔を見せたのは稲刈りを終えた夜だった。

「あと二千万円ほどあると確実な線まで持って行けるんですが」

要求される金額の単位は常に千万円単位だ。

「その話の前に、これまで親父が渡した現金の内訳を教えてくれませんか。親父も役員ですから聞く権利があると思うんです」

勝男の口調が厳しく迫った。

「いいですよ」

我慢が手帳を取り出した。まず名前が挙がったのは『音楽レコード大賞』の幹事を務める東西テレビのプロデューサーと審査委員だった。続けて音楽評論家の伊吹喬一、安西肇、西郡進、安部二郎。新聞記者の豊住健一、品川順…。

淀みなく支払先の名前と金額を読み上げた。花子は電話台の横に置かれたメモ用紙に我慢が口にした名前を書いていた。

「この方たちは芸能界では名前を知らない者がいないくらいの著名人なんです。ここまで来て出し惜しみしてしまうとこれまでの工作資金が水の泡になってしまうんです」

家族の刺さるような視線が我慢の全身に注がれる。

張り詰めた空気の中で誰も動くものがいない。

庭先の赤く実った柿の実を鴉《からす》が我がもの顔で啄《ついば》んでいる。

我慢が立ち上がった。

「これ以上は無理と言うことですね…。惜しいことです」

甚一は掌を固く握りしめ首を縦に振った。

「分かりました。とにかくかおりに大賞を獲らせて下さい」

十月に入ると甚一は駅前にある新聞販売店に東洋スポーツ新聞の定期購読を申し込んだ。年末に作詞作曲家協会主催の『音楽レコード大賞』と音楽プロデューサー連盟主催の『歌謡曲大賞』

の発表がある。この賞に先駆け十月に入ると各ラジオ局が主宰する『横浜音楽祭』や『有楽町音楽祭』などの賞獲りレースが始まる。

大晦日のNHK『紅白歌合戦』が始まる直前に開かれる『音楽レコード大賞』は一番の権威があり審査員が三十九人だ。

音楽評論家と各新聞の音楽担当記者、文化人とで占められている。

九月に入るとこれらの審査員を集めレコード会社十三社から提出された各部門のレコードの売り上げ上位の五十曲で予備審査が行われる。

決選投票が行われる十二月の末日までこの予備審査会は五回開かれる。審査で残されたレコードは毎回半数、半数と絞られて行く。

参加した審査員には交通費として毎回五万円が渡される。この予備審査を経てレコード大賞、最優秀歌唱賞、最優秀新人賞がノミネートされると音楽レコード大賞授賞式の前日、決選投票が行われ受賞者が決定する。

この賞がスタートした当初は無記名の投票で決まっていた。世間の注目が集まるようになると受賞が〝権威〟を発揮することになった。ここでいう〝権威〟とは受賞＝莫大な利益が生み出される構図だ。

その年の新人は地方のサイン会や新曲発表会に呼ばれても主催者側が用意するのは顎（食事）足（交通費）付き（マネージャーと歌手の二人分）がせいぜいで、ほとんどの場合ギャラは発生しない。

最優秀新人賞を受賞ともなれば翌年の正月明けを待って事務所の電話はひっきりなしに鳴るこ

となる。

「地方の業者から日立《ひだ》て三〇万とか五〇万の仕事が先を争うように入って来るんですよ。月に五本こなしても二百万近くになるんですからこんな良いことはないでしょ」

新人賞を受賞した歌手を抱えるマネージャーの言葉だ。

それまでは何をしても持ちだしで動いていたのが年間を通して三千万円から五千万円を稼ぐ歌手の誕生だ。電波媒体への露出や興行が増えると、レコードの売り上げにも結びつく。いいことずくめだ。受賞を逃した歌手は何年かは頑張っても毎年新鮮な新人が登場する。仕方なく役者の道を模索しての余っ程芸達者でない限りは見捨てられて消える。

これで驚いちゃあいけない。レコード大賞受賞歌手になるとそれまでのギャラが三割増しから五割増しになる。日立のギャラが三百万円の歌手は翌年から五百万円近くにアップする。年間五〇本地方興行をこなすと二億円以上のギャラが事務所の金庫に転がり込むことになる。そう大賞〝受賞〟は宝くじを当てるほどの効果がある。

話を戻す。

無記名投票で選ばれていた受賞者が途中から挙手による投票に切り替わった。ここにミソが潜んでいる。無記名だと出席者の誰が誰に投票したか分からない。挙手だと誰が誰に投票したかは一目瞭然となる。

巨額の利権が絡むようになると業界の力を持った首領《どん》が登場する。これはどんな業界でも言えることだろう。多くの売れ線タレントを抱える「ダイナマイトプロ」の社長が首領としてこの賞の賞獲りを仕切っているともっぱらな噂だ。

「ダイナマイトプロ」が芸能界で頭角を現したのは、有望な新人のデビューを知るとレコード制作費の出資話を持ちだす。制作費＝原盤権だ。レコードが売れると原盤権はとてつもなくおいしい権利だ。を意味する。歌手の歌唱印税一％に比べ原盤権は四％だ。

これが三千円近い価格のＬＰレコードになると、この取り分は侮れない。原盤権の持つ権利を知るプロダクション経営者は原盤権の譲渡を嫌がるが、その申し出を断るとテレビなど電波媒体への露出で妨害工作ともとれる動きを取られるから売れるタレントも埋もれて消えてなくなる可能性が付いて回る。

それ以外でも大物タレントの独立騒動を掴むと子飼いのマネージャーに事務所を持たせそのタレントの独立を画策して配下に収める力を持ち合わせている。

票を持つ新聞記者の場合、事前に知らされている歌手の受賞に協力しないことが知れるとタレントの結婚、離婚の類のスクープも取材の協力を拒否されるから他紙に出し抜かれる〝特落ち〟の身に晒されることになる。

評論家諸氏になると死活問題だ。ダイナマイトプロは多くの衛星プロダクションを従えている。この関連会社がリリースするレコードのライナー（商品に対する解説書）の仕事はぱたりと止まり歌番組などの審査委員としてのお呼びもラジオ局の出演依頼もかからなくなる。

こんな怖い事実もある。二〇〇三年十二月の歌謡界の賞獲りレースが佳境を迎えたときだ。審査委員長を務めていた音楽評論家が都内のホテルのディナーショーで失跡した後で行方不明となった。

翌朝の明け方に横浜の自宅から出火して焼死体となって発見された。この評論家氏は賞の選考委員会で「買収の実態を暴露する」と周囲に語っていたとされていた。遺体は三日後に庭で発見されたのにもかかわらず、所轄の警察は事故死との扱いで事件としての捜査はしていなかった。焼死したはずの遺体は煙を吸っていないと結論付けられていたにもかかわらずだ。マスコミもそれ以上の報道をすることがなかった。きな臭い事故だった。

どこまでも裏金が飛び交う。審査員を何年か経験したスポーツ紙の記者の証言がある。

「大手芸能プロから暮れに圧力鍋が届いたんです。同じ型のものを女房が買ったばかりで、女房の妹さんにその鍋をあげたんですよ。鍋を渡した翌日に〝こんなものはもらえない〟と言って電話がかかって来た。理由を聞いててみると、鍋を箱から出したところ鍋の底に一万円札が三十枚入っていたと言ってきたんですよ」

もっとも、この種の逸話には事欠かない。青森出身の演歌歌手がレコード大賞を狙っていた。多くの新聞記者の自宅にリンゴ箱が届いた。開けてみると底に一万円札が敷かれていたなんてこともあった。

東洋スポーツ新聞の定期購読をはじめると、甚一はラジオ局が主催する音楽祭の記事を丹念に探した。音楽祭ではかおりが新人賞に選出されると聞いていたからだ。同期にデビューした歌手の名前は載っているがかおりの名前が見当たらない。それでも諦めることなく甚一は丹念に活字を追った。

それでも見つからない。言われるままに相当の資金を用立てている甚一は「我慢カンパニー」に賞獲りレースの様子を聞きたくて連絡を入れた。

「すいません我慢は不在です。仕事先から連絡を入れさせます」

電話口に出る事務員の答えはいつも判を押したように同じだ。

待てど暮らせど我慢からの電話が入ることはなかった。

農作物の収穫も終えて百姓家はひと息つく季節に入っていた。

甚一は上京することを考えたが花子に止められた。

かおりから電話が入ったのはレコード大賞が発表される一週間前だった。受話器を取ったのは花子だ。

「お父さんはスポーツ新聞で新人賞の記事を探しているんだけどお前の名前はどこにも見つからないよ。お父さんの用意したお金が用を成しているんでしょうね」

のっけからかおりを問い詰める口調になっていた。かおりは何も答えなかった。

「我慢さんも言っていた暮れのレコード大賞の新人賞はどうなの」

それでも花子は続けた。

「そんなこと、当日になるまでは分からないわよ」

癇癪を起こしたような怒鳴り声が返ってきた。

「お父さんが沢山のお金を用立てたのを知っているでしょ。お前の新人賞を家族のみんなが楽しみにしているんだよ」

花子はそれしか言えなかった。

受話器の向こうから娘の返事は聞こえない。

「駄目なら駄目で大晦日にはこっちに帰っておいで。そのときお父さんにいろんな事情を説明しないと」

「分かった、考えておくわ」

それだけ言うと一方的に通話が途切れた。

花子はこの電話を甚一には伝えなかった。

大晦日、丹熊家は東西テレビの『音楽レコード大賞』授賞式の実況中継にチャンネルを合わせた。五人が卓袱台の前に並んで座っていた。花子が丹精込めて作った年越しの手料理が並んでいる。受賞が決まると家族で乾杯する用意もできていた。幸吉も留子も甚一も勝男もかおりの受賞を一刻も早く知りたくて料理に箸を伸ばすものはいない。五人の期待は早々に崩れさった。司会者の口から新人賞にノミネートされた五人の中にかおりの名前がなかったからだ。突然電気のヒューズが飛んだように誰もの顔から明るさが消えた。勝男がテレビのスイッチを切った。

「俺のところから持って行ったあの金はどうなったんだ」

ブラウン管に背を向けた甚一が呻いた。

幸吉と留子は早々と自分たちの部屋に姿を消した。

丹熊家の居間の空気は一気に冷え込み、窓の外には冷たい色をしたお月さんが寒空を照らしていた。

ＮＨＫの『紅白歌合戦』が始まる時間になっても居間のブラウン管に再び映像が映ることはなかった。

花子が拵えた年越し蕎麦に箸を付けるものは誰もいなかった。

歳が明けてもかおりからは何の連絡も入らなかった。

老衰なのか孫の賞獲りレース失敗からくるショックが幸吉の生きる気力を奪ってしまったのか、起き上がることも苦にして寝たきりの状態になった。留子は幸吉の寝床と居間を力ない足取りで往復する毎日になっていた。


歳が明けた四月。東京の千鳥ヶ淵の桜が満開を迎えていた。

ようやく我慢から電話が入った。

「責任は感じています。自分たちの力で巻き返しを図りますからもう少し時間をください」

あまりの腹立たしさに甚一は眩暈を覚えた。

「かおりはどうしているのかねぇ」

金銭のことより娘の名前が先に出た。

「一緒に行動しています」

「だったら俺の娘を電話に出してくれねえか」

しばらく無言が続いた。

「お父さん、ごめんなさい。彼がこのままでは申し開きができないと言って伊豆に来て温泉町で歌のレッスンも兼ねてホテルのショーで歌っているの」

我慢を彼と呼んだ。

「あれだけの大金をお父ちゃんのところから持ち出したのに、説明のひとつもないとはどういうことだ」

絞り出す声で問うた。呼吸が荒くなるのが自分でも分かった。

息苦しくて膝が折れそうになった。

「我慢をもう一度出しなさい」

我慢は出なかった。何の説明もないまま電話は切られた。

言われるままに工面した金銭もだが、娘まで奪われた屈辱感が甚一の五体に鈍い音で襲った。その場で崩れ落ちた。花子の手を借りて布団に運ばれた。

夏が終われば担保に入れた土地も銀行の手を経て人手に渡る。百姓にとって農地を手放すことは両足を奪われた案山子のようなものだ。代々受け継がれて来た田畑を手放すことは無念すぎた。甚一は居間の正面に飾られた神棚を正面から拝むことすらできなくなっていた。八方ふさがりで農作業にも精が出なくなっていた。幸吉は寝たきりで口を聞くのも億劫になっていた。

担保に入れた土地の支払い期限が迫っていた。断崖絶壁に追い込まれた甚一は藁にもすがる思いで金融機関に提出していた不動産の詳細な資料を持ち弁護士に相談した。

「これはひどい。詐欺ですよ。完全に詐欺なんで警察に相談したほうが」

そんな指導を受けて警視庁に駆け込んだ。
農地一・三ヘクタール＝四千二百四十万円
山林六ヘクタール＝一千七百万円
家屋敷＝二千万円
借金にかかる利子＝一千万円
税金の未払い＝二千万円
弁護士の言う通りだった。娘の歌手デビューからの経緯と事の顛末を話すと被害額が尋常ではないことで事務所の責任者を詐欺罪で立件できると受理した。
この案件を察知したマスコミが動きだした。
報道された『週刊太陽』の表紙にこんな仰々しい活字が躍ったのはそれから一カ月後のことだった。
「――芸能界のロッキード事件―― 一億円を越す黒い札束は誰の手に渡ったのか」
サブタイトルはこうなっていた。
――新人歌手〝大門かおり〟売り込み事件の全貌――
ロッキード事件とは、この二年前にアメリカのロッキード社が日本の航空会社に旅客機購入選定に絡んで多額な裏金を国会議員にばらまいた。これが発覚し田中角栄などが逮捕された疑獄事件だ。
甚一の元にマスコミが駆け付けた。甚一は金融機関に提出した書類と我慢の口から出た新人賞獲得のための裏工作資金の使い道で登場した人物の名前をそのまま話した。新聞記者や音楽評論家の名前だ。

黙って聞いていた記者がこんな言葉を投げかけた。

「額が大きいだけに詐欺罪として警視庁は立件しましたけど、事務所の役員に就任している丹熊さんは投資としての意味合いもあったんでしょ」

甚一は「我慢カンパニー」の役員になっていたことを忘れていた。

「新人歌手を一人デビューさせるにはこの被害額は大きすぎますし、ここで教えていただいた関係者にはとりあえず当たってみますが一方的な被害者というわけでもなさそうですね」

被害者として訴え出たものの、投資としての性質も帯びている。

そう言われると返す言葉を失った。被害者ではなくなるからだ。

血液が逆流する衝撃を後頭部に感じた。

花子に体を揺すられて目を覚ましたのは寝室の布団の上だった。

『週刊太陽』に載った鴨下澄夫のコメントはこうだった。

「力のある新人さんですから依頼された詞は私が書きましたが、うちの一押しではないものですから宣伝費もそんなに使ってはいないですよ」

あの会議の席での発言は何だったのか。

我慢の口から名前の出た音楽評論家の言い分はこうなっていた。

「大門かおりという歌手とは一面識もないです。私は関係ないです」

取りつく島もない。名前の挙がった新聞記者のコメントはこれだ。

「確かに彼女とは面識はありますが食事を一回しただけです」

誰一人として金銭の授与を認める者はいなかった。

テレビのワイドショーが連日スキャンダラスな扱いで事件を煽った。

芸能マスコミは先を争って我慢の追跡調査をしていた。

我慢が姿を現したのはそれから二週間後の『週刊太陽』のインタビューだった。

「一億円近くを騙し取ったとか言われていますが全てが誤解です。実際にマスコミへの接待費や作詞作曲の依頼料、全国キャンペーン費用、事務所の経費などで九千万円。すべては彼女売り出しの必要経費です。新人賞への工作資金としても使いましたよ。私は一銭として私腹を肥やしてはいません。丹熊側が告訴するんなら受けて立ちます。対決します」

目尻が窪み、口髭が疎ましそうに伸びた写真が使われていた。「我慢カンパニー」は書類上で形だけ残し、伊豆の熱川で温泉宿のショーに出て自分がピアノを弾きかおりを歌わせている。そう答えて二人がステージに立つ写真も使われていた。

我慢の記事を書いたという記者が甚一を訪ねてきた。

「丹熊さん、お金は一銭も戻って来そうもないですよ。彼の友人に会ったところ我慢は大のギャンブル好きで競馬、競輪とギャンブルなら何でもありの男なんですね」

我慢は弁護士とともに警視庁に出頭し逮捕された。

かおりは我慢が出頭しても両親の元に帰ることはなかった。幸吉が老衰で息を引き取ったのは三日後だった。

「お爺ちゃん、勘弁してくれな。こんなことになっちまって」

「そんなことはないよ。あのときお前が戦死してしまえばそれまでだったんだ。戦地で覚えてきた大事なことを孫に教えようとしてのことなんだから、お前のしたことは間違ってなんかいなかったよ」

甚一は幸吉の手を握りしめていた。


それから半年後。

二年の期限を切って借りた都市銀行からの借金の利子の支払いが迫っていた。担保になっている土地は競売にかけられた。二カ月後にも担保に入れておいた物件が競売にかけられて人手に渡ってしまった。自宅を囲むように持っていた田畑が次々と人手に渡った。

田畑が自分の手を離れて行く様を見ていると甚一は自分の体を切り刻まれているようにも思えて涙が止まらなかった。

「丹熊さん、この屋敷も半月後には競売にかけられることになるんですよ。どこか、残っている地所があるようなら早く処分して屋敷だけでも守ったらどうですか」

融資を受けていた銀行の支店長が丹熊家を訪れたのは、年が明けた厳しい北風が横殴りに吹きつける夕刻だった。勝男は借金の肩に田畑が人手に渡る現実を目の当たりにすると、百姓への意欲が消えたように野良仕事に出なくなった。

「親父、お爺ちゃんが残してくれた田畑が次々と人手に渡って行くのを見ていると堪えられないんだ。ここにいたって隣近所からは白い目で見られるだけ。こんな針の筵に座らされるような生活は我慢ができないよ」

十三年間乗り潰した色の醒めた日産ブルーバードのトランクにボストンバッグを詰めた。エンジン音が丹熊家の居間まで響いた。

「ここにいて憐みを含んだ目で見られるより、誰も知らない土地に行って働いたほうがなんぼましか。大型の免許でも取って住み込みで運転手でもするよ。落ち着き先が決まったら連絡するから」

車が動き出した。甚一も花子も留子も長男の決断を黙って見送るだけだった。競売にかかった土地は地元の不動産屋が競り落としていた。田植えの時期が来ても家の回りは雑草が生い茂ったままになっていた。その荒んだ光景を縁側から眺める甚一も花子も生きる力をなくしていた。

安達太良山の雪もすっかり消え新緑が東北の山々を覆っていた。

「建て売り住宅を建てようと思うんで、梅雨前には立ち退いてもらわないと」

測量師と設計師を従えた不動産業者が、名刺を持って丹熊家の玄関に立ったのはゴールデンウィーク明けの月曜日だった。

甚一夫妻は村会議員時代の伝手を頼りに、いわき市内に建つ市営住宅に越したのは気象庁が梅雨入り宣言をしたその日だった。

歩くことも覚束なくなった留子を伴い夜逃げ同然の引っ越しで業者のトラックに荷物を積みこ

んだ。

その年の十一月二十二日午後三時半過ぎ、グレーの背広の上下を着た我慢静夫は東京地裁七〇三号法廷に立っていた。

「判決を言い渡します」

俯き加減で、後ろの傍聴席を見ようとはしなかった。

「…被害者の無知と親心を巧みにつき、やり方は悪質、巧妙、執拗である。お金を騙し取ったことに対しての反省もない。被告を懲役六年に処す」

裁判長の声が法廷に響き渡った。

甚一は裁判長に向かって後頭部の薄くなった頭を静かに下げた。

我慢の判決を甚一から聞かされた留子は、三人で暮らす市営住宅で幸吉の後を追うように息を引き取った。


不動産屋に追われるよう我が家を後にしてから十年の歳月が経っていた。七〇歳に足の届く歳になった丹熊夫妻は、東京台東区にある勝男が働く運送会社の社長の好意で社員寮の管理人を任されている。長距離トラックの運転手をしている勝男は仕事を終えると疲れ切った体を引きずるようにして玄関の戸を開ける。框で靴を脱ぐ。

コンクリートで囲まれた都会の生活には四季がない。

窓越しに眺める夕日もビルの壁に遮られ三メートル先で途切れて届かない。辺り一面が新緑で覆われ田植えが始まるこの時期になると、甚一の体は長年培った百姓の習性が頭を擡げるのか水田の風景が懐かしく居ても立ってもいられなくなる。

「この時期になると俺の体が疼いてしょうがないんだよ。もう今年が最後でいい。俺らが暮らしていた田舎のあの村に連れてってほしいんだ。お前も忙しいから無理も承知なんだけど」

甚一は勝男の背中に遠慮がちに聞いた。

「来週の休みの日でもいいんだろ。おふくろも行くのかな」

勝男が母親の顔を見た。

「ううん、行かない。行ってみたところでこんな姿を見せるのが恥ずかしくて近所に挨拶回りもできないから…。あそこを思い出せば辛いだけだもの」

そう言って花子は首を横に振った。

勝男には申し訳ないと詫びながらも自分の我儘を口にしてしまう甚一。約束通り甚一を助手席に載せると勝男は水戸街道から福島に向かう道順でエンジンをふかした。古いカーラジオのスピーカーから流れてきたのは割れた音色の渡辺はま子が歌う『蘇州夜曲』だった。

甚一は偶然の一致を感謝しながら目を瞑って聴いていた。

同窓生夫婦

下町の個人商店が建ち並ぶ商店街の一角に看板を出しているスナックは、カラオケセットを揃えないことには客の入りが芳しくない。

店主たちが互いの情報交換と一日の息抜きにマイクを握って声を張り上げることのできる場所を探して集まるからだ。

「ママの出番だよ。歌ってょ」

「駄目よ。私の出番は最後の最後。皆さんが歌い終わったところで登場するのよ。トリっていうのはそういうものでしょ」

言葉はつれないが笑顔は忘れていない。

丸ノ内線・新中野駅を降りて青梅街道と中野通りの交差点を方南町方面に向かう商店街が「鍋屋横丁」だ。電器屋とクリーニング店に挟まれた古びた木造二階建ての建物の一階にスナック「夕子」がある。金物屋の屋根の向こうに銭湯の煙突が突き出て白い煙が闇の中に溶けるように消えていく。この夜も地元の商店主の常連客二組が「夕子」に集まってグラスを傾けながらカラオケを前にしていた。

「じゃ、俺が歌うよ。小林旭の『北帰行』をかけてよ」

ママにやんわり断られてマイクを握ったのは八百屋の若旦那だ。

「マスター、お客さんが『北帰行』だって、お願いね」

「あいよ」

カウンターの中から弾んだ声が返って来た。額の上の部分だけをちょこっと伸ばした髪を艶のある整髪料で決めているマスターの茂は、明美の亭主で中華料理を得意とする調理人兼バーテンダーとして店を切り盛りしている。

店内は十坪ほどの広さで壁紙は黒で統一されカウンターと四人掛けのテーブルが三セット置かれている。正面の壁際にカラオケセットが置かれ一段高く作られた猫の額ほどのステージにマイク・スタンドがあり、天井の中央部に小ぶりのミラーボールが下がっている。これが回りだすと店内は一気に華やかさを増す。

マイクを片手に持った若旦那が伴奏に合わせて体を揺らしている。

大きなアルミの額縁に入って飾られているステージの後ろの写真は、碧い海原と白い砂浜をバックに真っ赤なビキニ姿の女の子が可愛い笑顔を浮かべて写っている。

ハワイに何回も観光旅行しているものなら、そこがマウイ島のサーフィンのメッカ、ノースショアであることを簡単に見抜くはずだ。

鮮明な水着の色はともかく胸の膨らみは成長過程の女の子のそれで可愛い蕾のようなサイズで収まっている。これはレコード会社が新曲の発売に合わせて創ったポスターで、写真には「シングル盤『真夏の太陽』」と群青色のゴシック体で書かれている。シングル盤のジャケットも並んでいるが写真はポスターに使われている物と同じだ。

これらは三十年前に制作されたもので煙草の煙と炊事場から出る脂に晒《さら》されて黄色くクスんでいる。

写真の主は、長く伸びた太腿を意識したスリットの入ったピンクのドレスで水割りを作っている店のママ歌丸明美《うたまるあけみ》だ。

明美が「Xスターレコード」から『真夏の太陽』で歌手デビューしたのは一九八二年で高校一年生の五月だった。

女性のスタイルはどんなに頑張っても年齢には勝てない。商売柄、長年飲み続けてきたアルコールの量も手伝って明美ママの肉体の造りにはポスターに映っている当時の面影を探しても見つからない。

「どんなに化粧しても女ってのは歳には勝てないからなぁ」

開店時間がせまっていた。鏡の前に座って肉厚の唇に口紅を塗る明美に茂が茶々を入れる。

「なによ、そんな私がよくて一緒になったんでしょ」

厚い唇を尖がらせた。

これ以上余計な言葉を挟めば機嫌を損ねられるのがおちだ。

「店を開けるぞッ。早く終わらせろよ」

茂は水道の蛇口を捻り流しに入れた食材の野菜を洗いはじめた。

スナック「夕子」の開店時間は七時だ。


ひとつの衝撃が人間の行動を思わぬ方向に突き動かせる。

明美の父親は玄界灘を漁場とする一本釣りの漁師だった。

父親が母娘の前から姿を消したのは明美が中学二年の春休み前だった。両親は離婚したわけではない。福岡県に桜の開花予想が出たのは三月十七日で大濠公園の桜が三分咲きに開いていた。

桜の咲く季節は風が強い。朝から強い風が吹き海は荒れていた。

「お父さん、今日は波の荒れ方が半端じゃないと言って誰も漁に出ないでしょ。お父さんも無理をしないで」

「馬鹿なことを言うな。大事なお客さんが来るからと言って天神の料亭の旦那から予約をいただいているんだ。漁師がお客さんの注文に応じないでどうするんだ」

母親の止めるのも聞かず船を出した。この時期の玄界灘はゴー、ゴーと沖から吹く強風で地響きのような海鳴りがして漁師仲間でも敬遠する悪天候が続く。母親の不安は的中した。夜になっても戻らない父親の船を心配した母親が警察に救助を申し出た。急を受けた海上保安庁の船が捜索に出るが見つからず、翌日の夕刻になって玄界島の近くで荒波にもまれ漂流している船は見つかったが漁具が残っていただけで人の姿はなかった。三日三晩捜索は続いたが捜索は難航し父親は帰ることがなかった。働き手を失った歌丸家の経済的負担は母親の背中に重くのしかかった。

「あんたも大変だ。無理をしない程度でいいからうちで働きなさい」

近所の海鮮加工工場の社長が救いの手を差し伸べてくれた。

新学期が始まって春の遠足の前日だった。明美は母親にもらった百円玉を三つ握りしめリュックサックに詰めるおやつを買いに博多駅行きのバスに乗った。親子の住む村から福岡の繁華街まではバスで三〇分程の道のりだ。海に消えた父親の姿を追うように窓の外に広がる博多湾を眺めていた。前の停留所から乗りこんできた厚化粧の二人の女が明美の後ろの席に座った。

化粧に興味を持たない明美は後ろの席から届く化粧の匂いに鼻をつまんで座っていた。

「静江の奴、上手いこと姿をくらましたわよね。男が漁師だから遭難したと見せかければ玄界灘の早い潮の流れに流されたと思って警察もお手上げだものね。静江は大阪に行ってみたいと言っていたから、今頃は大阪あたりで二人しっぽりと浮かれてるんじゃない。あの女ならやりそうなことよ」

明美の耳がそば立った。

「歌丸って男は博打好きで、静江を借金の保証人にしてヤクザから借りるだけ借りてドロンしちゃった。考えようによっちゃあアタマいいわよ」

遠慮のない声で二人の会話が聞こえていた。歌丸、漁師、玄界灘。この固有名詞が容赦なく明美の耳に突き刺さった。背筋が凍りついたが怖くて後ろを向くことができなかった。

女たちが口にしたスナック「駱駝《らくだ》」は夜遅く飲んで帰る父親のポケットから出てきたマッチに

印刷されていた名前だ。

鰤やメジ鮪など近海物の一本釣りの漁師として潮の流れや雲の動きの読みが深く近辺の漁師仲間から一目置かれた腕前の持ち主だが競輪、競馬、競艇とギャンブルに目のない父親が街の高利貸しから借金しているとは母親の口から幾度となく聞いていた。近隣で競輪や競馬の開催がある日は朝からそわそわして落ち着きがない。

「あんた、娘もいるのよ、家のことも少しは考えてくれないと…」

「うるせ~な。明日は明日の風が吹くよ」

足元に縋るように哀願する母親を足蹴にし、肩を怒らせて出て行く父親。

そんな父親の姿を何度も目にしていた。

冷たい海に投げ出され荒波にもまれて海の藻屑と消えた父親を思うと可哀相すぎたが、女と駆け落ちしたとなれば別だ。悲しみから立ち直ることができず、朝起きると仏壇に向かって手を合わせる母親の姿を思うとなおさらだ。買い物どころではなくなった。

次の停留所でバスを降りた。女たちが乗ってきた停留所まで歩いて戻ると店の名前を頭に念じながら小さな繁華街を歩いた。何回も何回も呟きながら歩いた。スナック「駱駝」は明美の住む隣街になる唐人町の海の見える通りの角にあった。木造平屋造りだが通りに面した壁が洋風を模して腰の高さまで煉瓦が積まれた建物だった。

看板は入口の扉の上の蝶番《ちょうつがい》の高さに五〇センチ四方の大きさで平行に取りつけられていた。駱駝が砂漠の中を歩く姿が描かれその下に店名の二文字が並んでいた。扉は釘で打ち付けられ壁との隙間に埃にまみれた何枚かの紙切れが挟まれていた。

指でつまみだしてみると不動産業者のチラシが三枚。それに電気代の請求書と水道代金の通達書だった。電気代の請求書は四月十日になっていた。

六月の梅雨入り前から換算すると店を閉めてから二カ月が経っていることになる。父親の消えた時期と重なっている。二人の女が言っていた通り父親は関西で生きているのかもしれない。仏壇に向かって手を合わせている母親の姿が浮かんだ。母親にどう伝えていいものなのか。遠足に持って行くおやつが頭から消えていた。

自宅まで歩いた。

「おるんならどうして明りをつけないの」

仕事を終えて帰った母親の声に体が震えた。

「眠くてうとうとしちゃった」

眠くもない目をこすりながら立ち上がって電気を点けた。

「すぐに晩御飯を作るからね、お腹すいたらこれ食べてなさい」

仕事先で袋に詰めて出荷する干鳥賊《ほしいか》が母親のバッグから二枚出てきた。それを千切って食べた。

味も分からず口を動かした。

前掛姿で台所に前に立つ母親の後ろ姿を見るとバスの中で聞いた会話は残酷すぎて口に出せない。

知らせるべきか黙っている方がいいのか。その日から明美は揺れる心で迷いながら母親の帰りを待った。

いつものことだが、母親の帰りを待つ明美は寂しさを紛らわせるためテレビを点ける。歌番組が始まると歌の好きな父親が晩酌をしながら歌っていた姿を思い出す。山口百子が司会者から受けた質問に答えるのを聞いた。

「百子さんが歌手になったのは母さんに親孝行をしてあげたいからなんですってね」

「はい、苦労して私と妹を育ててくれたお母さんに楽をさせてあげたかったんです」

華やかな衣装に身を包んでいてもどこか寂しげな表情が消えない彼女が、ステージの煌びやかな照明に目を輝かせて答えた。その笑顔が明美の小さく萎んでいた心の風船を勢いよく膨らませてくれた。歌い終えてステージを後にする姿を明美は目の中にしっかりと焼きつけた。

同級生は高校進学に備えて勉強を始めていた。明美は母親への経済的負担を考えると勉強にも力が入らなかった。中途半端な日常を送っていた明美は、その日からテープレコーダーに百子の歌を録音して歌の練習をするようになった。

自分の中に確かな目的を持ったからだ。

山口百子は数多くのアイドルを輩出している日の丸テレビのオーディション番組『スターに挑戦』から出たスターだ。彼女を含めた「花の中三トリオ」と呼ばれている桜本淳子も森山昌子もこの番組から出たスターだ。

芸能プロもレコード会社も『スターに挑戦』でグランプリを獲得するとそれがスターへの登竜門になることを知っているから、番組の収録会場である水道橋にある「後楽園ホール」に詰め掛けてスカウト合戦を繰り広げていた。

話が少し逸れるが、この時期中学生や高校生のヤング歌手が注目されるようになったのはそれなりの社会的な下地があったからだ。

六〇年代前半に発売されていたカラーテレビは、大卒公務員の初任給が二万円台の時代に一台二十万円という高価な商品だったため家庭に浸透することはなかった。それが七〇年の暮れ、大手スーパー「ダイエー」が「茶の間でカラーを」と謳い一台五万九千八百円という破壊的な値段で売り出した。これが爆発的人気を呼びカラーテレビは瞬く間に一般家庭の茶の間に行き渡った。

この年まで一桁台でしかなかったカラーテレビの家庭への普及率は、七二年には六一％にまで伸びた。そうなると「茶の間に座っていても色鮮やかなカラー画像が見られる」とあって、ゴージャスな衣装で歌手が登場するテレビの歌謡番組が人気を呼び軒並み高視聴率を取るようになった。

「カラーテレビ普及元年」と言われた年だ。

テレビの普及で逆に打撃を受けたのが映画界だ。東映も日活も劇場に足を運ばなくなったファン離れで高価な制作費を必要とする一般映画の制作ができなくなった。

この大手二社が路線を切り替えポルノ映画に参入した。東映はそれまで続けてきた高倉健の『網走番外地』シリーズをはじめ、菅原文太や鶴田浩二の任侠物路線などを継続させると言いながら路線変更したのは一九七一年で、この年の六月杉本美樹と池玲子を起用したピンク映画『温泉みみず芸者』を全国の直営館で公開した。

『温泉みみず芸者』は、それまで制作して来た一般映画に比べると十分の一以下の制作費でまずまずの営業成績を残した。その営業成績を知った日活が即座に反応してピンク映画参入を発表した。

十一月二十日付けのスポーツ新聞芸能面に、

「男の欲望に応え、日活ポルノ路線スタート」

そんな見出しの記事が載った。日活が、それまで長年続けてきた石原裕次郎や小林旭など大物スターを起用しての青春物路線から、一転ポルノ路線への方向転換を示唆する記事だった。

第一弾封切作品は、白川和子主演の『団地妻昼下がりの情事』と小川節子主演『色暦大奥秘話』の二本だった。

話を戻す。商売になるとみた各局はこぞって歌謡番組を増やしていた。番組が増えれば歌手の需要が増える。NHKの『紅白歌合戦』常連組だけではとても需要が間に合わない。この役を担ったのがテレビのオーディション番組で次々と輩出されたスターたちだ。

『スターに挑戦』は七一年九月から八三年九月まで続いた。

お母さんに楽をさせたい。明美の夢は決まった。歌手になることだ。山口百子の曲に合わせて声を出すと自分の声質が百子の音域に近いことを明美は知った。ローカル局の福岡・西日本テレビが日の丸テレビの『スターに挑戦』に対抗心を燃やしたわけでもないだろうが『素人勝ち抜き歌合戦』なる番組をスタートさせた。

毎週放送される番組で優勝者が選ばれる。年に三回、十六人の優勝者が選出されたところで決勝大会が開催される。決勝大会で優勝した者には局が東京のレコード会社との仲介の労をとることで歌手デビューが約束される。

西日本テレビのバックアップが約束されるからレコード会社も前向きになる。

近江商人の商法ではないがテレビ局、レコード会社、歌手と三方よしの構図が作り出されている。この番組の存在を知った明美は、郵送すれば済む出場申し込みも、直接担当者に会った方が有利に運ぶんじゃないかと勝手に考えて、局まで歩いて向かった。

予選会出場の葉書が届いた。母親に内緒で出場した。よそ行きのお洒落着を持ち合わせていない明美はお下げ髪のまま学校のセーラー服でその日を迎えた。出掛けに父親の祀られている仏壇に両手を合わせ予選会場となっている局の多目的ホールに向かった。

前もって知らせておいた曲は山口百子の『ひと夏の経験』だ。

目的を持つ人間は肝の据わりが違う。物怖じすることなく歌った。優勝した。決勝大会への出場権も獲得した。一カ月後に開かれた決勝大会には『横須賀ストーリー』を用意して歌い込んだ。

度胸が座ると腹の底から出る発声も力を帯び、バックバンドの演奏を従えるようなステージを終えることができた。こうなれば鬼に金棒だ。十六人の出場者の中から見事グランプリに輝いた。

鷲が翼を広げて大空に飛び立つ像を型どった優勝トロフィーが審査委員長から手渡された。明美は夢心地でトロフィーを抱きしめた。

「おめでとうございます。これで歌手デビューが約束されたことになりますが、歌手になりたいと考えたのはいつ頃なんですか」

司会者のインタビューに明美は会場に詰め掛けている観衆を見据えて答えた。

「テレビで山口百子さんの歌うステージを観てからです」

「ということは、目標が山口百子さんということですか」

「それもありますが、私は有名になってお母さんに楽をさせてあげたいんです」

山口百子と同じ受け答えになった。父親が海難事故で不明になった経緯を話した。客席にいた観客の多くが明美の父親の海難事故を知っていた。

「まだ見つからないお父さん、生きていると信じていますか」

明美は俯いた。答えられなかったからだ。

「お父さんは好きでしたか」

「大好きです。お父さんはいつも私の前で歌を歌ってくれたんです」

客席が鎮まった。

「そうなんですか、頑張ってお母さんに親孝行してくださいね」

司会者は同情と哀悼を込めた目で明美の肩を抱きしめてくれた。

父親の匂いとは違っていた。

トロフィーの重みを両手に感じながら家路に着いた。

その日は夕刻から玄界灘からの風が強くなっていた。福岡の沖合に能古島が浮かぶ今津湾の海岸線は白い砂浜と民家の間に防風林の役目を果たす松林が境界線のように立ち並んでいる。潮の流れの速い玄界灘から吹きつける風は四季を問わず木造家屋の壁に容赦なく吹きつける。壁に当たる風が天井から下がる裸電球を揺らせていた。仕事から帰った母親が用意してくれた夕飯は前日の残り物のカレーライスと肉じゃがだった。

卓袱台を挟んで向き合うと五十歳を迎える母親の箸を持つ指は深い皺に覆われて仕事の厳しさを伝えていた。床の間がある襖の向こうに箪笥が置かれている。箪笥の上に置かれた金色に光るトロフィーが母親の目に止まったようだ。

「明美、あれは何なの」

箸を持つ手で指さした。

「私、一カ月前にあった西日本テレビの『素人勝ち抜き歌合戦』の予選に出場したの。予選を勝ち抜いて今日あった決勝大会で優勝して…」

黙って聞いていた母親が明美の言葉を遮るようにして言った。

「何日か前に会社の社長さんが歌丸さんとこの娘さんテレビの歌番組に出てないかなぁ。そんなことを聞かれたからそんなはずはないって答えたんだけど…本当だったんだ」

「私歌手になるの」

「えっ、お前が歌手に？」

「私、東京に出て歌手になるの」

皺に囲まれた母親の濁った瞳が大きく見開かれた。

「東京に出て歌手に…」

母親の肉じゃがを口に運ぶ箸が止まった。

「お前は夢を見ているんじゃないの。女の子が一人で東京なんかに行って何ができると言うの。

高校を出るまではお母さんの元を離れちゃ駄目ですからね」

母親は再婚だった。二十歳のとき地元の筑豊炭鉱で働く炭鉱夫と結婚した。筑豊炭鉱は北九州市、飯塚市、田川市、直方市など六市四郡にまたがる炭鉱で八幡製鐵所の設立を背景に財閥企業、大手資本が進出し戦前は全国の石炭の半分以上を産出していた。

結婚七年後に大きな落盤事故が起きて亭主を亡くした。未亡人となった母親は炭鉱町から博多に出て魚市場で働いていた。この時に釣った魚を市場に持ち込んでいた漁師の亭主と出会って結婚し、一人っ子として生まれたのが明美だ。

三十歳で結婚した母親は博多の街から出たことがなかった。

ブラウン管に映る華やかな歌謡番組は自分たちの暮らしとはかけ離れすぎている。娘の突然の歌手になりたい宣言に母親は黙って頷けるはずもない。仕方のないことだ。

明美は母親との視線を逸らせなかった。

「実は、私お父さんが生きていると思っているの」

それを口に出すことで吹っ切れたかったからだ。

「何を急に馬鹿なことを言うの」

母親が両手を卓袱台について身を乗り出した。

潮焼けした額の皺を何重にも重ねて明美を睨んだ。明美はその顔を正面から受け止めた。防風林となっている松林を通過して吹き付ける潮風の音が止んだ。母親の表情が歪んだまま縁側のある雨戸に向いた。明美はバスの中で聞いた二人の女の会話をそのまま話した。スナック「駱駝」

を見つけに行ったことも付け加えた。

「まさか、そんなことが…」

母親は明美がトロフィーを置いた箪笥の横に置かれた仏壇の前に行くとひざまずいた。位牌を前にして両手を合わせた。

首筋に解れた横髪が母親の不憫さを増幅していた。

「お父さん、本当は生きているの？」

哀願を込めて絞り出した声が再び勢いを増した風の音に消された。

「私、お父さんは死んではいないと思うの」

母親の背中に向けてもう一度言った。

思い当たる節があるのか振り向くと小さく呟いた。

「『駱駝』の静江と…」

「私ね、芸名を使わないで本名で歌手になるの。私が有名になってお父さんが生きていれば私を見て絶対に連絡を取って来ると思うの。生きているのか死んでいるのか、お母さんだってこのまじゃ諦めがつかないでしょ」

点けっぱなしのブラウン管から森山昌子の『先生』が流れてきた。

縮んだ空気に甘えた昌子の甘えた歌唱が不似合いに響いた。

「分かったよ。だけどお前も知っている通りお母さんも生活するのに精一杯なんだから、なんの力にもなってあげられないわよ」

母親の瞳に望みを得た光が宿るのを明美は見逃さなかった。

西日本テレビは約束通り歌手デビューの道筋を付けてくれた。

『素人勝ち抜き歌合戦』の番組プロデューサー馬場渉《ばばわたる》が「Xスターレコード」のプロデューサー加賀美信吾《かがみしんご》を伴って歌丸家にやって来たのは夏休みが始まる三日前だった。

髪を肩まで伸ばし黒いツイードのジャケットに色落ちしたジーンズの加賀美を前にした母親は、これまで目にしたことのないファッションに一歩後ずさりすると挨拶を忘れて立ち尽くした。外国人を相手にしているような目つきになった。

「私に任せていただけるんでしたら、おたくのお嬢さんは第二の山口百子に育ててみたい。そう思ってうかがわせていただきました」

丁寧で柔らかい加賀美の言葉遣いに母親の顔の筋肉が緩んだ。

居間に置かれた卓袱台を挟んで向かい合った。加賀美がルイ・ヴィトンのアタッシュケースを開いて出したのは山口百子がデビューから引退するまでの八年間に歌った六十曲を、五枚組のLPレコードに収めた『百子伝説――スター・レジェンド　山口百子』だった。とても中学生には手の届かない高価なアルバムだ。

「うちは新興ですけど全力で取り組ませていただきます。よろしくお願いします」

畏まって坐り直すと母娘の前に頭を下げた。

「Xスターさんは親会社がしっかりしていまして資金も潤沢ですから、我々も安心してお願いできる会社なんです」

馬場が加賀美の横顔を覗きながら説明した。

加賀美は母親の心配事を承知しているように順序立てて説明した。

「デビューに備えて踊りとボイスレッスンを付けます。高校に通っていただきながら仕事をしてもらいます。住まいは学校に近い中野駅前に私どもの親会社が持つ社宅がありますから」

馬場から受けていた説明がそのまま加賀美の口から出た。

皇居が眼前に見える半蔵門に本社を構える「Xスターレコード」は前年の八一年、宅急便の大手「赤猫大和」の宅配便がスポンサーとなって立ちあげた。演歌が主流を占めていた日本の音楽シーンに若手歌手が歌うポップスと外国人ミュージシャンの活躍が重なって音楽業界は活況を呈していた。

東芝レコードやコロムビアレコード、ビクターレコードといった老舗のレーベルは相変わらずで、ディスコメートレコード、ジャパンレコード、オレンジハウス、アルファレコードなど新興のレコード会社が先陣を争うように参入していた。

帝国ホテルで開かれたXスターの発足パーティーには赤猫大和の社長が多くのマスコミを呼び鼈甲の眼鏡に黒いダブルのスーツ姿で壇上に立った。半蔵門に社屋を構えた説明から始まった。

「陛下様の元においで日本人の心を歌える歌手を育てたい。これが私の望みです。日本一のレコード会社にするには便の良い立地も必要です。皆様のお力を借りながら必ず日本一のレコード会社にしてみせます」

音楽界進出も壮大な構想を秘めていることも声高に語っていた。

そんな会社の概要を加賀美から聞いた母親は頰を緩めて娘の横顔を見つめた。開け放った縁側の向こうに青い海原が広がっている。

白い浜辺と海岸線に沿って続く松林。真夏の太陽が容赦なく照りつける海岸から潮騒の音が聴こえてくる。アブラゼミの鳴き声も聞こえる。

「こんな自然の環境で育ったお嬢さんが羨ましいですねぇ」

小麦色に日焼けした明美ははにかみながら俯いた。

「君の高音の伸びと声量は森山昌子や桜本淳子に負けないものを持っています。パンチの強いリズムの曲で勝負して欲しいんです」

加賀美は立ち上がると両手を伸ばして深呼吸した。

「お嬢さんのキャッチフレーズはこの環境をそのまま表現した〝夏娘〟で行きましょう。夏をテーマにした曲を用意しますからデビュー用のポスターはハワイにでも出かけて撮りますか」

歌丸家の母娘にとって眩しすぎる言葉が加賀美の口から次々に飛び出した。話が一段落すると加賀美は自分のことを話した。

四十歳になる加賀美は学生時代にジャズバンドで活動し大手の「ABCレコード」に就職した。会社は演歌路線に固執し、主流になりつつある中西みゆきや八木純子など〝ニューミュージック〟と呼ばれるシンガー・ソング・ライターのジャンルに目を向けようとしなかった。根性や恨み節を〝日本人の心〟と言い、演歌に固執する会社の体質に限界を感じて退社した。今は赤坂のスナックで弾き語りをしていたシンガー・ソング・ライターの女子大生、佐伯未央をスカウトしてデビューを九月に控えているところだとも言った。

二人は飛行機の時間が迫っていると言って立ち上がった。

母娘はタクシーに乗り込む加賀美の背中を頼もしく見送った。


夏休みが明けると週末を使った明美の東京通いが始まった。

空港で迎えていた加賀美の運転で本社ビルに向かう。青空に向かって突き刺さるように伸びる赤く塗られた東京タワー。灰色の高層ビルが林立する東京の街並みを明美は呆気にとられて眺めていた。

道路を挟んでお濠の前に聳える本社が入居しているビルは太陽の光に反射して鏡のように光っていた。一階がオフィスで二階にレッスンスタジオが造られていた。

大理石のように光沢のある敷石の敷かれた玄関に足を踏み入れた。

爽やかなスポーツ刈りで、白いラコステのポロシャツにハンティング・ワールドのバッグを肩にかけた男が立っていた。

「お疲れさま。飛行機は揺れなかったですか」

「ああ、順調なフライトだったよ」

加賀美が明美の肩に掌を置いた。

「紹介するよ。彼はこれから君が東京に来た時に父親代わりになって面倒を見てくれるマネージャーの大舘祐司《おおだてゆうじ》君だ。前の会社から一緒で俺が引っ張ってきた仲間なんだ。分からないことがあったら何でも相談しなさい」

　両目が細く唇の厚い男だった。

「彼はテニスが得意なスポーツマンなんだ」

「よろしくね」

　軽い声で右手を挙げた。廊下の右側がオフィスになっていた。机がハーモニカ状に並ぶ三十坪ほどの広さで制作部、宣伝部、経理部と別れて天井から看板が下がっていた。Tシャツや柄入りの半袖のシャツ姿のスタッフがほとんどで、背広でネクタイを締めている男の姿は見当たらない。

加賀美の先導で各部署に挨拶して歩いた。

「九州からきたという新人さんかい、我が社のためにも頑張ってね」

　制作部長と書かれたプレートが置かれた正面の机に座る男から励ましの言葉をかけられた。高校生としての扱いじゃない。身勝手な思い込みだが自分がプロの歌手としての扱いを受けているように感じて背筋が伸びた。

　窓際の机に座っていた男が立ち上がった。黒縁眼鏡をかけた額の上がった男だった。紺のジャケットに赤いポケットチーフが身だしなみを整えていた。

「君のボイスレッスンの先生で神部さん。プロの作曲家でもあるんだ。プロとして教えてくれることは貪欲に吸収してね」

　大舘がそう言って紹介した。男に頭を下げられた。防音装置が施された二階のスタジオはアップライトのピアノが置かれていた。

「どれくらいのキーが出るのか発声をしてみようか」

ピアノの前に座って神部が鍵盤を軽く叩いた。音に合わせて発声した。明美は必死で声を出した。神部は両腕を組み眉間に皺を寄せて考え込んでいる。自信のあった高音も神部には物足りないようだ。

「大丈夫。三カ月も続ければ出ない声も出るようになるから」

大舘の言葉からは褒められているのか失格の烙印を押されているのか分からない。様子見のレッスンを終えた明美を大舘は車に乗せた。

会社から五分程で着くお濠端にあるフェアモントホテルが予約されていた。通された部屋で窓際に立つと目の前に皇居のお濠が濁った水面を太陽の光を反射していた。

翌日、ホテルに迎えに来た大舘と遅い朝食を摂っているとバッグからパンフレットが出された。堀米高校と書かれたものだった。多くの芸能人が卒業している学校で明美も知っていた。中野区中央にあり来春中学を卒業する明美のために願書が提出されていると教えられた。

大正十二年に開校したこの学校は一九七三年に「芸能コース」が新設された。芸能プロもレコード会社も明美のように若年層でスターを目指すアイドルを多く抱えるようになった。芸能プロやレコード会社からの要請を受けてのものだろう。

仕事の関係で決められた時間の授業を受けることができない芸能人たちは大学と同じ方式で足りない単位の授業を探していつでも出席できるシステムを採用した学校だ。これまで林田寛子、石元さゆり、片横なぎさ、浅神ゆう子など数多くの芸能人を卒業生として送り出していた。

明美に用意された住まいはＪＲ中野駅前・中野区役所の裏通りに面した三階建ての一ＤＫのマンションだ。駅前から続く〝ブロードウェイ商店街〟は早稲田通りまで伸びている。商店街の地下には多くの惣菜店が軒を並べているから独身者には便利だ。このマンションの上の階に加賀美がプロデュースしている佐伯未央が住んでいることも教えられた。

「分からないことがあったら未央に聞けば先輩として何でも教えてくれるよ。俺からも言っておくから」

大舘がそう言って明美の肩を叩いた。二日続いたレッスンを終え大舘の運転で羽田空港に向かった。デビューに向け明美の知らないところで着々と準備が進められていた。

受験勉強に励む同級生を尻目に週末に上京する明美は一人暮らしの要領も身につけていた。寂しいなんて言っている暇がなかった。

一歩一歩芸能界の入り口に向かって歩み始めた。


一月八日の夕刻、明美は成田空港の国際線出発ロビーにいた。

一週間のスケジュールでハワイへの撮影旅行に出発するためで明美は前日に博多から上京していた。大舘とカメラバッグを肩にしたカメラマンの西郷雄二《さいごうゆうじ》の三人だ。

「ＪＡＬ７３１便、ハワイ行き搭乗の最終案内をしております。搭乗になりますお客さんは三十一番ゲートに急ぎお越しください」

出発便の行き先を表示する電子ボードを見ていると乾いた音の女性のアナウンスが流れてきた。

明美の不安な気持ちを見越すように西郷が優しい声をかけてくれた。

「ハワイは暖かいから、夏休み気分で思いきり遊ぶつもりでいこうよ。写真というのは被写体の気持ちがそのまま表情に出るから十五歳の少女らしくそのままの明るい表情を撮りたいからね」

脂ものを多く摂ると肌に出るからと言って、夜行便の機中で機内食が配られると西郷が干ぴょうを巻いたのり巻きの折りをバッグから出してくれた。ホノルル空港では自分を健太と呼ぶコーディネーターとスタイリストも兼ねたヘアーメイクの江梨子《えりこ》が待機していた。

ホテルはマウイ島のワイキキビーチに沿って建てられている「ＯＵＴＲＩＧＧＥＲ・ＷＡＩＫＩＫＩ」だった。

通りの両側に植えられているヤシの木と積み木のように細く高い二十階建のそのホテルはピンクに塗られたロイヤルハワイアン・ホテルと並んで海岸線に建っていた。正月になると有名タレントはハワイ入りし連日のようにブラウン管に映し出される。その光景が目の前にあった。自分が芸能人となる入口に立った実感がひしひしと湧いてきた。

「慣れない外国旅行で明美に何かあると困るんで、俺がガード役になれる部屋を決めておいたから」

そう言って部屋に入った。大舘が選んでいた明美の部屋は、大舘と共同使用となる二部屋が振り分けになっているスイートルームだった。

打ち合わせを兼ねたホテルのレストランでの食事の席で健太が音頭をとって乾杯から始まった。

「今日から、チーム明美として一致団結して最高の仕事が仕上がるように頑張りましょう」

明美にはノンアルコールのカクテル・ブルーハワイアンが用意された。アメリカの国旗とハワイの州旗が飾られている。炭酸の刺激が心地よく喉を刺激してくれた。分厚いステーキが食事を楽しいものにしてくれた。

食事が終わると健太が地図をテーブルに広げた。

「初日は、レンタルしてある海岸沿いの別荘で撮って、その後に島の裏側にあるノースショアに行くつもりです。彼女がカメラ慣れするまで別荘でくつろぐ散歩風景と、海に出てボードでパドリングしているカットで行きましょう」

江梨子が白と赤にイエローのビキニを用意していた。

「十五歳。中学生。私のイメージで明美ちゃんには明るい色が似合うと思って」

江梨子は柔らかい視線を明美に向けて説明した。

撮影は早朝の新鮮な太陽の光と夕日の沈む地平線をバックにしたカットが予定されていた。

「中学生といったって隠れてお酒を飲むこともあるんでしょ」

横に座る江梨子のおちゃめな勧めに乗って、途中からアルコール入りのカクテルに変えていた。

「明美ちゃんならモデルでも通用するな」

西郷の褒め言葉だ。大舘も健太も肩を叩いて賛同してくれた。

勧められるままに杯を重ねた。ハワイと日本では時差が八時間ある。一睡もせずに昼を迎えた体が疲労で悲鳴を上げていた。

酔いと疲れで体の感触を失っていた。健太の計らいで明美は先に部屋に引き上げた。ベッドに倒れ込んだ。空け放った窓の外から聞こえてくる潮騒の音が子守り歌に代わっていた。博多湾を思い出していた。

「明日から私のプロとしての仕事のスタートだわ」

明美は自分に言い聞かせるように瞼を閉じた。時差からくる体の疲労感。金縛りに遭ったような経験のない睡魔に襲われていた。窓を叩く風の音も心地良かった。深い眠りに落ちていた。横に人の体温を感じた。眠りが醒めた。酒の匂いがした。腕が首の下を通ってそのまま抱き寄せられた。怖くて目を開けることができなかった。身を縮めて眠ったふりをしていた。体を横向きにされた。肉厚の唇を重ねられた。薄眼を開けた。目の前に大舘の顔が重なっていた。

下半身に腕が伸びてきた。指が微妙な動きで体の中に入って来た。

テニスで鍛えた男の締まった筋肉にはとても太刀打ちできない。

両足に太腿を挟んで押し開けられた。

両腕で抱きすくめられると抵抗する気力を奪われてしまった。

ハワイに旅立つ前日、西日本テレビの神部に呼び出された。

玄関脇にある喫茶店で向き合った。

「いよいよ歌手としてのスタートだな。うちの番組を代表して頑張ってほしいな」

運ばれてきた珈琲にミルクを入れながら神部が言った。

「歌手デビューは大人の世界に仲間入りするってことなんだ」

それだけ言うと視線を天井に向けた。

「芸能界は綺麗事ばかりじゃ済まないからね」

ここで一呼吸置いた。

「周囲の人間はみんな大人なんだ。大人の男と女が蠢いている世界では何が起きても不思議じゃない。その関係を承知して上手に泳ぎ渡る。芸能界とはそういうところなんだから」

諭すように言った神部の言葉が蘇った。

押しつぶされるような体の重みを感じた。

引き裂かれるような痛みが全身を貫いた。男の動きが止まった。

しばらくして耳元で囁やかれた。

「いい仕事をして帰ろうな。お互いにデビューに向かって成功するために頑張らなくちゃ」

熱い吐息が耳をくすぐった。体に回された両腕を離すことがなかった。窓の外に星空が鮮やかに輝いていた。

眠れぬ夜が過ぎていた。窓の外に朝日がさしていた。一人になったベッドを起きだすと海沿いにあるレストランに降りた。大舘はパウンドケーキを前にして珈琲を飲んでいた。視線を合わせることはしなかった。

ロケバスは予定通りやって来た。

「おはよう、どう眠れましたか」

江梨子の爽やかな声に救われてバスに乗り込んだ。

レンタルされた別荘地での撮影から入った。

「そうそう、もう少し上目使いでレンズを睨んでみて」

西郷の掛け声にレンズに向かうがぎこちなさが消えない。慣れない撮影のせいだけではない。心の蟠《わだかま》りと疲労が体の自由を奪い体が固まったまま解《ほぐ》れない。西郷の指示は分かるが体が従わない。

ロケ現場が頻繁に移動する。カメラが向けられるたびに何百回と押されるシャッター。そのシャッター音が機関銃のように聞こえてくる。その機械音が明美の心と体とを少しずつ解してくれた。

撮影を終えた後の夕食のテーブル。西郷は何もかも察知していた。

「女の子は化粧とか何かと男に知られたくない生活があるものだから、大舘さん今夜から個別の部屋を明美ちゃんに用意しようよ」

江梨子も大きく頷いた。健太がそれを聞くとホテルのフロントに走った。チークの握りの付いたルームキーを手にして健太が戻った。大舘は浜辺に打ち寄せる波打ち際に視線を流していた。

明美は与えられたルームキーを自分の側に置いてフォークとナイフを動かした。

天候に恵まれ撮影が予定通りに無事終えた。最終日の夕食はフロント階の正面にあるステーキハウス「チャックス」が予約されていた。撮影を無事に終えた緊張感から解放され、明美は分厚いフィレステーキを慣れないナイフで切り裂いて頬張った。

ハワイ湾に満天の星が輝いていた。

堀米高校の女子の制服は大きな襟の付いたテック柄のワンピースに紺のブレザーだ。クラスメートには後に新人賞レースにノミネートされテレビのドラマでも活躍するようになった亀吉悠子や石間陽子、南田陽子、坂本知子など合わせて十人がいた。坂本は中学二年のとき東西テレビの『硝子の人形』で既に役者デビューして注目を集めスター街道を歩んでいた。坂本と明美を除いた他の八人は『スターに挑戦』でグランプリや準グランプリ獲得したメンバーで、番組をテレビを観ていた明美はその中の何人かの顔は覚えていた。

大手芸能事務所にスカウトされた八人は同じ番組から出たという仲間意識が強く坂本と明美には近づき難い空気を匂わせていた。

坂本はそんな微妙な人間関係を見逃していなかった。午前中の授業を終えると徒党を組むように鞄を持って教室を飛び出していく八人の後ろ姿を追いながら明美の肩を叩いた。

「あの子たちに負けちゃ駄目よ。実力のあるものが芸能界では勝ち残って行けるんだから」

徒党を組むクラスメートに敵対心をむき出しにした言葉だった。芸能人として実績を残している坂本の余裕がそれを言わせていた。

明美は坂本の存在が心強かった。

「ドラマの仕事って難しいんでしょ」

生徒たちが駆け回る昼休みのグランドを眺めながら聞いた。

「そんなことないのよ。演出家の先生に言われた通りの台詞を言っているだけだから」

気負いがまるで見られない。

「私って小さいころから体が弱くて、外で遊ぶより本を読んでいるほうが好きだったの。読んだ本の登場人物になりきって自分を作る。そんな子だったからカメラの前に立つときも台本に出てくる人物像になりきって動いているだけ。余計なこと考えるとぼろが出るからなるべく単純に振舞っているの」

バリアを張らない言葉が明美の心を素直にしてくれた。

「私が歌手を目指したのは、行方不明になっているお父さんを探したいからなの」

玄界灘での海難事故を話した。

坂本の双眸が明美に注がれた。

「そうだったの。だったら売れっ子にならなくちゃ。売れっ子になればお父さんも明美の存在を知って連絡を取って来るわよ」

坂本が包み込むような仕草で肩を叩いた。

「私、頑張れそう」

握り合った坂本の掌は柔らかく温かかった。

大舘はデビューに先駆け精力的に動いてくれた。学校は中野駅前の自宅マンションから歩いて二〇分の距離だった。登校時間になると大舘の運転する紺のトヨペットクラウンが玄関に付けられていた。

大舘はマスコミへのアプローチに熱心だった。大手スポーツ新聞四紙の文化社会部に明美を連れて挨拶回りをした。小さな項だが「我が社に挨拶に来てくれた新人さん」のコーナーに歌丸明美の名前が載った。明美はそれを切り抜いて福岡のお母さんに送った。

「どんなに小さくてもいいんだ。活字になることが認知度を高めるための一番の近道なんだから」

芸能誌の取材も多く取ってくれた。出身地の食べ物を聞かれた。

「父親が漁師をしていて、寒鰤が特産品でお正月になるとどこの家庭のテーブルにも寒鰤が用意されるんです」

翌週の雑誌に明美と並んで大きなサイズの寒鰤の写真が掲載されていた。明美は嬉しくて切り抜いてアルバムにスクラップにした。

レコードが売れて有名になったときにはファンが自分の写真をこうしてスクラップして集めてくれるんだろうな。そう考えるとハサミで切り抜く雑誌の記事が宝物のように思えた。

「芸能界は売れてなんぼ。売れなきゃシャボン玉のように消えてなくなるんだ」

加賀美が大舘を前にすると決まってそう力説した。

春休みに入ると関西にも北海道にも足を伸ばした。

「地方の放送局に顔を出しておけばデビュー曲を優先的に掛けてくれるんだ」

現地に赴くと地元のテレビ、ラジオ局、有線放送の放送ブースと時間を惜しむようにも足を延ばした。地方に出掛けた旅先で仕事を終えて夜を迎えると、大舘は当たり前のように明美を抱き寄せて熱い吐息を吹きかけてきた。

「これだけ露出の確約を取っておけばお前も安心だろ」

明美は抗うことをせず従った。大舘の玩具になることが歌手デビューの成功を約束してくれると本能的に自覚していたからだ。

明美が歌手デビューしたのは一九八二年五月で、山口百子が二十一歳の若さで三浦友也と結婚して引退した二年後だった。

レコード会社は彼女に代わる次世代のスター作りに奔走していた。

赤坂の「キャピタル東急ホテル」の宴会場で開かれたデビュー・パーティーの会場には特設ステージが設けられ「歌丸明美・歌手デビュー発表会」と書かれた看板が用意された。雑誌、新聞社の芸能記者も多く駆け付けていた。中には取材を受けた記者の顔もあった。

Xスターレコードの親会社、赤猫大和の社長の音頭で乾杯を終えると用意された樽酒の蓋が開けられた。

「我が社ではどんな事業においても二流という言葉は通用しません。歌丸明美君は暮れの新人賞レースに向かって突っ走ります。ここにお集まりの皆さんに力を貸していただいて是非とも新人賞をよろしくお願い申し上げます」

社長の言葉は有言実行だった。テレビのゴールデンタイムに流れる赤猫大和のCMスポットに明美のデビュー曲『真夏の太陽』が急遽差し替えとなった。それだけではなかった。配達で走りまわる全国の赤猫大和のライトバンの腹に「期待の新人・歌丸明美デビュー曲『真夏の太陽』」と大きく書きこんだポスターを貼って走らせた。

『真夏の太陽』の文字が街中を走りまわる。宣伝効果は抜群だ。

気象庁が関東の梅雨明けを宣言した週には『真夏の太陽』がヒットチャートのベストテンに顔を出した。各局の歌謡番組を持つ担当者からXスターレコードの宣伝部に出演依頼の電話が集中した。

亀吉悠子と石間陽子のレコードは所属プロダクションの力もあり好調な売り上げを示していた。宣伝効果のおかげで明美が頭一つ抜け出しての展開となっていた。

教室で机を並べて授業を受ける同級生も明美のデビューに協力を申し出てくれた。中学まで柔道部に籍を置いていた佐竹茂だ。骨太の体型で裏表のない性格の硬骨漢はクラスメートに人望があった。

「お母さんがカラオケスナックをやっているんだ。お母さんに頼んでお客さんに買ってもらうからレコードを二〇枚くらい用意しなよ」

意外な申し出だったがその優しい口調に好意を感じた。

翌朝、大舘の運転する車の後部座席にレコードが積まれていた。

夏休みが終わった。久しぶりの学校だ。昼休み坂本と校内の売店で同じ弁当を買って教室に戻った。茂が廊下から手を振ってくれた。

「全部売れたからもっと持ってこいってお母さんが言っているぞッ」

明美の活躍を坂本も喜んでくれた。

「明美、よかったわね」

箸を動かす手を止めず自分の出演しているドラマの撮影の進行状況を説明してくれた。明美は茂と坂本との交友が一番の楽しみだった。茂はグラウンドでサッカーボールを追う仲間に混じってボールを追っていた。坂本は家族旅行で沖縄に行って来たと言ってパイナップル柄のTシャツを鞄から出した。

「どう、似合う」

土産に渡されたTシャツを体に合わせて見せた。

「うん、似合うけど明美どこか体調悪いんじゃないの」

「どうして？」

下から顔を覗き込むようにして聞かれた。

「何か隠し事していない…」

生徒を諭す先生のような口調だった。

「…ちゃんと月のもの、あるの」

その言葉が心配事を言い当てていた。明美は俯いて答えなかった。

「だったら早くお医者さんに行った方がいいわよ」

七月の中旬から生理が止まっていた。熱があるわけではないが体がだるくて貧血のように眩暈に襲われる回数が多くなっていた。

肌が沈んだ色に変色している自分に気が付いていた。

「旅には、いつもマネージャーと二人で出掛けているんでしょ」

坂本の口ぶりは何もかもを見通していた。

「実は私も同じことを経験しているの。違うかもしれないけど心配しているんなら検査受けたほうがいいんじゃない」

お姉さんのような言い回しになった。鞄から手帳を出すと赤いマジックボールペンを持って産婦人科医の名前と電話番を書いた。

「私のマネージャーが言っていたけど、ここは芸能界御用達のお医者さんなんだって。私のときも外に漏れることがなかったわ」

坂本はそんな自分の重大な秘密も教えてくれた。これまで以上に信頼し親密感も持つことができた。

授業が始まるベルが廊下に鳴り響いた。坂本は撮影があるからと言って鞄を手に教室を飛び出した。授業が始まった。自分の体の中に赤ちゃんが。教師が黒板に書く古典の訳もまるで頭に入らない。

授業が終わった。大舘が校門の前に車を停めて待っていた。歌謡番組への出演で青梅街道から靖国通りに出て市ヶ谷にある日の丸テレビに向かった。新宿三丁目を抜けたところで信号が青から赤に変わった。明美は坂本から渡されたメモを大舘の前に出した。

大舘はブレーキを踏む足の力を緩めた。

「なんだ、これは？」

「私、生理がなくて…」

大舘の言葉が詰まるのが分かった。前方を向いたままだ。

「できるだけ早く検査を受けたほうがいいって坂本に言われたの」

信号が青に変わった。

「じゃ、明日にでも行ってみるか」

ステージ衣装の打ち合わせのような会話だった。明美はハンドルを握る大舘の横顔を睨んでいた。局の楽屋入りした。歌番組の楽屋は取材で顔を見せているマスコミやタレントのマネージャー、スタイリストなどで肩が触れ合うほどにごった返している。亀吉悠子も石間陽子もいた。互い御愛想の挨拶を交わすが視線を合わせることはない。

「歌丸さん、カメリハですよ～」

着替える間もなく舞台衣装を手にしてスタジオに急いだ。

ランスルー、本番と収録は滞ることなく進んで行く。

体のだるさが日に日に増して来た。本番を終えて楽屋に戻った。

「明後日の三時に予約が取れたからな」

大舘の言った病院の名前は明美が渡したメモとは違っていた。

「心配で本田に相談してみたんだ」

本田は亀吉悠子のマネージャーで、大舘が前に勤務先していたレコード会社時代から付き合いがあることは知っていた。俺の名前を言ってここに行ってみたらいいよ。そう言って紹介されたという。

産婦人科に…。不安の中で相談する相手はいなかった。

大舘の心遣いがありがたかった。

「もし赤ちゃんが、なんてことになったらどうしよう…」

「大丈夫だよ。気のせいさ。俺はいつも注意していたからなッ」

病院に向かう車の中での会話だ。

「おめでたです。三カ月に入ったところです」

診察台に座る明美の前で難しい顔をしたまま医師に告げられた。

「本当ですか」

「心当たりはあるんでしょ」

責任感を押しつけるような素っ気無さだった。大舘が頭を下げながらドアを開けて入ってきた。

看護士に呼ばれたようだ。

「早いほうがいいですから」

大舘に告げた手術の日は一週間後だった。有無を言わせない口調だった。

その間も仕事はこなしていた。不安が沈殿した。

明美は再び産婦人科医の門を潜った。

待合室には肩まである髪を後ろに束ね金縁の眼鏡とマスクをした先客がいた。年齢のほどは分からないが忙しなく時計を眺めていた。

名前を呼ばれたが、診察室に入ることなく出口のトビラを押して出て行った。そのままで、明美が診察室に通された明美は診察台に乗せられると麻酔注射が打たれ意識が遠のいた。気がつくと手術は終えていた。

下半身に力の入らない体で立ち上がった。四日間の安静を言い渡された。車で待っていると言っていた大舘が待合室で顔をしかめて座っていた。

「仕事のほうは俺がぬかりなく手を打っておくから、心配しないでゆっくり休めよ」

明かりの点かない一人暮らしの自宅に大舘の車で送られた。窓の外に中野ブロードウェイの灯りが煌めいていた。誰に報告することも相談することもできない。鈍痛が疼く下半身に手を添えて夜を迎えた。大舘が食料を抱えて明美の部屋に来たのは翌日の朝だった。

台所に立つと二人分のお茶を淹れてテーブルを挟んだ。

大舘が広げたスポーツ紙の芸能面に明美の名前があった。

「歌丸明美、過労で緊急入院」

こんなタイトル付いて大舘のコメントで記事が構成されていた。

デビュー以来全力で駆け抜けてきた夏場の疲れが一気に出たとなっていた。明美は紙面を茫然と眺めながら新聞記事にはこんな使い方もあるんだと感心した。

新人賞レースが佳境に入るこの時期に四日もの間仕事に穴を開けるとマスコミに痛くもない腹を探られる。大舘が打った予防線だった。仕事に復帰すると歌謡番組の収録現場ではスタッフの誰もが気遣いの言葉をかけてくれた。ハワイの夜以来、機会があると求めてくる大舘の要求を断る口実ができたと明美の心配事がひとつ消えていた。

それから一週間が経っていた。朝食を摂っていると玄関のチャイムが鳴った。時計を見ると大館が迎えに来る時間だった。玄関口に走った。ドアを開けると大館が加賀美と並んで立っていた。

「おはようございます」

二人の顔に向かって挨拶をした。挨拶は一方通行で返ってこなかった。加賀美は黙って靴を脱いだ。顎で大館を促した。食べかけのトーストとミルクのカップがテーブルに置かれたままになっていた。

テーブルを囲んで腰を下ろした。加賀美が東西スポーツを開いた。

一面は前夜後楽園球場で行われた読売巨人軍と阪神タイガースの試合でサヨナラホームランを放った王貞治が花束を持って両手を上げている写真が載っていた。芸能記事が扱われている最終面のページを広げた。

「不純異性交遊で堕胎か。歌丸明美が産婦人科の門を潜る」

タイトルは大文字だった。

「歌丸君、これはどういうことかねぇ」

記事は明美が病院の門を潜り大館の車で退散するまでの時間の経緯が事細かに書かれていた。明美が手術を受けた当日の待合室での目撃談として匿名の女性の証言も書かれていた。

「子供ができたことも婦人科に行って中絶をしたことも大館に確認したよ」

加賀美は明美の双眸を睨みつけると視線を外さなかった。

窓の外は細い雨が降り始めていた。加賀美は煙草に火を点けた。

「相手は誰なのかね」

被せるように聞かれた。大舘は窓の外に視線を投げている。

「この時期に色恋沙汰が表に出たらファンはそっぽを向いて誰も君のレコードは買わなくなる。そうなれば新人賞は終わりだ。そんなことは分かっているだろう」

大舘は口を噤んだまま動かない。明美は大舘を強い目で見た。

空気が萎んで明美は眩暈に襲われた。

「大舘さん、どうして隠すんですか」

大舘の無神経な態度に堪忍袋の緒が切れた。

「そうか、自分ではしらばっくれて言葉を濁していたけどお前なんだ。この世界にいれば新人賞を狙う歌手のこの時期の大切さは知っているはずだよな」

大舘は立ち上がって頭を垂れた。

「申し訳ありませんでした」

「そんなことを言っても手遅れだよ」

煙草を灰皿に押しつけた。

「行った病院は誰の紹介だったんだ」

「本田です」

「本田って亀吉悠子のマネージャーか」

「え、ええ…」

「馬鹿野郎」

加賀美の鉄拳が大舘の顎に飛んだ。大舘は窓際まで飛んだ。

膝から崩れた。

「亀吉は賞レースの宿敵だろう。何か引きずり落とす材料はないかと虎視眈々と狙っているのがこの世界だ。そんなことをしたら敵に塩を送ったようなものだろう」

拳を握りしめた加賀美の姿が痛々しかった。

「病院の職員は患者に関しての情報リークは医師法に触れるから絶対に口外しないんだ。歌丸君、この記事を読んで何か思い当たることはないかね」

自分の順番前に姿を消した金縁眼鏡の女の姿が浮かんだ。

「きっと本田が病院の外に探偵社を雇って張り込みをさせていたんだよ。病院に行ったことの裏付けが取れなければ、こんな人権に関わる記事は書けないからな」

明美は待合室の出来事を話した。

「それは多分探偵社の人間だったんだな」

芸能界は情報戦であることを思い知らされる。

新聞が先陣を切ると週刊誌が後追いで記事を書く。新人賞レースの本命馬と見られているアイドルの妊娠中絶。不純異性交遊の活字が明美の身持ちのふしだらなイメージを倍加させる。明美のスキャンダルは週刊誌にこれ以上ない美味しいネタになった。堕胎手術の信憑性を巡って相手の推測に踏み込んでいた。共演した何人かの歌手の名前が特定されないような言い回しのアルファベット表記で書かれていたが大舘の名前が表に出ることはなかった。

マネージャーとタレントの睦み事など芸能界では日常茶飯事なのか。それとも相手がマネージャーでは書いても話題にはならない。

芸能マスコミが大舘との関係に頬かぶりを決め込んだのはそんなところだろう。翌朝の迎えは、右のこめかみに加賀美の鉄拳を喰らった大舘が瞼を青く腫らせた顔で運転してきた。助手席に乗り込んだ明美に詫びることもない。

「本田に問い詰めたんだけど、俺はそんな穢《きたな》いことはしたつもりがないと相手にされなかったよ」

言いわけともとれる口を開いた。この期に及んでまだこんなことを言う大舘には何も言う気力も失せた。

毎週、レコード売り上げの数字を統計に取り掲載する音楽業界誌『オリジナル・コンフィデンス』がある。この雑誌のデータを元に出演者を決めている東日本テレビの歌謡番組から明美の出演依頼はぴたりと止まった。九月十六日、敬老の日に予定通りリリースした明美の第二弾『同級生』はそれまでの実績を参考にした宣伝部が初回の出荷枚数を三万枚とした稟議書を出していた。それを見た加賀美がクレームを付けた。

「暮れの賞獲りレースを勝ち抜くには五万枚くらいの数字を出さなくちゃライバルに勝てないじゃないですか」

初回のプレスを五万枚と押し切ったがスキャンダルが痛すぎた。地方のレコード店から届いていたサイン会のオファーも中止を申し出る店が続出して、新たな申し込みの電話が鳴ることはなかった。結果は返品の山となり加賀美の責任問題も取り沙汰され商品は倉庫に送り込まれた。

学校で顔を合わせる亀吉悠子も石間陽子も挨拶さえ避けて視線を合わせることもなかった。

坂本知子は違った。

「芸能界の穢さを知ったでしょ。でもね、力さえあれば這いあがれることができるのよ。覚醒剤で逮捕された歌手も役者もほとぼりが冷めるころにはブラウン管に顔を出しているんだもの」

そう言ってこれまで麻薬問題で警察沙汰になったことのある映画俳優からベテラン歌手まで多くの名前を口にした。

日本歌謡大賞・新人賞の最右翼にいた明美の名前は賞獲りレースから完全に外れてしまった。仕事が次々にキャンセルされた。明美は学校から戻ると自宅に籠る日が続いた。亀吉悠子は明美と同時期の九月にリリースした第二弾の『リトルマーメイド』が好調で大晦日に開かれた『日本歌謡大賞』の授賞式では将来も嘱望される「最優秀新人賞」に輝いた。

眩いばかりの豪華なステージで、受賞したトロフィーを会場に向かって高々と掲げる亀吉悠子の姿を明美は観ているのが辛すぎた。テレビの電源を切った。外に飛び出したい衝動を押さえて窓際に立った。頬を流れる涙を拭うことも忘れ建物の向こうを走り抜ける電車の光を追いかけた。二人の逆転劇を知るものは、明美の二人のスタッフと亀吉の軍営の何人かでそれ以外の外部者で知る者はいない。

窓を開けた。肌を刺す冷たい北風に乗って雪虫のように小さな粉雪が明美の頬に当たって溶けた。

新年が明けると明美は初詣にもいかず羽田空港に向かった。

離陸した飛行機が高度を上げると右手に雪を被った富士山の山頂を真っ赤に燃えた太陽が照らし東の空に反射していた。

「帰って来たんだね」

玄関口に立つ明美の姿を見た母親は黙って抱きしめてくれた。

母親の体がこんなに温かく感じたことがなかった。

「お母さん待っていたんだよ。お正月なんだもの寒鰤の入ったお雑煮を食べなくちゃね」

新聞と週刊誌に載った記事のことは一言も触れなかった。

白味噌で作ったお椀の中に鰤の切り身と丸餅が入った雑煮が卓袱台に運ばれた。深く皺の寄った指が青海苔を千切って入れてくれた。

柔らかな白い湯気が二人の間に漂って消えた。

「美味しそう、いただきま〜す」

明美は中学生の自分に還っていた。

親子の耳に潮騒が届く。射し込む日差しが畳みを照らしていた。

「お母ちゃんのお雑煮美味いでしょ」

「うん、これを食べなくちゃお正月がこないものね」

初めて浮かべた新年の笑顔だった。

食事を終えた卓袱台に明美は『真夏の太陽』と『同級生』をバッグから出して並べた。母親は二枚のレコードを手にすると瞬きもせず娘の映るジャケットを見つめていた。頬に涙が流れていた。

「頑張ったんだね。お母ちゃんはこれを見ただけで十分だよ」

明美が狙っていた大晦日の『日本歌謡大賞』の授賞式を見ていたはずだ。ノミネートもされなかった娘を気遣っていることが痛いほどに伝わった。明美は話した。自分が通う芸能コースの授業の選択、レコーディングの緊張感、新聞、雑誌で受けた取材現場の状況。

テレビ局の楽屋の喧騒、親しく相談に乗ってくれる坂本知子の人柄。母親にとっては何もかもが新鮮な内容であるはずだと思ったからだ。皺の刻まれた顔を崩して相槌を打ってくれた。母親の小さな体が行き場所を失っていた心の窓をこれ以上なく開放してくれた。

「気を落としちゃ駄目だよ。加賀美さんのいうことを聞いていれば間違いないんだから」

玄関口に立った母親に力強く肩を押されて家を出た。


一月七日は「Xスターレコード」の仕事初めの日だった。

会場は日比谷の帝国ホテルの宴会場だ。「赤猫大和」と合同の新年会だった。この一年で演歌歌手の中村律子や橋本幸夫、コーラスグループのデューク・ソングス。女性ボーカルグループの少女隊などが加わって華やかな賑わいを見せていた。所属タレントは入口に並んで来賓を迎える。楽屋に入ったが大舘の姿が見当たらなかった。

大舘と二人三脚でやって来た明美は話し相手を失っていた。

「あいつには去年限りで辞めてもらったんだ」

肩を叩かれて振り向くと加賀美が立っていた。

「新しいマネージャーが入るまでは俺が君のマネージャーとして仕事を仕切ることになったから。仕事が入ったら管理人を通して俺が迎えに行くことになる。学校は休まずに行きたまえ」

それ以上の説明はなかった。テレビ局やラジオ局、それに芸能マスコミ回りをして仕事を取って来るのがマネージャーの役目だ。

その点大舘は申し分のない働きをしてくれた。

「芸能界は大人の男と女が蠢いている場所なんだ」

馬場の言いつけを守るなら明美の欠けていたことは何だったのか。

一つだけ思い当たる節はあるが恥ずかしくて口には出せなかった。

学校では佐竹茂が以前と変わらずに接してくれた。

「芸能コースは歌丸を含めて十人の同級生がいただろ。この中で何人がデビューしたんだ」

茂に言われて数えてみると明美と坂本を疎外してきた四人の同級生はまだデビューしてはいなかった。その中の二人はいつの間にか学校に姿を見せなくなっていた。

「歌丸はデビュー出来たけでも感謝しなくちゃ」

茂の言葉は嬉しかった。甘い言葉で芸能界入りを誘いデビューを約束しながら切り捨てられた同級生を見ると、芸能界での生き残りの残酷さを思い知らされる。坂本は明美の心を読み取っているように冗談を言って笑わせてくれる。学校に行くことが明美の心の拠り所となってくれた。

テレビのワイドショーが飛びつくニュースが駆け巡ったのは水戸の偕楽園に梅が開花したと報じられた二月の第一週金曜日だった。

写真週刊誌『フォーサイズ』が、坂本が恋人とされる男と上半身裸のまま並んでベッドで煙草を吸っている写真を掲載した。相手はジャニーブラザーズに籍を置く同じ年の高校生だった。

無邪気な表情でカメラに収まる二人の写真には、これ以上ないといった無防備さと倦怠感とが漂っていた。二人の間に何があったのかは説明の必要がなかった。坂本は十六歳だ。明美のときと同じでマスコミは〝不純異性交遊〟を持ち出し鬼の首を取ったような勢いで本人を追いかけまわして報道した。

坂本は記事の露出をまったく知らなかった。その週刊誌が発売される前日、坂本が自分の休みのスケジュールを調整して明美に映画鑑賞を誘っていた。地球に現れた異星人を題材にしたアメリカ映画『ＥＴ』を日比谷の映画館に観に行く約束をしたばかりだったからだ。スキャンダルの怖さは身をもって知らされた明美だが坂本の場合はその比ではなかった。

化粧品会社、スナック菓子、金融関係と大手企業三社のＣＭに坂本は出演していた。芸能プロの収入の柱はレコードやテレビ出演のギャラではない。テレビの歌番組への出演は『紅白歌合戦』出演経験者クラスでも十万円前後で新人の場合は二、三万円が相場だ。

これを見ても分かるように歌手にとってテレビの出演料は交通費に毛の生えた程度でしかなくプロモーションの一環と言っても過言ではない。テレビドラマや映画出演も主演を除くと同じようなもので拘束される時間とギャラのバランスを考えると諸手をあげて賛成できる仕事ではない。

ＣＭの出演は違う。撮影に何日か費やしても契約金の額が桁違いだ。大物役者の日本酒メーカーへの出演は年間一億円を下らないと言われ、これが何年も継続されるわけだから稼ぎは莫大な額になる。

新人クラスでも一本三千から五千万円の出演料で余っ程の事故でも起こさない限り契約は継続する。そんなわけで芸能プロの新人育成は「ＣＭの獲れるタレント」に尽きる。

坂本は一部上場企業三社のＣＭに出演していた。スキャンダルの発覚で商品イメージを大切にする企業は即刻契約解除の申し入れをしたようで、坂本のＣＭがブラウン管から消えた。所属事務所の受けた損害は千万単位に上ったのは確実だ。契約社会で成り立っているアメリカではＣＭ出演しているタレントが契約に違反する悪行を働くと、違約金が契約金と同等の額で本人の側に請求される。

日本の場合はこの種の違約金の支払いは聞いたことがないから坂本の所属事務所もそれには救われたようだ。事務所が本人に芸能活動の自粛謹慎を申し渡したことはマスコミを通じて発表した。

それ以来明美は坂本と連絡を取る手立てを失い時間だけが過ぎた。

桜の季節も終わった。坂本は学校に姿を見せることはなかった。

順風満帆で仕事を続ける亀吉悠子も石間陽子も南田陽子も仕事の多忙さから学校には形だけ顔を出してすぐに早退していた。

学校で時間を潰す明美は嫉妬と羨望の中で三人を見ていた。

ゴールデンウィークも過ぎて太陽は夏の日差しになっていた。

玄界灘を自分の庭として育った明美は強烈に照りつける太陽の光が好きだった。季節は同じだが東京の霞んだ太陽の光はどうしても好きになれなかった。月末になると本社の経理部に足を運び決められた生活費を受け取る。仕事の入らない明美にはXスターレコードとの唯一の結びつきはこの日の本社訪問だった。加賀美の所在を尋ねても外出中と告げられることばかりだった。

その日も学校帰りに半蔵門の会社に向かった。口紅がはみ出した化粧をする歳多い事務員は、明美の姿を見ても横を向いたままで顔も見ることもなく投げ出すように封筒を窓口に置いた。

「あなた、うちとの契約はいつまで残っているんでしたっけ」

まるで邪魔者扱いだった。高校の芸能コースの授業の進め方やレコーディングの様子などをお姉さん口調で興味津々に聞いてくれたのは、明美がブラウン管に顔を出していた頃の話だ。態度の激変は自分の置かれている立場をそのまま知らされた。

坂本が学校に姿を見せなくなると誰も昼食に誘ってくれる者はいなかった。明美は弁当を食べ終わると校舎のベランダから同級生は元気に駆け回る校庭を眺めて時間を潰すしかなかった。

そんな明美に茂が話しかけた。

「この前持ってきた二十枚のレコードは評判が良くてお母さんの店で全部売れたらしいんだ。もっと用意できるようなら店に置いてあげてもいい。お母さんがそう言っているんだけど可能かな」

明美を元気づけようとする茂の優しさが読めてとれた。自分の蒔いたスキャンダルのおかげで店頭に並んだレコードが返品の山になっているとは加賀美の口から聞いていた。行き場を失った商品は倉庫の片隅に押しやられて眠っているはずだ。

「分かった。会社に行ってプロデューサーに聞いてみるわ」

早速加賀美に電話を入れた。

明美の電話に加賀美は申し訳なさそうな声を出した。

「仕事がなかなか入らないいんだ。元気にしているか…」

大舘のせいとはいえ自分の蒔いた種だ。むしろ明美は自分から加賀美に謝りたい気持ちがあった。明美は茂の申し入れの件を話した。

「それはありがたい話だな。大丈夫だ、俺の責任のもとで手配するから送り先の住所を教えてよ。枚数は何枚ぐらいがいいのかな」

茂に聞かないことには判断はつかない。

「五十枚くらいでもお願いできますか。送り先は私の住んでいる部屋でもいいですか」

当たり障りのない数字を言ってみた。

「ああ、いいとも。どんな販売方法になるのか知らないが売れたものは君のお小遣いにしてもいいんだよ」

「えっ、本当ですか？」

「仕事の手は打ってあるけど、なかなか入らなくて。俺が君にしてあげられるのはこれくらいのことしかないいんだから」

その声もすまなそうなものだった。翌日、学校から戻ると「赤猫大和」の配達便でレコードが部屋に届いていた。茂に知らせた。

「いいよ、重たいだろうから俺が取りに行くよ」

三十分ほど経つと自転車で来たと言って茂が明美の部屋のドアの前に立っていた。明美の住んでいる部屋は宅配便の運転手が社宅として使っていた一DKの独身寮だ。テレビと造り付けの洋服ダンスにシングルサイズのベッド。台所にはガス代と流しが並び俎板と包丁が置いてある。ステンレスで作られた食器棚にお皿と茶碗、電気釜。それ以外は見当たらない。無機質なその部屋が茂にはこの上なく殺風景に見えたようだ。窓の外に中央線の朱色に塗られた高尾発東京行きの十輌の電車が中野駅のホームに滑り込むところだった。

「ひとりじゃ寂しいだろう。俺の家に来て晩飯を一緒に食わないか」

思いがけない誘いだった。元柔道部員の茂は五十枚のレコードを両手で軽々と持ち上げた。玄関の入り口に停められている自転車の荷台にレコードの束を積むと、太いゴム紐で固く縛った。スタンドを外すと黒いバスケットシューズを穿いた右足をあげてサドルに腰を下ろした。

「売れるといいよな」

ペダルに置いた左足に力を入れた。明美は茂の後ろ姿を見送った。

それから一時間ほど経っていた。再び一人になった明美がテレビの前に座っていると玄関のドアが叩かれた。明美がドアを開けた。

茂が立っていた。

「お母さんに話したら、是非連れて来いって言うんだ。遠慮することはないから俺んちに行こうぜ」

明美は素直に頷いた。部屋に戻るとお気に入りの緑のトレーナーに紺のミニスカートとお洒落をして茂の自転車の後を歩いた。中野駅のガード下を抜けて地下鉄・新中野駅がある鍋屋横丁まで歩いた。

鍋屋横丁の交差点を方南町方面に少し歩いた。商店街の電器屋とクリーニング店に挟まれた古びた木造二階建ての建物の前で立ち止まった。建物の正面に木目がくすんだチーク材で出来た扉があった。

スナック「夕子」と白地に赤文字で書かれた四角い看板が扉と並んで置かれていた。その建物の脇が路地になっていた。路地を壁に沿って歩くと同じ建物の裏手に曇りガラスが嵌められた玄関の硝子戸が立ち柱に「佐竹」と書かれた表札が掛けられていた。内側から硝子戸が開けられた。小柄な瓜実顔で口元がすっきりした美人が立っていた。茂のお母さんだった。

「茂から聞いているわよ。私が茂にあなたを呼びに行かせたのよ。福岡から来ているんだってね。一人暮らしは寂しいでしょ。近いんだからご飯はうちに来て食べたらいいわ。二人分作るのも三人分作るのも一緒だから」

茂が両手で抱えている明美のレコードを見た。

「うちのお客さんは歌好きな旦那衆が多いからこの前のレコードも喜んで買ってくれたのよ」

茂が玄関の敲きにレコードの束を下ろして梱包を解いた。

母親はそのレコードを手に取るとジャケットに映っている写真と明美の顔を見比べた。

「素顔のほうが余っ程美人なのね」

「そんなことありませんよぅ」

明美が照れ笑いした。

「私は江戸っ子なの。嘘はつかないわよ」

三人の笑い声が玄関に響いた。

「あんたたち若いんだからお腹が空くでしょ。すぐ晩御飯にしますから待っててね」

弾むような足取りで家の中に消えた。明美は靴を脱ぐと茂の後をついて家に上がった。茂の部屋は階段を上がった突き当たりの四畳半だった。中学時代に使っていたという柔道着が掛けられていた。

早業だ。しばらくすると餃子、野菜炒め、焼き魚、ほうれん草のお浸しがテーブルに順序良く並んだ。明美が箸を出し渋るとお母さんが並べたおかずを小皿に勢いよくよそってくれた。

温かい料理の味は忘れていた。おかずを噛みしめているとお母さんが覗きこむような仕草で聞いてきた。

「どうですか、東京の味は福岡の料理より濃いですか」

「お醤油の味と味噌の色は違いますがとても美味しいです」

「そう、それはよかったわ」

茂が嬉しそうに明美を見ていた。家族の団欒があった。

茂と運んだ二枚のシングル盤をジュークボックスの置かれている後ろの壁に飾った。それからの明美は学校の帰りに茂の家に直行し二人で宿題を済ませ食事をご馳走になって帰る毎日になった。

開店前に欠かさずする店の掃除は食事の前に茂と明美が担当することになった。店の開店時間でお母さんが席を立つと明美は本社経理部に行ったときの窓口の女性の無愛想な対応を話した。

「だって、会社が高校卒業までは責任を持つと言って東京に来たんだろ。それじゃ約束が違い過ぎるじゃないか」

茂が両手を握りしめて食卓を叩いた。

「来月本社に行く時は俺が付いて行くよ」

その言葉は嬉しく聞いたが心配もあった。生《き》一本な茂が経理の窓口で怒ってしまえば会社側に「契約解除」を言い出すきっかけを与えてしまいかねない。東京に身寄りのない明美は行き場を失い福岡に帰らざるを得なくなる。明美はそれが怖かった。

「心配してくれるのは嬉しいけど、今回は自分で行くわ」

「それは任せる。ただ理屈の通らない扱いをされるんならお前が可哀相すぎるんだよ」

茂もお母さんも優しかった。

「明美さん、去年した失敗は若気の至りと言うことで忘れなさい。歌手デビューできたことですし仕事が再開できる可能性はまだ残されているわけでしょ。明美さんと同じ年頃の子で歌手になりたくてもその舞台に立てない子は沢山いるんですよ。会社を恨むようなことをしないで感謝しなさい。与えられたチャンスは成功しなくても誰もができない経験ができたことをこれからの人生に活かせばいいでしょ」

佐竹家に通うようになって何日かして言われた言葉だ。

佐竹家は茂が小学三年のとき両親が離婚し、母親がこの店を開いて息子を育ててきた。苦労から学んだ逞しさが含蓄のある言葉となっていた。与えられたチャンスを活かす。この言葉に明美はヒントを得た。スナック「夕子」の客に自分の歌を披露する。それは女手一つで切り盛りしている店の手伝いにもなる。置いたレコードをお客がレコードを買ってくれるとなれば一石二鳥だ。

学校の帰り道、明美は茂に話した。

「面白そうだけど、お袋がなんて言うかだな」

開店前の掃除の手伝いを終え用意された食卓を囲んだ。

「お母さんのお店で自分のレコードを持って歌いたいんです」

お母さんが持っていた箸を止めて明美の顔を覗き込んだ。

「それをさせていただけると、私の歌のプロモーションにもなりますしお母さんのお仕事のお手伝もできると思うんです…」

歌うだけではなく接客もする。

明美が東京で生き残るために絞った知恵だ。

「明美は現役の歌手だもの、店に出たらプロの歌手の歌が聴けるわけだからお客さんは新鮮なサービスとして喜ぶと思うな」

茂の声が背中を押した。お母さんの瞳が輝いた。

「茂の言うとおりよね。明美ちゃんの歌を聴けるんならお客さんもきっと喜んでくれるわ。でも本当に歌ってくれるの」

明美は親子のこの言葉で自分の居場所も見つけた。

自宅に戻るとデビュー時に会社が用意してくれたピンクのワンピースとグリーン柄のミニスカート。それにフリルのついた白いワンピースを箪笥から出して皺が寄らないように丁寧にバッグに詰めると鍋屋横丁に戻った。茂は明美の衣装を手に取って見た。

「どれもみんな可愛いじゃん」

特にピンクのワンピースがお気に入りのようだ。

初日は紫の和服に着替えたお母さんの衣装を見て明美は茂が好むピンクのワンピースを選んだ。七時になるとスナック「夕子」の看板に明かりが灯った。明美が店に出た初日は客の出足は早かった。

八百屋と電器屋の旦那が揃ってドアを押して入って来た。

「いらっしゃいませ」

両手を膝の前に合わせて慣れない言葉遣いで頭を下げた。ピンクのワンピースのお出迎えに二人は眼を白黒させて足を止めた。

瞬きした眼が明美の全身に舐めるように移動した。

「この子は息子の学校の同級生で去年歌手デビューした歌丸明美さん。これまで二枚のレコードを出しているの。歌の勉強も兼ねて今夜から店で歌ってくれることになりましたからよろしくね」

にこやかに頬を崩したママの紹介だ。

「じゃ、正真正銘のアイドル歌手ってこと」

電器屋が大袈裟なそぶりをして驚いて見せた。

「俺、彼女のレコード持ってるよ。この店でママが俺に売ってくれたじゃん」

八百屋がそう言って明美の顔をまじまじと見ている。

「そうだったわね。今夜からあのレコードの歌を生で聴くことができるんですよ」

そこにクリーニング屋の店長が姿を見せた。

明美を見るとのけぞる仕草でママを見た。

「どうしたんだよぅ、今日の『夕子』は」

そう言って眩しそうな目で明美を見つめた。

遅れてやって来たのは金物屋の主人だ。ステージの前に陣取る形で座る八百屋と電器屋の席の間に割って入るように腰を下ろした。

四十五歳のママが切り盛りしている店にアイドル歌手の登場はそれだけで大受けだ。

「プロ歌手の歌が聴けるなんて」

水割りグラスを持ったクリーニング屋がもう一度明美の方の体を向けた。ジュークボックスから明美の『真夏の太陽』が流れると小さなステージに乗った明美がマイクを握った。ステップを踏んで体でリズムを取る。電器屋の体が前にのめりになった。

——このそよ風に乗って
あなたに私の気持ちを伝えたい
庭の木の葉が静かに揺れる

高音の伸びは素人が真似できるものではない。

「さすがプロの歌手はリズムが違うなぁ」

歌い終えた明美にヤンヤの喝采で弾けるような拍手が送られた。

二枚のシングル盤を手に持つとテーブルの前に立った。

「ジャケットの写真はハワイで撮って来たものなんです」

赤いビキニで映る自分の紹介をした。金物屋がポケットから千円札を出した。クリーニング屋も負けてはいない。ズボンのポケットから財布を出すと千円札を握った。心配だったのか茂が裏口から顔を出しカウンターの向こうに立っていた。

「茂、お前も隅には置いておけないな。もうこんな可愛い彼女をものにしちゃってるんだからよ」

金物屋が二人を見比べながら言った。

「そんなんじゃないですよ。仕事が暇な時に彼女がお客さんの前で歌いたいと言うからお母さんに相談するとこういう流れになっただけですよ」

両手を突き出して否定した。赤くなった顔に汗が光った。

「あれ、茂むきになってるよ、可愛いね。ママ茂にコーラでも出してよ、俺の付けだ」

「あいよ～」

客と茂のやり取りが明美は嬉しかった。

噂が噂を呼び常連客が新客を誘って店に顔を出してくれた。

親子の勧めで明美は住まいを佐竹家に移すことになった。レコードの販売で理解を示してくれた加賀美に明美は事情を話した。

「電話じゃ何だから取り敢えず会おうか」

新宿・歌舞伎町のコマ劇場近くにある喫茶店「スカラ座」で加賀美に会うことになった。店を指定したのは加賀美だった。後で知ったことだが木造二階建てで外壁にびっしりと蔦が絡まっているこの店は新宿では有名な名曲喫茶だった。その日の明美は茂のお母さんからプレゼントされた赤いTシャツとジーンズで出掛けた。茂が同行を申し出てくれた。先に着いた加賀美が固い顔をして座っていた。

「加賀美さん、これまでいろいろお世話になりました。彼はお母さんにレコードを置いていただいている店の同級生なんです。お母さんの店を手伝いながら歌うとお客さんが喜んでくれますんでこれからも続けていこうと思っているんです」

隣の席に座る茂が両手を膝に付けて頭を下げた。

どっしりとした体格の茂に視線を向けると加賀美が口を開いた。

「彼女はうちが卒業まで面倒を見る約束で東京に呼んだけど、担当者が辞めたりで仕事の方がどうも思わしく行かなくて。田舎のお母さんとの約束が守れなくて心苦しいんですよ。こればかりは僕の力ではどうすることもできなくて…」

高校生の茂に頭を下げた。

「心配しないでください。明美は自分の力で生きていけるんです。後は僕と母に任せてください」

茂がきっぱりと言い切った。

加賀美の顔がほころんだ。明美が生活の寄りどころを見つけていたことに安堵した顔だった。

「分かった。君たちに任せるよ。でも、俺はあくまでも歌丸君の東京のお父さんなんだからな、何かあったら連絡をしなさい」

名刺を茂に渡した加賀美が体を明美に向けた。

「俺は君のお父さんのことも心配しているんだよ」

「私はお父さんが生きていると思います。お父さんは私のことが好きなら誰かとどこかで一緒に暮らしていても必ずお母さんのところに戻って来ると思うんです。お父さんがもしそれをしてくれないんならその人は私のお父さんじゃありません」

ベートーベンが自然の賛歌をうたった『田園交響曲』が店内に流れていた。

「そこまで考えているんだね、分かった」

加賀美は二人の前に頭を下げた。

明美は昼間学校に通い夜は店で歌った。

高校を卒業すると明美はそのまま店を手伝い茂は横浜の中華街で調理人としての修業に入った。五年間の修業を終えると赤坂の中国料理店に移って働いていた。赤坂の店に移った直後だった。茂のお母さんがくも膜下出血で倒れた。母親の急逝に茂は家に戻って明美と二人で店を続けることにした。腕利きの中華料理の調理人と元歌手夫婦の経営する店は近所の商店街の旦那衆には評判が良かった。

東の空に積乱雲が浮かび西日が雲に向かって照りつけている。

浅草の鬼灯市《ほおずきいち》で買った鬼灯の鉢を明美は店の看板の横に置いて如雨露《じょうろ》で水をやっている。買い求めたときには青かった鬼灯が二週間すると赤く染まった提灯の形をした綺麗な実を付けていた。

「あらぁ、随分と綺麗な鬼灯ねぇ」

手提げ籠を下げた金物屋の女将に声を掛けられた。

「鬼灯市で買ってきたときはまだ蕾のように小さかったんですよ」

「ママが丹精込めて水をやっているからですよ」

近所の女将さんたちからも明美は客に対して面倒見のいいママとして認知されている。明美は店の前に打ち水を終えると入口の両側に当分の大きさで塩を盛った。雨が降らずに閉店までこの塩の山が残ってくれれば客の入りもいいはずだ。そんな欲張りを胸に仕舞って両手を合わせた。

明美が佐竹家に荷物を運びこんでから二十七年の歳月が経っていた。母屋で化粧を済ませ着替えて店に入ると茂がカウンターで賄いの焼きそばを皿に盛り合わせているところだった。二人が並んで食べ始めると店のドアが威勢よく開いた。

「注文いただいたキュウリに茄子、それにトマトを持ってきたよ」

下駄のような四角い顔に捩じり鉢巻きの八百屋の旦那だった。

「御苦労さま。伝票を忘れないでね」

「はいはい、忘れませんよ」

「それがないとお金支払いができないからね」

「ママはいつも口が悪いんだから」

八百屋が運んできた箱をドサッとカウンターの脇に置いた。

「お、焼きそばですか。美味そうだねぇ」

「おたくだって、家に帰れば奥さんの美味しい手料理が待っているんでしょ」

「茂ちゃんのようにプロが作る料理とうちの嬶《かかあ》のように素人の料理とじゃ天と地ほどの違いさ」

箸を置いた茂が立ち上がった。

「これをご馳走してもいいんですが、それじゃ奥さんが用意した晩御飯が食べられなくなるからやめますよ。代わりに冷たいものでも飲んで行ったら。夏が終わったと言ってもまだ外は蒸し暑いでしょ」

「えっ、いいの。茂ちゃんいつも悪いねぇ」

茂は氷を入れたグラスにコーラを勢いよく注いだ。

「く〜う、たまんね〜や。冷たくて美味いよ。それにしてもあんたたち仲がいいねぇ。おしどり夫婦って言葉がピッタリだよね」

「だって、お客さんをお迎えするのにつんけんつんけんしていたらお店が暗くなってしまうでしょ」

「そりゃあそうだ。うちの嬶にも聞かせてやりてえ言葉だよ」

二口目のコーラに口をつけたときだ、入口の扉が開いた。

小柄で細い体をした女が庇の大きな帽子を被って立っていた。

振り向いた八百屋が立ち上がった。

「あっ、いけねえ。こんなに長居しちゃって」

腰に下げた小さなバッグから納品書を出してカウンターに置いた。

「ご馳走さんよ。また後で寄せてもらうよ」

逃げるような素早さで立ち去った。女は揺れるような足取りで二人の前に立った。上半身が細く絞られ生成りの裾長のワンピースは女の体の線を繊細に見せている。明美は膝を曲げて女の顔を覗きこんだ。右目の周囲が黒く腫れているのが見えた。

「知子じゃない。どうしたのよ、その目は」

「あいつに殴られたのよ」

明美は茂の顔を見た。

「自分の奥さんに手を挙げるなんて最低よね」

茂の顔が曇った。

「私の書いた伝票の数字が間違っているって殴られたの…」

「それだけで」

「あいつは何でもいいのよ。自分に気に入らないことが起きると私に八つ当たりして手を出すんだから」

「それって子供さん知ってるの」

「う、うん」

音信不通になっていた坂本から明美に連絡が入いったのは茂と結婚して十年ほど経ってからだ。堀米高校時代の同級生から明美と茂が所帯を持ってスナック「夕子」を開いたと知って坂本は電話帳で電話番号を調べて連絡してきた。それからは年一度とまでいかないが気が向いたときに店に顔を見せるようになった。

坂本は江戸川区西葛西で雑貨商を営む男と結婚し小学生と中学生になる二人の子供がいた。

「その顔じゃお店に出られないでしょ」

「私が店に出ないと店が回らないのよ」

茂がグラスに注いだコーラをカウンターに置いた。

「そんな旦那じゃ…。これからやっていけるの」

「その相談で今日来たの」

「今夜はゆっくりできるのか」

茂が間を置かずに聞いた。

小さく頷いた。

「腹減っているだろう。焼きそばを作るから気分転換に今夜は遊んで行けよ。客に混じって歌ったっていいんだからな」

茂が料理場に立ってフライパンを持った。

「茂は優しいのね。私、明美が羨ましいな」

マイクスタンドが立つ後ろの壁に明美の写ったポスターが貼られている。坂本がそのポスターを見ながら言った。

「何言ってるの、羨ましいのは私よ。デビューしたって新人賞を獲り逃してからは誰にも相手にされず。今じゃ下町のスナックのママなんだもの。それに比べると坂本の出演したテレビドラマは今でもレコードショップに行けばビデオになって売られているじゃない」

手にした明美の煙草に茂のマッチが火を点けた。

「お前たちは二人とも恵まれているんだよ。俺なんかスポットライトに当たる舞台に立ったことなんか一度もないんだぜ。修行で入った中華街の脂ぎった店の厨房で朝から晩まで野菜を刻んで食器洗いだよ。真夏の厨房は四十度を越す暑さで立っているだけで眩暈がするんだ。そんな人生じゃなくて一度くらいは色紙にサインする身になってみたいよ」

伝票の横に置かれた太字のペンを持つとサインをする仕草をした。

「茂、サインもいいけど、何書くつもりなの」

「お前ねぇ、少しは旦那を立てることも考えろよ」

焼きそばを頬張っていた坂本が首を横に振った。

「明美はこんなに大事にされているんだもの…。茂ちゃんに少しは感謝しなくちゃ」

「隣の芝生は綺麗に見えるって言うでしょ」

明美の頬が小さく膨らんだ。

「そんなこと言うと罰が当たるわよ」

「な、坂本もそう思うだろ」

明美が茂に向かって大きく舌を出した。

「何だ、その舌は」

坂本がケラケラと腹を抱えて笑った。

「ママ、もう入ってもいいかなぁ」

時計を見ると七時が過ぎていた。客がドカドカと入って来た。

いつもの馴染み客だ。店内の照明の照度を慌てて下げた。

「マスター、まずは腹ごしらえで酢豚が喰いたいんだけど」

金物屋が長い睫毛を瞬かせて言った。

「はいよ〜」

カウンターに立って飲み物を作るときは行儀正しい返事をするが、食いものの注文を受けるときは調理人の顔で返事を返す。

店に来る客の多くは茂の中華料理の腕を当て込んでやって来るから、飲み物より先に料理の注文をすることも多い。食事を終えてアルコールが入るとカラオケの始まりだ。そこでようやく天井に吊るされたミラーボールが回転をはじめる。客が何曲かずつ歌い終えるとママに声がかかる。

「さあ～ママの出番だよ」

腐っても鯛で元歌手の歌を客は聴きたがる。

「駄目よ。私の出番は最後の最後。皆さんが歌い終わったところで登場するのよ。トリっていうのはそういうものでしょ」

胸のたわわな膨らみが客を惑し、スリットの入ったピンクのドレスが店内の空気を艶かしく変えて、男たちの体が前のめりになる。

「今夜は艶のある旦那さんの歌を聞いてみたいなぁ」

ママの指名で電器屋がマイクを握った。

「じゃ、北島三郎の『祭り』入れてよ」

待ってたとばかり電器屋がマイクを握った。瓢箪顔には似合わない白縁の眼鏡がミラーボールの光が当たってキラリと光る。八百屋の旦那は今夜も銭湯帰りだと言って洗面器を片手にドアを開けた。

赤とブルーのストライプの半袖シャツが涼し気だ。一通り店内を見回してからカウンターに座る坂本に視線を止めた。まだいるのかという顔をした。八百屋はカウンターの手前にあるテーブル席に腰を下ろした。明美が阿吽の呼吸で声を掛けた。

「坂本、ちょっとお願いしてもいいかなぁ。お客さんウイスキーの水割り飲みたいんだって。セットを運んであげて」

白の蛍光ペンで名前の書かれたブラックニッカのボトルとステンレス製のアイスボックス、それに二つのグラスを茂が用意してカウンターに置いた。坂本は明美の指示に頷き、それを盆に載せ八百屋のテーブルに運んだ。

「旦那さんは濃い水割りが好きなんだからね」

明美が注文を出した。

「は〜い」

それは底抜けに明るかった高校時代の坂本の声に戻っていた。

「よかったら一杯ご馳走になったら」

八百屋は勢いを得て反応した。

「いいよいいよ、俺が作ってやるよ」

氷を入れたグラスにウイスキーをかなりの量入れると水を足してマドラスでかき混ぜた。

「彼女の帽子はミステリアスでいいねぇ。こんな美人を相手に酒が飲めるんだからネオンが煌めく銀座の八丁目に足を踏み入れた気分だよ」

坂本にグラスを持たせると御機嫌で乾杯した。

客がひと通り歌い終わったとこでマイクが八百屋に回って来た。

「俺、歌より美人を相手している方がいいから後にしてよ」

そう言って様子を探るように坂本に視線を注いだ。

「じゃ、坂本歌ってよ」

「え、私が」

「ほら、持ち歌でヒットした『メダカの姉妹』。それだったら気楽に歌えるでしょ」

坂本が答える前に明美がカラオケボックスの前に立った。選曲の番号を操作すると『メダカの姉妹』をセットした。前奏が始まった。

「皆さん、今度は彼女が歌いますから大きな拍手で迎えてくださ～い」

こんな紹介をうけたら坂本も引っ込むわけにはいかない。マイクを受け取ると坂本は立ち上がってステージに立った。その足取りは店に入って来た時とは明らかに違っていた。両足で取るリズムはテレビカメラを意識しているように軽やかだ。

熱唱する坂本の声が店内に響く。明美が八百屋に聞いた。

「彼女って相当な有名人だったんだけど。誰だかわからないかなぁ」

「誰って…」

「マイクの使い方とか発声の方法が素人と違うのが分かりません」

八百屋は帽子で隠れる知子の顔を覗き込むように上半身を捻った。

首を傾げて考え込んでいる。

「坂本知子よ。かなり昔になるけどテレビのバラエティー番組でこの曲を歌った女の子覚えていませんか」

「それ歌っていたのは確かドラマの『積み木崩れ』に出ていた女の子だろうが」

「そうよ、あの番組で主人公を務めたのが彼女よ」

八百屋が鳩に豆鉄砲を喰らったような目でもう一度腰をかがめた。首を捻って思案顔を浮かべている。帽子の庇と店内の照明の加減で腫れている眼元は分からない。

「彼女は私と堀米高校の芸能コースで同級生だったの」

それでも目を細めて額に皺を寄せ考え込んだ。

「あっ、本当だ。坂本知子だ」

「いまごろになって何言ってるのよ。私が頼んであげるから『銀座の恋の物語』でもデュエットする」

「え、俺が」

「そうよ。でもお客さんに彼女のことをバラしちゃうと騒ぎになるから黙っているのが条件よ」

「分かった。歌うよ歌いたいよ」

勢いよく立ち上がった。八百屋が坂本と並んで舞台に立つと明美が司会役に転じた。

「次は八百屋の旦那と彼女とのデュエットで『銀座の恋の物語』をお送りします。皆さん盛大な拍手をもってお迎えください」

照明に照らされた八百屋の額に汗が浮かんで光っている。

歌い始めると坂本が茶目っ気を出して八百屋の腰に腕を回した。

電器屋と金物屋の目が光った。隅の席で飲んでいた本屋の店主もステージの前に競り出して来た。

勝手にじゃんけんをはじめた。

坂本とのデュエットの順番を決めるためだ。

「本人に聞いてみないと分かりませんよ」

二人が歌い終えたところで明美がもったいをつけて坂本に振る。

「いいですよ、皆さんが私でいいんでしたら」

店内の盛り上がりは申し分なしだ。金物屋の店主とはロス・プリモスの『たそがれの銀座』、本屋の店主とは三波晴夫の『東京音頭』と一通り歌い終えた。閉店時間の三〇分前になった。商店街の旦那衆には翌日の商売が待っている。日付の変わる前のこの時間になると申し合わせたように帰り仕度をはじめる。

「じゃ、最後は私の出番ね」

明美がようやくマイクを握った。『瀬戸の花嫁』の前奏がはじまった。テンポ良く歌い出す。店内が静まった。明美が歌い終えたところで茂がテーブルに計算書を置いて歩く。明美に計算書の額を支払って、客は一人二人とドアの外に姿を消す。

地下鉄・丸ノ内線の終電が迫っていた。

茂が坂本の横に立つとそっと一万円札を握らせた。

「別れたけりゃいつでも別れられるんだぞ。我慢できるまではとことん我慢しろよ。壊すのは簡単だけど新しく作り出すのは簡単じゃない。子供のためにもそこをよく考えた方がいいぞッ」

諭すような優しい声だった。

坂本は茂が停めたタクシーに背中を押されて乗り込んだ。

走り去るタクシーの後尾灯を眺めながら明美が茂の顔を見た。

「あなたのおかげで、私っていい人生送れているのね」

「坂本には坂本の人生があるんだ。まだまだ互いに人生は続く。そんなのは、今比べられるものじゃないだろ」

カレンダーの日付けが変わる時間になっていた。

鍋屋横丁の通りをタクシーがスピードを上げて走り去る。

「おまえもたまには、福岡のお母さんに電話をしてあげろよ」

「そうね、明日してみるわ」

スナック「夕子」の看板の灯が消えた。

マネージャーの悲哀

梅雨空の合間から久々に顔を見せた太陽が聖ルカ通りの桜の街路樹を強烈な陽射しで照らしている。

「お客さん、こんなところで夜を明かされたら困るんですよ」

警備会社の紺の制服と同色の帽子を被った初老の男が昨晩から駐車している窓ガラスにスモークが貼られた車内を覗き込んでいる。

車は鳶色《とびいろ》のメルセデス・ベンツＳＥＬ５００だ。後部座席に布団を被った男が横になって眠っていた。警備員は右手で窓枠を叩いた。

コンコンコン。乾いた音が響いた。

叩かれた音に気付いたようだ。男がポカンとした顔で薄眼を開けた。

「おたく、車を移動させないと警察に通報しますよ」

男はその声で跳ね起きた。

「今、何時ですか」

ドアを小さく開けて聞いた。警備員が腕時計を見た。

「十一時二十分ですよ」

ここは築地に隣接する中央区明石町にある聖路加病院の駐車場だ。

「ごめんごめん。昨晩飲み過ぎちゃって。運転が怖かったもんで停めさせてもらったんですよ」

車内から出てきた男はそう言って頭を下げた。鼻から下を覆う無精髭に色醒めした水色のトレーナー。膝の抜けている紺のズボン。車内に丸められた汚れが浮いている煎餅蒲団を見ると車は別格としてホームレスにしか見えない。そのうえ料亭や高級寿司店が軒を並べるこの界隈で深酒して寝込んでしまったと言われても、男の風体を見る限りではとても信じるわけにはいかない。

「すみません、すぐに出ますから」

愛想笑いを浮かべる男に警備員は眉間に皺を寄せ、これ以上関わりを持ちたくないといった体《てい》で踵を返した。照りつける太陽の暑さで男の着ているトレーナーの襟が汗で滲みを作っていた。

男は運転席に乗り込むとエンジンを始動させ警備員とは逆の方向にハンドルを切った。病院の建物と重なって警備員に見えないことを確認するとそこに車を停めた。トランクを開けた。洗面道具の入ったポーチを小脇に抱えて病院の玄関に走った。踵を踏み潰したスニーカーの音が歩を進めるたびにパタパタと音を立てる。

冷房の効いた病院の中は外来の受け付けに急ぐ者、足に痛々しく包帯を巻いた車椅子の怪我人、入院患者の見舞いに訪れていると見られる客などでロビーはごった返していた。洗面所は二つ目の通路を右に曲がったところにある。

大急ぎで用を足すと鏡の前に立った。ボサボサな頭に幾分むくんだ顔が映る鏡を鬼頭聖治《きとうせいじ》は憎々しげに睨みつけた。四十歳になったばかりの自分が瘋癲老人のように十歳以上歳老いて見えたからだ。

「畜生、俺はこのままでは引き下がらないぞッ」

掌を握りしめ小さく呻くと水道の栓を勢いよく捻った。蛇口から吐き出される水が冷たくて眠気を吹き飛ばした。両手で石鹸を髭の上に塗りつけ剃刀を当て髭を剃り落とした。乱れた髪は水を付けた櫛を通し首を左右に動かしながらリーゼントに決めた。

濁った眼は別として小柄な体に鋭い眼光はどこか横山やすしに似の優男だ。蛇口から吐き出される水にタオルを濡らすと固く絞って車に戻った。窮屈な車内で裸になると体を拭いた。

キャメ色の麻のジャケットとグレーのスラックスが助手席に置かれ、クリーニングから出したままのワイシャツがその上に置かれている。

袋を破ってシャツに袖を通すとジャケットのポケットからカフス・ボタンを出した。スラックスを穿きジャケットにを着ると今度はスラックスのポケットから太めの十八金のブレスレッドを出して左腕にはめた。

最後は赤を基調にしたペイズリーのネクタイを首に締めた。

ルームミラーでネクタイの結び目を確かめると小さく頷いた。

外に出てトランクを開けた。スペアタイヤの上に取っ手が手垢で黒っぽく変色したルイ・ヴィトンの四角いビジネストランクが置かれていた。トランクを手にして使い終えた洗面道具を置くと、右手の隅に置かれている黒い革靴を出した。スニーカーと穿き替えた。先程とは別人だ。

エンジンを始動させると、ハンドルを晴海通りに向けてアクセルを踏んだ。

この近辺は築地の魚市場から出てくる貨物車も多く銀座四丁目の交差点から帝国ホテルのある日比谷方面に向かう車線は随分と混んでいた。帝国ホテルの立体駐車場に車を入れると三階に一台だけ空きのスペースがあった。


鬼頭が飯田橋の交差点から大久保通りを上がった筑土八幡町の交差点近くにある出版社「日報《にっぽう》社」の駐車場に車を停めたのは五日前の夕暮れだった。日報社は小説からコミック、ファッション誌、実話系週刊誌の『週刊日報』など総合的な分野の出版を手掛けている中堅の出版社だ。

五階建ての自社ビルの通りに面した屋上に自社のドル箱となっている週刊誌『週刊日報』の看板をこれ見よがしに掲げていた。

鬼頭の日報社との付き合いは十年ほど前に遡る。それまで勤務していた芸能プロダクション「日進プロダクション」から独立し、自分の手でスカウトし育てた湯川美智子の写真集を出版したことから始まった付き合いだ。

タレントとしては駆け出しの湯川美智子は笑窪《えくぼ》の浮かぶ愛嬌と小悪魔を思わせる瞳の鋭さとを合わせ持っていた。このアンバランスが男性週刊誌のグラビア受けして話題を呼んだ。そこに目を付けたのが日報社だ。彼女の写真集『小悪魔』と『笑窪の素顔』を立て続けに二冊出版した。

三千円の定価の写真集はどちらも半年で五万冊というセールスを記録した。

写真集の取次店への搬入賭け率は定価の七〇％前後が相場だ。三千円の商品であれば一冊二千円以上のインカムとなる。

二冊合わせて十万部の部数が捌けたとなれば、ざっと見積もっても二億円ほどが出版社に転がり込んでくる。もちろんタレントの出演料、印刷代、カメラマンへの撮影料を含めても経費は五千万円もあれば御の字で、少なく見積もっても一億五千万円が日報社の純益となった計算だ。

鬼頭が『週刊日報』の編集長・野際健介に電話を掛けたのは、この日の昼過ぎだった。

「しばらくじゃないですか。鬼頭さん、元気ですか」

「とにかく会っていただきたいんですよ。相談事が少しばかりありますものですから」

何年かぶりの電話だったが野際は鬼頭の電話を受けると二つ返事でその日の夕方の面談の約束をしてくれた。野際には断れない理由があった。それは二冊の写真集の編集担当者だったからだ。このビッグセールスが役員に認められ『週刊日報』の編集長に昇格することのできた恩人だった。

朝から霧のような雨が降り続いていた。鬼頭が濡れた頭を抱えて日報社の玄関口に駆け込むと受付嬢は野際から連絡を受けていたのだろう。

「お待ちしていました」

愛想よく応接間に案内してくれた。

野際は応接セットのソファーに腰を沈め煙草をくゆらせていた。

「蒸し暑くてかなわないですねぇ」

そうは言ったものの、背中を丸めるようにして入って来た鬼頭の姿に、野際は首を小さく突き出して瞬きをした。色のくすんだトレーナーと無精髭を生やしたままの姿で立ったからだ。

野際の知る鬼頭は違っていた。身だしなみに拘るお洒落な芸能プロの社長だった。光沢のある整髪料で髪型を決め夏はレーバンのサングラスにブランド物のTシャツを着こなしていた。袖物が必要な季節になると仕立てのいいカシミヤのスーツで身を固めているのを常としていたからだ。

「鬼頭さん、どうなさったんですか」

それ以上の言葉が浮かばなかった。二人は同年代だ。これまでの付き合いといえば他社との競合に勝ち抜くため写真集のスケジュール調整の依頼も、野際から連絡を入れ鬼頭から指定された赤坂界隈のホテルのティールームに出向いて頭を下げるのを常としていたからだ。

それが今回は逆転だ。

「今日はひとつ頼みがありまして…」

両手をテーブルに付いて頭を下げた。

野際は鬼頭の予期せぬ下手な出方に言葉を失った。

「一体どうなさったんですか。鬼頭さんにはお世話になりっぱなしですから力になれることがあるようでしたら何でも相談に乗れるとは思いますから、忌憚なく仰ってください」

鬼頭は野際の口元を見つめていた。

「そう言っていただけるんでしたら有難いんです。実は三カ月程前から私は無職の宿無しになってしまいましてね」

やり場のない自分を隠すように煙草をポケットから出した。

「宿無しですか…。それはどういうことですか」

野際の眉間に皺が寄った。

「連続テレビドラマの仕事で湯川を京都撮影所に入れておいたんですよ。うちは所帯が小さいものですから専属のマネージャーを付ける余裕がなくて私が京都と東京を行ったり来たりしてましてね。私が留守にしている隙に、これ幸いと共演しているベテランの役者に手を出されてしまったんですよ」

「湯川がですか？」

「そうですよ。喰われるだけならまだしもそいつにそそのかされて事務所を辞めるって言いだされて…」

「えっ、そんなことがありなんですか」

「番組の撮影が終わって東京に戻ったんですが、事務所に顔を見せるどころか私が赤坂の喫茶店に呼び出されたんですよ」

「はぁ」

「出向いてみると湯川は先に来ていました。私が珈琲を注文する間もなくテーブルに一枚の契約書を広げたんです」

野際は半分口を開けた顔になっていた。

「読んでみると、契約書はその役者が所属する事務所と結んだ専属契約書だったんです」

「鬼頭さんは湯川と専属契約を結んでいなかったんですか」

「女子大生だった女を俺がスカウトして、マンツーマンで育ててきたんですよ。契約書なんて考えたことはなかったですよ」

煙草を持った指が震えている。

「私、事務所移ります。このままだと社長が私をどうプロデュースしてくれるのか先が見えないんです。自由な立場で自分の進むべき道を探そうと思うんです。十年以上面倒を見てきた女に突然そんなことを言われましてね」

声が震えていた。

「グラビアで売れているといっても若いうちだけで、相手にされるのは二十代だけでしょ。俺は先々を見越して女優としての実績を積ませたくて時代劇の仕事を入れたわけですよ」

映画やドラマの仕事はスケジュールが長く抑えられるうえに、駆け出しの役者のギャラは出してもらえるだけでも有難く思うくらいの認識で、破格に安い。事務所にとってテレビのバラエティー番組や写真集の仕事をこなしているほうが稼ぎの効率が格段に上だ。

「収入を考えると事務所としては痛いけど、女優としての将来を見越してプロデューサーに頭を下げて取った仕事ですよ」

売り物とする主演男優、主演女優の場合はともかくドラマの三番手四番手の役者の起用はプロデューサーの匙加減ひとつで決まるのがこの世界だ。

「そうなんですか。時代劇に登場する彼女の鬘と着物の着こなしはなかなか華がありますものね」

時代劇に出演している湯川の存在を野際は知っていた。

「グラビアクィーンとしての実績は残したけど、そんなものは二十三、四まででしょ。先のことを考えると歌手として育てるか女優としての場数を踏ませるか。俺なりの賭けに出たわけですよ。いつかは歌手としての火が点くだろうと定期的にレコードも出していたんですが、あの女は自分の容姿に妙な自信を持っているものですから、それをいいことに表面的なことばかりに目を向けて物事を深く考えようとしない。それでは聴く者の心を打つ歌は唄えないでしょう」

歌手では多くを望めないと見た社長の温情だった。

京都撮影所での仕事が始まると偶然の一致とでもいうように独立プロの映画制作会社から出演依頼の話が来た。

「しなやかさとインテリジェンスを持ち合わせている湯川さんで映画を撮りたいんです」

ドラマの時代劇を無難にこなした後で次が映画の主役となれば女優としての道が開ける。

そう読んでこの話に飛び付いたが、美味しいことばかりではなかった。

「うちと鬼頭さんところで興行収入を半々にするということで、制作費の協力をお願いできませんか。映画の入りがそこそこでも若い層に人気のある湯川さん主演の映画なら劇場での公開後にフィルムがビデオで売れますから最低限、出資分はペイできます」

五千万円の製作費で二千五百万円を出資してほしいというのが出演の条件だった。安い投資ではないが多少の赤字を喰っても本篇の主役がキャリアとなれば舞台への進出も可能になる。

鬼頭は勝負に出た。有楽町線の文京区・江戸川橋駅近くにある自宅マンションを抵当に入れ銀行から融資を受けることにした。京都撮影所で撮るドラマは撮影が始まると最低でも半月から一カ月の長逗留になる。

京都撮影所でマネージャーとして付いていた鬼頭は映画の打ち合わせが頻繁になると湯川の現場を空けることが多くなった。

「映画やドラマの撮影でアイドルを一人で京都に置いたら終わりだよ。海千山千の男の役者に囲まれているわけだから狼の中に迷い込んだ子羊同然で寄ってたかって食い物にされて終わりさ。それだけならまだましさ。業界内での事務所の力関係や給料の取り分まで入れ知恵されちゃうから始末が悪いよ。専属のマネージャーが用意できなけりゃ絶対に京都の仕事は入れちゃ駄目だ」

先輩マネージャーにこんな忠告は聞いていたが気が付いた時には遅かった。湯川は鬼頭の不在をいいことに共演した男優と昵懇の仲となっていた。親心が凶と出てしまった。

二兎追うものは一兎を追えず。諺通りだった。

「湯川の人気を当て込んだ企画だっただけに、独立されて本人の出演が立ち消えになると制作会社は出資した金額を返金するどころか違約金の請求をしてきたんですよ。どこからこの話が洩れたのか映画出演が立ち消えになった途端に銀行が貸し付けの返済を迫って来ましてね」

泣きっ面に蜂とはこのことだろう。稼ぎ頭が逃げ出してしまった。四番手の役柄で出ていた湯川のドラマの出演料が入って来たといっても雀の涙で鬼頭は活動資金にも事欠いた。返済の目途は立たず先延ばしにしていると銀行は物件を競売にかけるため所轄の裁判所に申し出た。

それから一カ月後、競売の告知が裁判所の黒板に貼りだされた。

鬼頭はその貼り紙を指をくわえて見ているしかなかった。

結局地元の不動産業者が落札した。

「朝起きると不動産屋が内装業者を連れてドカドカと入って来ましてね。有無も言えずの立ち退きだったんですよ」

新規の部屋を借りるにも元金に事欠いていたし時間的な余裕もなかった。

「やむを得なかったんですよ。自分の身の回りの物だけを残して家財道具は古道具屋を呼んで処分して最小限の荷物は能登の田舎に送ったんですよ」

「じゃ、今のお住まいは…」

「住まいなんてありませんよ。やむなく車に最低限の生活用具を積み込んで何人かの知り合いの元を訪ねたんです。それまでは近しい付き合いのあった仲間も宿なしになると途端に素知らぬ顔になって相手になんかしてくれません」

何もかもがお手上げだったと言って両手を広げた。

野際は鬼頭の姿がようやく理解できた。

「そうだったんですか」

「負け犬の遠吠えに聞こえるでしょうけど俺は金輪際、芸能界と決別する覚悟を決めたんです」

煙草を灰皿に押しつけた。

「俺が今まで携わって来たタレントたちの色と慾の本当の姿を喋るんで、おたくで単行本にしてもらいたいんですよ」

「湯川美智子の暴露本と言うことですか」

「そうです。暴露本です。とにかく俺の知る限りのことを包み隠すことなく話しますよ」

編集長の背中がソファーの背凭れから離れた。

「ひとつだけ条件があります。私の喋った内容をそのまま原稿にしてほしい。弱気になって事実を薄めてしまうようなことなら別の出版社に当たります」

そこだけは力が籠っていた。

週刊誌の編集部はスキャンダルネタが欲しくて、売れっ子タレントを抱えるマネージャーに飲み食いをさせることでネタを引き出そうと日夜努力を重ねている。鬼頭の申し出はカモがネギを背負って来たのと同然だ。突然の美味しすぎる話に野際は面喰らった。

即答を避けて一呼吸置いた。

「どうしますか？　俺もお宅以外にも何社かの出版社との付き合いはありますから駄目なら他を当たりますよ」

言葉の語尾に肝の据わりが読めて取れた。

エアコンが音を立てて作動している。それでも暑かった。

「いや、是非やらさせて下さい」

野際はハンカチで首筋の汗を拭きながら答えた。

「俺にも意地がある。俺を裏切った奴らに対し相応の復讐をして自分に踏ん切りをつけたいんですよ。俺の抱えている爆弾はテレビのワイドショーだって黙ってはいないはずです。書かれた相手が訴訟に持ち込むようなことがあればそれでいいじゃないですか。迷惑はかけません。正々堂々と法廷に立って対峙します。逃げるようなことはしません」

眼光が険しく光った。

元グラビアクィーンの内外不出の隠された素行が元マネージャーの口から余すところなく暴露される。となればテレビのワイドショーや週刊誌は砂糖に群がる蟻のように先を争って報じるはずだ。

鬼頭は独立前の「日進プロダクション」時代に扱っていたアイドルタレントの名前も出した。彼女はレコード大賞の新人賞を獲り歌手として今でもＮＨＫの『紅白歌合戦』の常連組として活躍している歌手だ。

「こいつは親子で俺を裏切ったんです。俺が日進を辞めたのもこいつらの裏切りからですよ」

思い切り憎悪が含まれている。

「やりましょう。事実なら誰に咎められることもないはずです。ファンの知りたいタレントの生態をありのままの姿で晒す。それをキャスティングボードとして勢いを得るか、それによって消えてしまうか。それは本人の実力ということでしょ」

今度は野際が胸を張った。

「その通りですよ」

向き合ってから一時間が経っていた。

鬼頭の顔から初めて愉快そうな笑いが零れた。

「一冊の本にするにはどれくらいの時間が必要なんですか」

「単行本にする量の口述筆記なら三日は欲しいですね」

「そうですか。だったらこれまで使っていた手元に残してあるスケジュール帳をひっくり返して私の元に残っている馬鹿女たちが起こした揉め事の数々を拾い出しておきますよ」

編集長が壁に掛けられたカレンダーに視線を移した。

「鬼頭さんのインタビュアーには芸能界に精通している記者を当てますよ。私も同席したいものですから雑誌の締め切りに支障をきたさない土、日、月の三日間あたりでどうですか」

「今週の週末となれば五日後になりますね。私も早い方が助かります。その日程で行きましょう」

日比谷にある帝国ホテルのフロント前に五日後の午後一時を集合時間に決めた。

「お互いの平和のために取材が終わったら乾杯と行きたいですね」

「その時は美味い酒を飲みましょう」

編集長が玄関口まで送ってくれた。


能登半島の七尾で生まれ育った鬼頭が「日進プロダクション」に入社したのは一九六六年、二十歳の春だ。二人兄弟の長男で父親は輪島の観光旅館で料理長として包丁一本で生きる料理人だった。

これといった産業もない北の雪国では生まれてくる子供たちの職業の選択は限られている。父親が漁業権を持っていればそれを継いで漁師になる。進学が可能な子弟は大学卒業時、地元の役所、もしくは県庁のある金沢に出て就職する。それがかなわない子供たちは関西や関東に集団就職で職を求めて出て行く。丁度のこの時期、平凡出版が出版した女性雑誌『ａｎａｎ』の企画で〝全国で唯一残された秘郷〟と煽って能登半島を特集で取り上げた。この企画が見事に当たり女性の間で〝能登ブーム〟が巻き起こった。全国から観光客が押し掛け半島の先端に位置する珠洲岬までを一周する定期観光バスが連日運行された。半島の住民は自宅を改装して民宿に衣替えした。半島に次々オープンする宿泊施設から腕のいい料理人は引っ張りだことなった。

「包丁が持てればどこに行っても飯は喰える」

それが口癖で長男の将来の職を板前と決めつけていた。

肩幅が広く口調は無骨だが家族思いだった。

「客のキャンセルが出たから、余った食材を内緒で持ってきたよ」

そう言って紙の包みからアワビや霜降りの牛肉が出てきた。

「牛は、焼く前に少し叩くんだ。叩いた後で塩をふって火で焙ると柔らかく味が出て旨いんだ」

そう言って包丁を持ち台所に立つ父親は必ず捩じり鉢巻きを巻いた。きりりと締めたその鉢巻きが似合う父親だった。

旅館でしか口にできない上等な料理が食卓に並ぶと得意な口ぶりでレシピを語る。そんな父親を眩しい目で見つめる母親。

「俺と同じ店で働いたんじゃ甘えが出る。学校卒業したら知り合いのホテルに口をきくからなッ」

母親の酌で熱燗を呷る父親はそれが口癖だった。

父親は板前の道を勧めたが、母親が教育に熱心だった。父親の反対を押し切って鬼頭は地元の高校に進学した。

ロカビリー全盛期でエレキギターが登場していた。同級生で何人かがギターを弾いていた。鬼頭もギター少年になっていた。山下敬二郎のギターテクニックとミッキー・カーチスのボーカルに心酔した鬼頭はウエスタンカーニバルが開かれていた有楽町の日劇の舞台に立つことを夢にギターの習得に励んだ。

高校生活を満喫していた鬼頭の人生を変えたのは父親の突然の出奔だ。週のうち六日は仕事先の旅館に泊っても一日は家に帰る。そんな父親が二週間経っても帰らなかった。鬼頭が高校二年生の九月だった。急な団体客が入って帰るに帰れなくなったんだろう。家族はその程度に考えていたが鬼頭は弟を連れて七尾駅から列車とバスに乗り換えて一時間半を要する輪島に父親を訪ねた。

父親の働く旅館は街の中央通りに入口を構える大正時代から続く木造三階建ての重厚な造りの建物で、子供が訪ねるには敷居の高い建物だった。玄関を開けた。和服に日本髪を結った大柄な女が廊下の奥から姿を見せた。旅館の女将だった。

「僕たち鬼頭の息子で、お父さんに会いに来たんです」

用件を告げた。

「なに、鬼頭のところの子供かい」

そう言ってにこりともしなかった。

「鬼頭はもうここにはいないよ」

兄弟を憎々しげに睨みつけた。

「あんたたちの父ちゃんはね、ここを辞めて女と一緒にどっかに行っちゃったよ。そのことは、何日か前に電話を寄越したあんたたちのお母ちゃんに言ったんだよ。聞いてないのかい。一年くらい前からここで働く仲居と良い仲になって近くのアパートで一緒に暮らしていたのさ。そんなことはどうでもいいんだけど台所を任せていた板前に急に辞められてこっちも困っているんだよ」

捨て台詞だった。父親の蒸発は、鬼頭家の現金収入の道が閉ざされてしまうことを意味していた。兄弟は通りから外れた海岸線まで歩いた。どこまでも続く日本海の黒い荒波が兄弟の気持ちを代弁するように飛沫をあげて海岸に打ち寄せていた。

大きく翼を広げた鴎が群れを成して空中を泳ぐように飛んでいた。帰りのバスを待つ間も兄弟は言葉を交わすことがなかった。

日が沈んで木造平屋建ての家の障子を裸電球が内側から照らしていた。

母親は土間の台所に立っていた。

「輪島に行ってきたんだ」

母親の背中に報告した。母親の体が小さく揺れた。

点けっぱなしのテレビの音だけが流れていた。

「お父ちゃんはどこに行ったのかねぇ」

子供たちに知られてしまったことでこれ以上隠し立てすることもなくなった。そんな投げやりの言葉だった。子供たちの前で父親の出奔を無視することが女の意地だったのかもしれない。

食卓には朝、浜で上がった鯵の塩焼きが置かれた。

食卓を囲んだ鬼頭も弟も父親の話題をそれ以上しなかった。ぽつぽつと箸で掴んだ鯵の白身を口に運ぶ母親の横顔を見ているとこれから先の生活が不安すぎた。

鬼頭は決心した。学校を退学して働くことにした。

「学校を辞めたよ。俺は働くことにしたんだ」

息子の報告に母親は黙って俯いた。首の両側からうなじの髪がほつれて肩にかかっていた。父親の出奔を知ってからの母親は老けて、こけた頬は艶を失っていた。

十七歳になっていた鬼頭は、市内の家電販売店「七尾電化店」の店頭に貼られた「社員募集」の求人を見て就職を決めた。テレビの配達、取り付け、アンテナの持ち運びなどが仕事の中身だ。運転免許証は必需品ということで、店主は鬼頭が十八歳になるのを待って免許証を取らせてくれた。鬼頭は慣れない仕事に喰らいつくように働いた。

仕事を始めて三年が経っていた。二つ違いの弟は鬼頭が通っていた高校に進学していた。鬼頭と組んで得意様回りをしている上司は自分と同じ中学を出た先輩だった。テレビの修理も家電製品の細かい修理も先輩の仕事を見て簡単な修理はできるようになった。

夜になると、鬼頭は先輩の誘いに乗って酒場に繰り出すようにもなっていた。金沢から七尾市に続く国道二四九号線沿いに赤提灯をぶら下げたホルモン焼き屋があった。

炭火で黒光りしている鋳物の鍋が置かれたテーブルが六卓置かれた店で、一緒に働く先輩と先輩の同級生たちが馴染みにしている店だった。タンやハツが金網の上で炭火にあぶられてじりじり焼ける。煙がもうもうと店内に立ち込める。甘辛いたれをたっぷり付けて口に入れる。歯ごたえが申し分なくキムチで挟んでぱくつくとビールがいくらでも進んだ。

飲み仲間は地元で働く漁師や大工、タクシーの運転手だった。

この地方は十二月から三月の末までの冬場はほとんど晴れの日はない。どんよりと重たい曇に覆われ晴れ間がのぞいていても海の方角から粉雪が飛ばされてくる。そんな環境の中での若者の娯楽は麻雀だ。飲み食いを終えると誰ともなく仲間の家に向かう。勝負は窓の外が明るくなるまで続く時もある。

そんな朝は家に帰って一休みしてから仕事に出る。鬼頭も麻雀と酒の味を覚えた。麻雀は暗く長い夜を迎えるこの地方の若者の典型的な時間の潰し方だ。麻雀を覚えると鬼頭は勝負の奥の深さに取り憑かれた。

仕事を終えて酒を飲み仲間の家に集まって麻雀を始める。勝っても負けても自分の力量が試される。集中力と配牌に応じての役作りが勝負の決め手だ。先輩に比べると経験の差が歴然としている。

したたかな先輩を負かすには容易ではない。負けが込むと給料の大半が支払いに回される。家計を助けるために働いているはずが給料では賄い切れないほど負けが込む月もある。先輩たちは優しいのか非情なのか分からなかった。

「負け金は、できたときに払ってくれればいいよ」

そう言われると誘いも断われない。また負ける。

その日も、先輩に誘われるままホルモン屋の暖簾を潜った。

もくもくと肉を焼く白い煙の立ち込める店内の壁に取り付けられた棚に、芸能雑誌『月刊暁』が漫画本と並んで置かれていた。手に取ると表紙が煙でいぶされてねっとりと脂ぎっていた。何気なくページをめくった。囲み広告の求人欄があった。「付け人募集」と書かれていた。応募先は「日進プロダクション」と書かれた芸能プロのものだった。「付け人」のフレーズが鬼頭の頭で急激に増幅されていた。

店主に内緒でそのページだけをそっと毟《むし》ってポケットに入れた。

鬼頭が中学三年の秋だった。輪島市民会館で「美空ひばりワンマンショー」が開かれた。美空ひばりといえば日本を代表する歌手で大晦日の『ＮＨＫ紅白歌合戦』では当たり前のように最後に登場した。

中学生では高額なチケットを手にすることはできない。公演当日、市民会館の裏手にある楽屋口に行った。そこで待てば会場へ入る際の美空ひばりの姿が見られるはずだと読んでの行動だった。

六時からの公演だったが昼過ぎに家を出た。考えることは皆同じだった。そこにはチケットのないファンが大勢詰めかけていた。しばらく待つと目の前に鳶色の大型のメルセデス・ベンツが滑り込んだ。光沢のある黒い背広と襟の立ったワイシャツを着た運転手が外に出ると素早く後部座席のドアの前に駆け寄った。

「さ、着きましたから」

出てきたのはお目当ての美空ひばりで紺の厚手のジャケットにグリーンのロングのスカート姿だった。

待ち構えていたファンは殺気立った。

「美空ひばりだ、ひばりさ〜んサインしてくださーい」

三人の警備員が両手を広げて人垣を作った。運転手がひばりの肩に黒いコートを乗せた。それを羽織ると楽屋口に向かって涼しげに歩き出した。

両手を広げた警備員の壁でファンは近づくことができない。

「美空さん、サインお願いできませんか〜」

ファンが手にしている色紙を出すが、運転手は一歩も近づけさせない。それでもファンはひばりに向かって突進した。

「時間がないんですよ。お願いですからどいてください」

両手で囲い込むようにして美空ひばりを楽屋に誘導する運転手。ひばりは振り向いてにこやかな笑顔を浮かべた。『紅白歌合戦』で歌っていたあの顔が目の前にあった。

あっという間のできごとだった。ひばりの悠然とした歩き方には十分にスターの貫禄が漂っていた。鬼頭は運転手の黒い皮靴もひばりの赤いエナメルの靴も綺麗に磨かれているのを見逃さなかった。

「さすが、大スターの付け人だ。手際がいいよ」

警備員が運転手のガードぶりを褒めた。鬼頭は〝付け人〟と呼ばれた男とベンツの鳶色と背広姿を眩しく脳裏に焼きついていた。

自宅に帰ると店から失敬してきた雑誌の切れはしをポケットから出した。広告の付き人募集の文面を何回も反復して読み返した。

父親の出奔でギターを抱えて日劇の舞台に立つ夢は破れていた。

鳶色のベンツに乗って運転している夢を見ながら眠りに就いた。

翌日、隣街の和倉温泉の旅館に注文を受けたテレビの設置を終えて時間が空いた。雑貨屋の店頭に赤電話が置かれていた。ポケットから破り取った紙きれを出した。公衆電話のコイン投入口に百円玉を入れた。駄目でもともとの気分でダイヤルを回した。五回呼び出し音が鳴った。

「はい、日進プロ」

祭りの屋台で香具師《やし》が口にする口上と似た乗りの男の声だった。

「雑誌に載っていた付け人募集の広告を見て電話したんですけど」

「あっ、そう。ところで、あんたの住んでいるところはどちらかな」

「石川県の能登半島ですけど」

少し間が空いた。

「能登、石川県の。そりゃあ随分遠いな。で、運転免許証は」

「はい、持っています」

相手は黒沢と名乗った。事務所の社長と言った。

「いつから働けるの」

「使っていただけるんでしたら、明日にでも東京に出られます」

「ほう、頼もしいな。じゃ頼むわ。なんたって運転手が辞めちゃってタレントが移動できなくて困ってるんだ」

話は呆気ないほど簡単に決まった。

そのまま家に戻ると母親に仕事の内容を含めて説明をした。亭主の出奔で現金収入の道を断たれた母親は漁師の手伝い仕事で浜に出ることが多い。

「いいチャンスだね。電器屋の仕事を続けていても所詮修理屋で終わりだし、東京に出てやりたいことをしたほうがいいわよ。失敗しても帰るところがあるんだから思い切ってやってみたらいいわ。広い世界に出て揉まれないと人間が大きくなれないしね。私たちのことは心配しないでいいんだから」

額に皺を刻んだ潮焼けした顔を崩して喜んだ。

母親は大阪の女学校に進学希望だったそうだが、父親の反対があって進学を諦め父と結婚していた。この地に縛られることなく自分の果たせなかった夢を子供に与えたい。そんな気持ちを含んでいたのだろう。のっけから反対の言葉はなかった。

「石の上にも三年という言葉があるでしょ。仕事を始めたら何年でも辛抱することを忘れちゃ駄目だよ。継続は力なり。この言葉を胸に仕舞って働きなさい」

母親の口から出たこの言葉は父親がいつも言っていた格言だ。

父親は音信不通のままだった。母親の中には父親の存在がいまだに生きているのだろう。そう思って見る母親が不憫に思えて仕方がなかった。鬼頭は電器店に退職届を出した。

ボストンバッグ一つを右手に持って家を出た。振り向くと絣のモンペに厚手の灰色の作業衣を着た母親と詰襟の学生服姿の弟が両手を振って立っていた。

「芸能界で一流の歌手を育て、この七尾で凱旋コンサートを開くんだ。もちろん車はあの付け人が乗っていたものと同じ型のものを手に入れて里帰りする」

六六年四月。上野に向かう夜行列車の中で鬼頭は自分に言い聞かせるように呟き、車窓の外を流れる走馬灯の光を見ていた。

北陸にも桜の便りが届いた日だった。


「日進プロ」は赤坂・山王下交差点の外堀通りに面したビルの三階にあった。『NHK紅白歌合戦』の常連歌手でもある三橋《みつはし》太郎《たろう》の運転手兼付き人として鬼頭は雇われた。

上京したとき都内の道順は皆目見当がつかなかった。今では日本テレビに行くには市ヶ谷の交差点を左に折れて三つ目の信号の左側。テレビ朝日は霞町の交差点を渋谷から右に曲がり次の信号の左側と、主要な仕事先への道路地図はほとんど頭の中に叩きこまれていた。

「お前もそろそろ自分の手で新人を育ててみてもいいんじゃないかな」

そう言って社長の黒沢哲《くろさわてつ》が一枚の写真と家族構成の書かれた履歴書を見せたのは鬼頭が入社し

てから十二年が経っていた。

「日進プロ」は黒沢と歌手の三橋太郎、それにマネージャーの鬼頭と電話番の女性事務員一人の弱小プロである。

「お前も芸能界がどういうものか分かって来ただろうから、今度はお前に任せようと思ってなっ」

これを切り出されたのは給料を取りに事務所に顔を出したときだ。

「大阪でモデルをしている子で、東京に出て歌手デビューしたいというのが本人の希望らしいんだ。写真を見る範囲ではかなりいけそうだからどうしようかと思ってな」

鬼頭が入社してから黒沢が選んだ素材を自身がプロデュースして三人の新人をデビューさせていたが鳴かず飛ばずのまま姿を消した。

新人が育たなければ芸能プロは萎んで行くのを待つだけだ。

鬼頭はその失敗を眺めていた。自分なりの失敗の分析をしていた。

テレビ局の楽屋でよそのマネージャーと交す会話の中で売れるアイドルの要素がおぼろげながらわかってきてもいた。男心を擽《くすぐ》るのはスタイルも欠かせないが目に表情を持っていることの大切さだ。

十六歳という麻田《あさだ》美奈子《みなこ》はアーモンドを思わせる澄んだ瞳と腰のくびれが見事で胸の膨らみも申し分なかった。

マネージャー仲間と話していた要素が十分に満たされていた。

家族構成を見た。母子二人で父親がいなかった。

鬼頭にとって申し分のない要素を備えていた。

多くのマネージャーが目指す人生設計は、売れっ子タレントに付いて修業を積み、自分の手で新人を育て上げてから独立することだ。

鬼頭にとってこの話はチャンス到来と見た。

「この世界は、恥を恥と思わず自分の生きざまを赤裸々に晒すことのできる者しか生き残れないと思うんです。その点、この母娘は生活を獲得するための必死さが備わっていると思うんです」

黒沢の双眸を見据えて言った。

「お前は、若いくせにそんなことまで考えているのか」

冬になると厳しい気象条件が待ち構える能登の田舎町で育った鬼頭は、生きるという厳しさを都会の人間の誰よりも知っていた。

鬼頭のやる気を知った黒沢は早速麻田美奈子との契約に動いた。

麻田親子に会ったのは赤坂東急ホテルの二階にある喫茶店だった。

鬼頭が行くと、黒沢が娘とテーブルを中に向かい合って座っていた。胸にピンクのフリルの付いたワンピースを着た美奈子は写真通りで瞳に表情を持った可憐な少女だった。髪を盛り上げるようなパーマをかけた母親はアイシャドーと口紅が目立つ道化師のような存在感を発揮していた。

黒沢に紹介された。鬼頭は母親に体を向けて頭を下げた。

「僕なりに芸能界は熟知しているつもりです。僕に何もかも任せていただけるんでしたら誠心誠意力になりたいと思っています」

母親が口を開いた。

「私たちには生活がかかっているんです。娘が言うことを聞かないようでしたら私に言ってください。この子が売れるためでしたら何でもします、させますから」

母親は明治座の舞台で悪役を演じさせたらそのまま通用するアクの強さを感じた。母親の目の表情は娘に負けていなかった。この母親は、自分と同じ座標軸で生きるための必死さを持っていた。

黒沢はデビューに際しての条件を一通り説明した。

「とにかく社長さんにお任せします。よろしくお願いします」

母親が頭を下げた。

話し合いを終え二人を送り出した鬼頭は、高鳴る胸の動悸を押さえながら黒沢に言った。

「社長、僕に任せてください。あの母親と二人三脚で麻田美奈子をスターにしてみせますよ」

黒沢が鬼頭の肩を叩いた。

「お前に任せるよ」

鬼頭はデビュー前の美奈子の売り込みにそれまで築いていたマスコミ関係者の人脈を使って奔走した。大晦日に開かれる『日本音楽大賞』の新人賞レースを逆算しデビュー曲『会いたいな』は二月五日発売とした。夏場以降のデビューでは先行してデビューしている新人の話題に追い付けなくなるからだ。

鬼頭の読みは当たった。三万枚の初回のプレス分が完売しゴールデンウイークを終えた五月最初の週には三万枚の追加注文がレコード店から届いていた。

こうなると全国のレコード店からサイン会の申し込みが頻繁に入るようになった。麻田親子は日進プロが借りた阿佐ヶ谷の駅から歩いて一〇分程のところにある四畳半と六畳間のアパートに住んでいた。鬼頭は仕事に合わせて美奈子の送り迎えをする。

それ以前の親子の家庭事情は知る由もないが二人が住む部屋には何年か前まで家庭の〝三種の神器〟と言われていたテレビはあったが洗濯機と冷蔵庫はなかった。

鬼頭は地方にサイン会やコンサートの仕事を決めると、仕事を斡旋してくれた地元のプロモーターに頼みごとをした。

「周辺のスナックや居酒屋でもかまいません。カラオケ装置がなければこちらで用意しますんで麻田に四、五十分のミニコンサートの仕事を作ってほしいんですが」

正規の仕事を終えた後、事務所を通さずマネージャーとタレントで内密にこなす仕事を芸能界ではショクナイ（内職）と呼ぶ。一晩で二、三本も可能なショクナイは事務所を通さないわけだから懐にしたギャラは二人のものになる。

鬼頭がショクナイに精を出すようになったのは親子の貧困な生活を見ていられなかったからだ。冷蔵庫なしの生活では食べ物による食中毒を起こす危険性もある。東京の蒸し暑い真夏の夜の生活はとてもクーラーなしでは安眠は得られない。安眠が得られなければ体調を崩しかねない。

タレントの体調管理はマネージャーの責務でもある。売れっ子の新人タレントのショクナイは一本三万円から五万円の値がつく。大阪、名古屋、仙台、博多と大都市のプロモーターは仕事を入れることで自分たちにも店から支払われるギャラの何割かが余禄として入るわけで、鬼頭の申し出を喜んで協力をしてくれた。

五月、六月、七月と地方興行の隙間を縫って三カ月間で十五本のショクナイをこなした。麻田家の部屋の中には冷蔵庫、洗濯機、クーラーと生活の必需品が順繰りに買い揃えられていった。ひとつの電化製品が届くたび母親はバネ仕掛け人形のように腰を二つ折りにして鬼頭に何度も頭を下げた。

「余裕のある生活を送っていただくことが、美奈子の仕事の励みになると思いますから気にしないで下さい」

鬼頭はけっして威張ることはしなかった。

新人の登竜門となる秋から暮れにかけての新人賞レースで最優秀新人賞が獲得できれば間違いなしで将来が約束される。

「社長、もし美奈子に音楽大賞の新人賞を獲らせるとしたらどれくらいの予算を考えているんですか」

賞獲りレースに向けての黒沢の本気度を知りたかった。

「審査委員は新聞記者を含めて三十人だろ。過半数の二十人にはそれなりの現ナマを握らせなくちゃ獲れるものも獲れないだろう」

黒縁の眼鏡を人差し指で押し上げながら答えた。

「となると一人一本（百万円）で二千ですか」

「他の陣営の出方を見てだけど、それで足りるのかなぁ」

「ということは最低でも二千万円は要るということですか」

「音楽大賞の新人賞さえ獲れれば安いもんだろう」

「実弾を用意しても獲れないときは無駄銭になってしまうんですよね。だったらもっと生きた銭を使った方がいいと思うんです」

黒沢が煙草を灰皿に置いて怪訝な顔を向けた。

「それはどういうことだ」

「有楽町の日本劇場あたりで二、三日のリサイタルを打ったらどうですか」

「美奈子が…」

「そうですよ。日本劇場を三日貸し切っても会場費は八百万くらいでしょ。ポスターの制作費やチケット代金を含めても一千五百万円もあれば足りる興行じゃないですか」

「今から用意しても九月がギリギリだな」

「チャンスじゃないですか。各陣営が新人賞の裏工作で動き出すのがその時期ですから」

「デビュー八カ月の女の子が日本劇場を満杯にできると思うか」

日本劇場は三階まで客席があり一階席が千人、二階席が五百人、三階席が四百人の収容スペースがある。

一九五八年二月『第一回　日本劇場ウエスタンカーニバル』が開催された。ロカビリー三人男と呼ばれたミッチー・カーチス、平田昌晃、山の上敬三郎などの活躍で満杯となり脚光を浴びた。

その後のグループサウンド全盛時には劇場から東京駅までチケットを求める客が並ぶという大ブームで日本劇場の舞台を踏むことは一流歌手としての証と言われるようになっていた。

「たった三カ月で六万枚のレコードが売れているんですよ。美奈子の持つ日本人離れしたコケティッシュさが受けてファンが付いたと思うんですよ。ステージに立てば美奈子が見られて歌が聴ける。となればファンは黙っていても押しかける。間違いなしでしょ」

黒沢は両腕を組んだまま答えない。

「これが博打なのは分かっていますよ。新人が日劇で三日間ものリサイタルを打つとなればマスコミも黙ってはいないでしょ。最高の宣伝になりますよ」

煙草に火を点けた。

「客が半分以上入れば投資する資金は回収できる。音楽大賞の運動資金と考えれば高くはないでしょ。興行が成功したとなれば美奈子の人気は認知されますよ。賞獲りレースが審査員への袖の下次第で決まる。そんなのは面白くないじゃないですか。歌唱力と人気の正攻法で勝負をかけるべきだと思うんですが」

「客は入るかなぁ」

「やってみないと分かりませんけど、行動を起こさなければなにも事は始まらないでしょう」

黒沢は窓の外に視線を向けていた。

「成功すれば音楽大賞は間違いなしですよ」

部下にそこまで言われてようやく決断できたようだ。

黒沢の動きは素早かった。九月十五日、金曜日の敬老の日から三日間、日本劇場のスケジュールを押さえてくれた。

大舞台を用意してくれた鬼頭に麻田親子は揃って頭を下げた。

九月十五日の初日。秋晴れの空に白い鱗雲が綿のように浮かんでいた。

三時開演の日劇は昼を過ぎると観客が続々と詰めかけていた。

三階の楽屋の窓からその光景を見下ろしていた鬼頭は自分の判断が正しかったことに胸を撫で下ろしていた。初日のステージは大成功だった。アンコールに応えて『会いたいな』を熱唱した。ファンが立ち上がって合唱した。会場内が熱気に包まれた。観客の盛り上がりを眺めていた黒沢が鬼頭に肩を叩いた。

「正攻法で行こうと言ったお前の意見は正しかったよ」

「大衆芸能はファンに支持されてなんぼですからね」

「お前も随分と良いことを言うな」

「社長が教えてくれたんじゃないですか」

二人は目を合わせて頷き合った。二日目も満員だった。二時からの一回目のステージが何の滞りもなく幕が開いた。夜の部、ステージも終盤に掛かっていた。三回目の衣装替えで美奈子がステージから楽屋に向かった。東京劇場は舞台から敲《たた》きに降りるのに五段の階段がある。メイクさんに手を引かれ美奈子が階段に右足をかけた。

左足で二段目の階段に足を掛けた時、勢い余って足が階段を超えて三段目の階段に滑り落ちた。

後ろから追いかけていた鬼頭が腕を差し出したが届かなかった。目の前で板張りの床に叩きつけられた。

ドスンと鈍い音がした。美奈子の体はうつ伏せ状態で動かない。鬼頭は足が竦んで階段の上で立ち尽くした。

「痛い、胸が押されて息が…」

鬼頭は楽屋に走った。黒沢に事のなり行きを報告した。

「えっ、階段から落ちて起き上がれない」

スロービデオを見ているように黒沢の体が沈んだ。駆け付けた医者の診断は肋骨三本の骨折だった。続行不可能となった舞台は鬼頭が事の推移をファンに説明することで騒動は回避できた。

美奈子は救急車で信濃町のK病院に運ばれた。

それからの鬼頭は公演中止の事後処理に追われた。ファンへのチケットの払い戻しと劇場代の支払いが待っていた。六回公演のうち四回の公演を終えていたこともあり、チケットの払い戻しもたいした額ではなかった。事後処理が一段落したところでようやく美奈子の入院する病院に向かった。

病室はかなりの広さのある一人部屋で黒沢も詰めていた。

鉄パイプのベッドに背中を預けて美奈子が座っていた。

「大丈夫か、心配していたんだ」

思わず駆け寄った。美奈子は視線を鬼頭から逸らせて答えない。

「あなたは、よくもぬけぬけとそんなことを言っていられるわね」

傍らの椅子に座る母親の憎悪の混ざった声が背中に刺さった。

「あなたが私を突き落としたでしょ。私ちゃんと分かっていたんだからね」

今度は美奈子だった。鬼頭はその場に立ち尽くした。

母親の声にまして美奈子の口調は鋭かった。

「私、すごく痛い思いをしたの。責任を認めてここで土下座してもらわないと納得することができないわ」

黒沢の顔を見た。

「社長、これはどうしたことですか」

黒沢は俯いたまま顔を上げようとしない。凶器のような母娘の鋭い視線が鬼頭の全身に突き刺さって動かない。白い蛍光灯に照らされた室内の空気が固まっていた。責任が自分にある。この親子は確かにそう言っている。

「冗談じゃない。濡れ衣もいいところだ。誰のおかげでこのリサイタルが開けたんだ。俺はこの興行に人生を賭けていたんだッ」

仁王立ちの鬼頭は麻田親子の前に歩み寄った。

「何で俺がお前に土下座なんかしなくちゃいけないんだ」

ねめるように美奈子を見据えた。気がつくと拳が握られていた。

これ以上いると暴力沙汰を起こしかねない。咄嗟に冷静さを取り戻した鬼頭は病室を飛び出した。

黒沢が追いかけてきた。階段の手前で肩を引き寄せられた。

「俺はお前が突き落としたなんて信じてないよ。あの親子はショーが中止になった賠償金のことしか頭にないんだ。事故をお前のせいにすれば親子は責任を取らずに済む。それだけのことで口裏を合わせているんだ」

「だったら社長はどうしてそれを言ってくれなかったんですか」

下から覗き込むように聞いた。

「これから稼ぎ頭として期待できるあの親子の気分を損ねたら事務所はどうするんだ。ここは一つ俺の顔を立ててくれないか」

「どういうことですか」

「事故を認めて美奈子の前で頭を下げてほしいんだ」

「俺がどれほど一生懸命になってあいつを育ててきたのかは、社長が一番知っているでしょ」

黒沢の双眸を睨みつけた。怒鳴り声になっていた。

「お前の気持ちは分かるよ。でもな、それがどんなに理不尽と分かってもタレントがそれで気が済むなら頭を下げて仕事をさせる。それもマネージャーの仕事のうちだってことを分かってほしいんだ」

諭すような口調で両手を膝に置くと頭を下げた。

「あの二人が何を言うか分からないけど、とにかく黙って言うことを聞いてやってくれないかな」

黒沢に頭を下げられたのは初めてだった。

「それでことが収まるなら言われた通りにします」

病室に戻ると両手を床について頭を下げた。

空気が縮んだまま動かなかった。母娘を見ることなく退室した。

翌日、鬼頭は「日進プロ」に辞表を提出して退職した。

鬼頭を追うように電話番の女の子、笠井《かさい》瞳《ひとみ》も退職した。

二人が所帯を持ったのはそれから三カ月後だった。


鬼頭の手にルイ・ヴィトンのバックが握られていた。

ホテルに入ると正面の突き当たりを右に曲がった。売店に囲まれた通路の先に回転扉がある。その手前の右側にある階段を下りて地階の洗面所に向かった。鏡の前に立ってもう一度ネクタイを締め直して髪を両手で揃えた。この時間帯のホテルのロビーは待ち合わせ場所として使うビジネスマンや外人旅行客の姿が目立つ。

グレーの背広を着た野際が片手に黒革の鞄を下げて立っていた。

「お待たせさせちゃいました」

「そんなことはありませんよ。丁度一時ですから」

ルームキーを手にしていた。

「じゃ行きましょうか」

「ちょっと待ってください。もう一人来ますもんですから」

言い終わらないうちに声がした。

「鬼頭ちゃん、しばらくです」

ピンクのシャツに生成りのジャケットを着た男が親し気に右手を出した。これまで幾度となく書かれたくない事実を突きつけられ、苦い思いをさせられたことのあるベテラン芸能記者の大林和彦で業界では別名〝すっぽんの大林〟とも呼ばれている男だった。

「大林ちゃん。どうしてここに？」

出された手を握る前に聞いた。

「そんなに距離を置いた言い方はやめてくださいよ。今日は編集長直々にインタビュアーとして指名をいただいて駆け付けたんですよ」

「ということは、俺の取材の相手をするっていうこと」

意外な展開となった。

「鬼頭さん、紹介が遅れました。もうお知り合いでしょうけど今回は私からお願いしたんです。芸能界の滅多に表に出ることのないお話を伺うわけですから、それなりに芸能界に精通している人間でないと俎上に上がった膨らむネタも膨らまずに尻切れトンボになっちゃうんじゃないかと思いまして」

野際が慌てて言葉を挟んだ。

取材を受ける側は会話の中で自分が一方的に喋るのは心地のいい側面もあるが、相手がそれなりの知識を持ち丁々発止で会話が進行すると、本人の気付かない事実や新たな展開が開けて嬉しいものだ。それが現場の緊張感にも繋がる。

「そうだったんですか。俺が忘れている記憶まで呼び起こしてくれそうだ。大林ちゃんなら有難いなぁ」

エレベーターは正面の壁際にある。エレベーターの降下を待った。

「鬼頭ちゃん、あんなに可愛がっていた湯川に後ろ足で砂を掛けられたんだって」

大林がエレベーターの降下ランプを見ながら言った。癪にさわる聞かれ方だがその通りだ。

「タレントなんてのは自分の欲でしか動かない。綺麗なおべべを着て綺麗な化粧をしているけど腹の中はどす黒い渦がとぐろを巻いている。そうだよね鬼頭さん」

この男の言語には情緒というものがかけらも感じられない。それでも自分の思っていることを代弁してくれるから有難いと言えば有難い。暴露本作りの作業として申し分のない相棒になりそうだ。

部屋は広めのツインルームが予約されていた。

「昼飯はまだですよね」

「昨晩からろくなものを口に入れてないんですよ」

「サンドイッチのルームサービスでも取りましょうか」

鬼頭の腹の虫が泣いていた。ありがたい申し出だった。

野際が館内電話の受話器を持った。

「アメリカン・クラブサンドと…」

そこまで言うと二人に顔を向けた。

「飲み物は何にしましょう…」

「三日間はここを使うわけだから人数分の珈琲とバランタインの七年物をボトルでもらってくれますか。そうそう水割りのセットも揃えてほしいですね。できたらバカラのグラスがいいんだけど」

大林が鬼頭に確認を取るように言った。

「確か、鬼頭ちゃんはバランタインが好きだったよね」

鬼頭は大林の心使いが嬉しかった。赤坂界隈のホテルのバーで落ち合い、互いの情報交換をしながらグラスを傾けるときは鬼頭が決まって指定する銘柄だった。

台車で注文した品が運ばれてくると大林が三つのグラスに器用な手つきで水割りを作った。

「今回俺たちが作る本は暴露本なんかじゃない。苦労して育てても、いったん売れてしまえば自分だけの力で売れたように錯覚してやりたい放題になるタレント。その身勝手さを世間に問う。言ってみれば縁の下の力持ちとして苦労を重ねてきた報われない男の復讐本。そのあたりを根幹にして鬼頭ちゃんに質問します。野際さん、それでいいですか」

唐突の問いかけに野際は瞬きをした。

「報われない男の復讐。いいですねぇ。サブタイトルで十分に使えるフレーズですよ」

大林の起用は大当たりだった。野際の顔がそう言っている。

「何もかもなくしちゃったけどこれだけは肌身離さずに持っているんですよ」

鬼頭がルイ・ヴィトンのバッグを開けると。ボールペンで表紙に「スケジュール帳」と書かれた鼠色の大学ノートが二列に並んでいた。

「マネージャー業をスタートさせた年から一年に一冊ずつ書き留めていたものですから二十五冊あるんですよ」

ノートを開くと日付けと天候が書き込まれ、時間毎の行動が事細かに記されていた。テレビ局、出版社名、仕事で共演したタレントの名前が印刷文字のような正確さで羅列されている。それだけで几帳面な鬼頭の性格が見て取れた。

「随分と几帳面なんですね」

「マネージャーがずぼらでやっていけると思いますか」

三人は水割りの入ったグラスを手に乾杯からはじまった。

「俺から喋ります。大林ちゃん、何か質問があったら何でも遠慮なく突っ込んでよ。それの方が俺の記憶が蘇ると思うんだ」

大林が満足そうに頷いた。

「SONY」のロゴが入ったテープレコーダーが野際の鞄に入っていた。テーブルに置いてセットした。

「俺は鬼頭ちゃんほどタレント思いのマネージャーは見たことがないなぁ。タレントを守るためならどこでも躊躇することなく土下座する男なんだもの」

大林が切り出したのは湯川美智子が起こしたカンニング事件だった。

鬼頭が湯川をラジオの女子大生ＤＪとして売りだした矢先の出来事だった。鬼頭が湯川をスカウトした経緯はこうだった。仙台で歌謡教室に通う女子高校生が地元テレビの歌謡大会に出場して入賞を果たした。歌の声質もよくビジュアル面でも通用する女子高生という触れ込みでテレビ局の制作スタッフから紹介された。

高校の教師をしている父親に会うと、

「責任を持って大学を卒業させていただけるんでしたら娘をお任せしてもかまいません」

その条件を飲んだ鬼頭は渋谷にあるＡ学院大学の二部に受験をさせた。合格と同時に新宿の百人町に事務所を借りて「鬼頭企画」を法人登記した。「日進プロ」退職から半年後だった。

電話番は妻の瞳に任せることで二人三脚のスタートだ。

バックに後ろ盾を持たない鬼頭の懐はプロモーション・フィーも心もとない。四谷に社屋を持つ関東ラジオが深夜の時間帯で女子大生ＤＪを五人揃え、週一回の出演をさせるという番組の企画を耳にした鬼頭は湯川の宣材（宣伝資料）を持って局に駆け付けた。

スレンダーな肢体とくるみのような愛らしい瞳を持った湯川が担当ディレククーのお気に入りとなって出演の約束を取れた。

深夜にラジオを横に置いて勉強する受験生には大当たりだった。

木曜日出演の湯川は圧倒的人気を得て、番組が終わる時間になると本人を一目見ようと放送局の前にバイクに乗ったリスナーが押し掛けるようになった。大林から連絡が入ったのはその矢先だった。

「湯川さんは通っている大学の中間試験で、担当教授にカンニングの現場を見つかったという情報が入りまして。まさかそんなことはないと思うんですが事実の確認を取らせていただけませんか」

　鬼頭が不在の事務所に電話が入った。電話を受けた妻からの連絡でそれを知った鬼頭はその場に崩れ落ちそうになった。

　次なる戦略で雑誌のグラビアへの進出を考えていた矢先の出来事だったからだ。受験生相手の番組を持つＤＪがカンニングしたなんてことが表沙汰になったら冗談にもならない。

　鬼頭は本人に確認の電話を入れた。

「芸能記者から、学校でカンニングを見つかったんじゃないかという問い合わせがあったんだ」

　電話口の美智子は何も答えなかった。

「本当か？」

　念を押した。

「そんなことは…」

　曖昧に否定したがそれ以上は口を噤んだ。

　相手は〝すっぽんの大林〟だ。確証のない話で動くとは考えられない。湯川に自宅待機を命じ大林が事務所に残した連絡先に電話を入れた。大林は落ち着いた口調で赤坂・ＴＢＳ前にある喫茶店「アマンド」を指定してきた。

タクシーを拾ってその足で駆け付けた。大林は逃げられない証拠を握っていた。それは同じ試験を受けていたという同級生の三人の名前が書かれたメモを持っていた。

「鬼頭さん、そういうことですよ」

「本人に確認を取るんで待ってくれますか」

一旦店の外に出た。

「お前、カンニングをしたんだろ」

相手が示す証拠を付きつけると涙声になって答えない。

電話を切った鬼頭は大林の前に戻るとその場で膝を床に落として頭を下げた。

「あの日は朝から雨が降っていてアマンドの床も客が持ち込む傘の滴でかなり濡れていたんだよね。そこに鬼頭ちゃんが突然土下座するものだから回りの客は何事が起こったのかと一斉に顔を向けたものだから焦ったのは俺の方だったよ」

当時を懐かしがる口調になっていた。

「事が起きたときタレントを守れないようならマネージャーは失格でしょ。それでことがすむんなら、土下座くらいなら安いもんですよ。熱湯に飛び込めと言われてそれで許されるんなら喜んで飛び込みますよ。それが女を商品に扱う女衒としての心構えってものでしょ」

「さすが、マネージャー歴二十五年だけのことはある」

大林が美味そうに水割りを呷った。

情報源には守秘義務がある。そう言いながら大林がもう時効だからと言って拾ったネタ元を明かした。それはこんなものだった。日比谷に社屋のある西東京ラジオの制作局に顔を出したときだ。

「大林さん、時間があるようでしたらちょっとお茶でもどうですか」

編成部の顔見知りに声をかけられた。

「いいですよ。美味しいネタでもいただけるんでしたら」

「お口に合うかどうかは分かりませんけど」

意味深な笑いを浮かべて地上に降りるエレベーターの釦を押した。

隣の建物にある喫茶店に入ると珈琲を注文する間もおかず秘密事を共有するような口調で声を落とした。

「女子大生ＤＪで人気がある湯川美智子って子知っているでしょ。彼女が通う大学の中間試験で湯川が教授にカンニングの現場を押さえられたみたいですよ」

聞き洩らしてはならない。大林が取材ノートを出した。

「まずいですよねぇ、受験生相手の番組のＤＪがカンニングしたなんてことになったら。うちの営業部員の子供が彼女と同級生で教授に見つかった現場に居合わせたんですよ。その場で答案を没収されたのを見ていたわけですから間違いないですよ」

ラジオ局は日々の聴取率でしのぎを削り合っている。敵対する他局の人気番組にダメージを与えることは相手の聴取率を蹴落とすこととなる。ネタは面白いが企業間の情報戦に巻き込まれて片方に加担することには釈然としないものがあった。それでも鬼頭の事務所に電話を入れたのは事実の確認を取りたかったからだ。

鬼頭の真摯な対応に大林が折れた。週刊誌沙汰になることなく大林の胸の中に仕舞われて終わった。

「あの時は大林ちゃんに救われたんだよね」

「芸能記者と芸能プロは持ちつ持たれつでしょ」

大林は職業柄身につけたもので間の取り方が上手い。

そして今、二人の共同作業で暴露本制作の進行が進んでいる。

「不正を働いてまで点数を取りたい。湯川はそんな腐った根性の持ち主だから、あれ以外にも腹の立つことが色々あったんじゃないの」

大林の眼力には脱帽するしかなかった。

「あいつは強《したた》かだよ。俺の知らぬ間に二股ならまだしも三股も掛けて知らんぷりしてたんだから」

事務所が借り受けている目白のマンションの階上に大学の同級生の男を住まわせていた。そればかりかラジオ局の担当プロデューサーを自室に招き入れていることも発覚した。それは深夜の一時過ぎにかかって来た担当プロデューサーからの電話だった。

「今、僕のところに美智子さんから連絡が入ったんですが、部屋で彼氏と別れ話で縺《もつ》れているようなんです。僕が助けを求められているんですが、社長さんがひとつ中に入って収めたほうがいいんじゃないかと思いまして」

マンションの部屋で美智子と男が揉めている。聞き捨てならない。

まさかそんなはずはと、気持ちを鎮めながら美智子の住む部屋に向かった。日本女子大のキャンパスに隣接している五階建てのマンションだ。合い鍵を使ってドアを開けた。玄関には男物のスニーカーが脱がれてあった。その靴を眺めながら靴を脱いでいると、正面のリビングのドアを開いた。

「何で社長がここに…」

ピンクのパジャマ姿の美智子が鬼頭の突然の闖入に驚き声を上げて走り寄って来た。両手を広げて部屋に入れようとしない。

「馬鹿野郎、中に男がいるんだろ。これはどういうことなんだ」

美智子を押しのけてリビングに入るとジーンズに白いトレーナー姿の細身の男が窓際に立ち竦んでいた。

「お前は誰なんだ」

男の正面に立った。

「彼女とは大学の同級生で僕は上の階に住んでいます」

「どんな関係なんだ」

「お付き合いをさせてもらっています」

「馬鹿野郎、寝言を言ってるんじゃあねえよ」

テーブルに置いてあった硝子の灰皿を持って拳を振り上げた。

「社長、やめてください。私が悪かったんです」

美智子が拳を上げた鬼頭の腰に両手でしがみついて離さない。

「美智子、これは一体どういうことなんだ」

隙をついて男は姿を消した。しがみつく美智子の腕を解いてテーブルの向かいに座らせた。乱れたパジャマ姿の美智子は震えながら両手を握りしめて顔を上げない。

「局のプロデューサーから電話が入ったんだよ。お前と男とが揉めて困っているんだってな。何でプロデューサーがお前の連絡先を知っているんだ」

「お仕事の相談に乗っていただいているんです」

「それだけじゃないだろう」

鬼頭の詰問に返事をしない。

「あいつとも付き合っているのか」

小さく頷いた。

翌日、不動産屋に出向き美智子の住む部屋の上の階について尋ねた。美智子が男と一緒に来店し自分名義で借りて男を住ませていることが判明した。

「これだけなら二股じゃないですか。社長の言った三股には一人足りませんね。それは誰なんですか」

「嫌なことを聞くねぇ」

「今日はインタビュアーとして呼んでいただいていますから」

引き下がる気はなさそうだ。

「それは想像にお任せしますよ」

そう言って自分の顔に人差し指を向けた。

「芸能界デビューして半年もしない小娘が陰に隠れて三股を掛けていた。それより問題なのは美智子の変化に気が付かなかった鬼頭ちゃんだよ」

まだ続いた。

「う〜ん。なにかと従順だったから」

諦め顔で氷の解けたグラスにウイスキーを注ぎ足した。

「そんなことをされても、現場に付いていればマネージャーとして彼女の鞄持ちをするわけですよね」

野際が追い打ちをかけるように口を挟んだ。

タレントは綺麗なおべべ着て綺麗な化粧をして自分の欲のために動く。これは大林がのっけに言った言葉だ。

一本目のテープがカシャと音を立てて止まった。三人がそれを合図に煙草に火を点けた。立ち上がった野際が三つのグラスにウイスキーを注ぎ足した。

窓の外に皇居前の芝生が広がっている。その広場に西日が射しマラソンランナーの長い陰を作っていた。

「タレント管理で大変なのは男問題。女は子宮でものを考えるというけどまったくその通り。男ができると突然マネージャーの言うことを聞かなくなるから始末に負えないんだよね」

水割りグラスを口に運びながら鬼頭が言った。

「それは適切なワックス掛けを怠った結果じゃないの」

「それはさっき答えたでしょ。それは怠ってはいなかったって」

「偉そうに言わないでよ。女は新しい男ができると必ず態度に変化が出る。それは余所余所《よそよそ》しさというのかな。それを感じ取って対処するのがマネージャーというものでしょ」

「う〜ン、そう言われると…」

鬼頭の額に汗が浮いていた。ジャケットを脱ぐとカフスで止めたワイシャツ姿になった。

大林もジャケットを脱いだ。

「身を入れてワックス掛けたの。それじゃないと女衒業は失格でしょうが」

「そう言われちゃうと返す言葉がないいんだけど」

芸能人は多方面からの誘惑の多い世界だ。せっかく苦労して育てたタレントが他所の事務所のタレントや仕事関係者とデキ上がってしまうと事務所移籍を口にしたり仕事面で言うことを聞かなくなる。

それを防止するには手持ちのタレントをセックスで管理する。

これを芸能界では〝ワックス掛け〟という。

鬼頭の口から吐き出される下ネタ話は興味が尽きない。写真集が売れテレビのバラエティー番組に声が掛るようになると付き合う相手も著名人が多くなる。沖縄に写真集の撮影で行ったとき週刊誌の記者から滞在先のホテルに電話が入った。

「湯川さんが不倫している現場の写真を撮りました。相手はプロ野球選手です。ホテル・オークラのスイート・ルームに入るところの写真です。二人の関係についてお聞きしたくて」

　これも寝耳に水の話だった。受話器に手を押し当て隣のソファーに座る美智子に事実を確認した。

「野球選手といい仲になっているんだって。写真を撮られているらしいじゃないか」

　逃れられないと悟ったのだろう。短い言葉で認めた。

「オールスター戦のアトラクションで呼ばれたときに電話番号を聞かれて、それからの…」

　窮地に追い詰められたときの美智子は口を真一文字に結び言葉を忘れたカナリヤになる。鬼頭は受話器を覆っていた掌を離した。

「話は分かりました。本人を取材に応じさせます。ですから写真と現場の状況描写だけでなくインタビューを中心にした記事構成にしていただけませんか」

　鬼頭は撮影現場を離れ東京にとんぼ帰りすると雑誌の編集部に駆け込んだ。急遽美智子の電話でのインタビューをセッティングして三角関係の不倫騒動になることを防いだ。続きはまだあった。

　ハワイに写真集の撮影で行ったとき。島の北側に位置するノースショアで道路脇にロケバスを停めて撮影をしているときだった。

　車内に置いていた荷物の盗難事件が起きた。撮影を終えてバスに戻るとバッグに入れておいた美智子のカルチェの時計がなくなっていた。動揺する美智子。撮影に迷惑がかかる。その場はどうにか鎮めてホテルに戻った。盗まれた時計は野球選手からのプレゼントだったのはその場で知らされた。

「盗まれたのはバスを監視していなかった社長の責任でしょ。責任を認め土下座して謝るのと、同じ時計を弁償してくれないと、この仕事は続けられないわ」

鬼頭が返事を渋ると不貞寝してベッドから出てこなかった。

「時計の弁償と、俺が土下座して頭を下げることで仕事は事なきを得たんだけどね」

「そんなことがあったんですか」

大林が大袈裟に両手を広げ肩をすぼめた。

窓の外を見ると車の列がヘッドライトを点ける時間になっていた。

「鬼頭さんはマンションを追われて車に寝泊まりしているとおっしゃっていましたよね。結婚はしていなかったんですか」

野際の問いかけには苦笑しか浮かばなかった。

「あの女のおかげで何もかもを失ってしまいましたよ。前の事務所で一緒に働いていた女の子と所帯を持っていたんですが三年ほど前に別れましたわ」

「湯川へのワックス掛けを奥さんが知って焼餅を焼かれたんじゃないのかな」

大林の切り込みは容赦ない。

「それも仕事上のことだと割り切ってくれていたと思ってはいたけど我慢の限界だったんだろうね」

写真集の撮影で海外に出かけると最低でも一週間は滞在する。

その間、鬼頭と美智子は常に一緒だ。事務所でスケジュール管理をする奥さんにふたりの行動は隠しようがない。

「十日間のスケジュールでスペインに撮影に行ったときでしたよ。帰ると嫁さんからの置き手紙がありましてね」

「何が書いてあった」

「私も女です。もうこれ以上日陰の女でいるのは堪えられません。それだけでしたよ。黒のフェルトのペンで書かれた文面の上に涙の落ちた跡があって最後の部分が滲んで消えていましたよ」

自分の不甲斐なさを思い出したように鬼頭が目頭を押さえた。

いつ降りだしたのか窓硝子に梅雨の細かい雨が打ちつけていた。外堀通りを走る車のライトに当たって雨が光って見えた。

「あいつの荷物が消えてテーブルに署名捺印した離婚届の用紙が置かれていましたよ」

それだけ言うと黙って窓の外を見つめめた。


口述筆記は三日間を要した。

大林の進行役としての巧みな話術が功を奏して、芸能界の裏側を隠し立てすることなく描き出した両面二時間のテープが五本使われた。

最終日、原稿作成の進行と発売日の打ち合わせを兼ねた慰労会が有楽町のガード下にあるドイツ料理店「バーデン　バーデン」で開かれた。

「私の役目は終わりましたよね。鬼頭ちゃんの本が売れることを祈っていますよ」

店の前まで来ると大林は友人と会う約束があるからと言って、ネオンが煌めく銀座の飲食街に消えた。生ビールのジョッキが運ばれてきた。ソーセージもジャーマンポテトも運ばれて来た。二人で乾杯した。

「これまで話したことは私が体験してきたことですから嘘偽りはありません。登場する人物は約束通り全員が実名ですよね。それでなければ意味がありません。匿名だなんてことでお茶を濁さないでくださいよ」

鬼頭は再度野際に念を押した。

「大丈夫です。そんなことをしたらこの本の面白味と価値とが薄れてしまいますから」

出版社にとっても鬼頭の申し入れは望むところだ。スキャンダル本は購買者層として主婦層が圧倒的に多い。芸能レポーターが飛びつきたくなる赤裸々な内容が満載となればワイドショーが競って取り上げる。茶の間にこの話題が流れると主婦たちの井戸端会議には格好の材料となる。話題沸騰間違いなしだろう。野際は喉越しを通過する冷えたビールの味を噛みしめながらほくそ笑んだ。

二杯目のジョッキに手を掛けたときだ。

「申し訳ないんですが、印税の前借りというのはできないものでしょうか…」

先程の強気な言葉遣いと一転して卑屈な声に変わっていた。

「大ヒットは間違いなしですし、問題ないですよ」

「それは助かります」

野際は胸のポケットに手を入れると紙の袋を取り出した。

「当面の生活費が必要じゃないかと思いまして用意させてもらいました。これは取材費ということで。印税は別払いですから」

「本当ですか」

袋の中には一万円札が三十枚入っていた。

「これで原稿が上がるまでの間、生活をなんとか持ちこたえることができます。この話をおたくに相談してよかったですよ」

嬉しそうに愛想笑いを浮かべた。封筒を両手で持つと顔の前に運んで神妙に頭を下げた。

「この時間ですからホテルは明日の朝まで使えますよ。チェックアウトは明日の十二時までです。疲れたでしょうから、今晩はゆっくり休んでください」

野際はホテルの鍵をテーブルに置いた。

「何から何まですみません。お言葉に甘えさせていただきますよ」


口述筆記から一カ月半が経過していた。

旧盆が過ぎると朝晩吹く風がめっきり秋らしくなってくる。

この日、ゴーストライターの手を経た原稿の最終ゲラが上がって来る日だった。野際と鬼頭が待ち合わせたのは午後三時、九段下にあるホテル・グランドパレスのティールームだった。鬼頭は車を地下にあるホテルの駐車場に置いてロビー階に上がった。

売店の脇にある洗面所に向かうと鏡の前で髪を整えた。

車上生活はそのままだがＴシャツとジーンズを新調し髭も綺麗に剃り落とされていた。約束の時間、右手に鞄を下げた野際が姿を見せた。先に到着した鬼頭がサンドイッチを頬張っていた。

「すみません。腹が減ったもんで先にご馳走になっていました」

右手を頭に当てすまなそうに立ち上がった。

「気にしないでくださいよ」

そう言いながら紙袋に入れたゲラを鞄から出した。テーブルに置いた紙袋には『アイドル・湯川美智子 偽りの素顔』と書かれていた。単行本のタイトルだった。

「いい原稿が上がりましたか？」

「いけると思いますよ。なんたって素材がいいものですから」

原稿を開いた。印刷された活字が眩しく見えた。

「僕はしばらく席を外します。その間に原稿をチェックしてください」

野際は鬼頭に赤いボールペンを渡すと立ち上がった。鬼頭は自分が喋った内容と人名に間違いがないかをチェックする作業を始めた。

喋った内容が活字になると一層生々しさが伝わって来る。そんなものかと納得しながらページをめくる毎に鬼頭は頷いていた。

三時間が経っていた。目を通し終えたところを見計らったように野際が戻って来た。

「匿名になっている部分もあり内容が多少薄まっていますけどそれを除けば問題はないです」

そう言ってボールペンを置いた。珈琲のお代わりを申し出た。

「ところで、発売はいつ頃になるんですか」

「印刷所の都合もありますから一カ月はかかると思いますけど」

「印税のほうはいついただけるものですか…」

「出版界の慣例として著者に対する印税の支払いは出版物が店頭に並んでから三か月後というのが通例なんです。ですが確実に話題を呼ぶことができる本ですから柔軟に対応させていただきますよ」

そう言って出版契約書を出した。鬼頭は鞄から実印を出した。

二通の契約書を並べた。象牙の実印を握った鬼頭は朱肉をたっぷり付けて署名捺印した。朱肉をティッシュペーパーで拭き取りながら湯川美智子がテーブルに広げたあのときの契約書を思い出した。苦い思いが腹の底に湧いてきた。

「打ち上げを兼ねて食事でもしますか」

残暑の残る暑い陽射しも落ちていた。

野際が選んだ店は神田神保町のすずらん通りにある中華料理店「揚子江」だった。七時を過ぎた店内は編集者らしき人物と作家然とした顎ひげを蓄えた中年男。恋人同士と見られるカップルが席を占めていた。

注文した料理は豪勢だった。フカヒレの姿煮と蒸しアワビ、それに酢豚と水餃子がテーブルに並んだ。久々に見る豪勢な食事だった。ボトルで運ばれて来た老酒を互いのグラスに注いだ。

「ヒットを祈願して乾杯」

二つのグラスから乾いた音が響いた。

鬼頭は夢中になって箸を動かした。料理を愉しみ老酒をロックで呷る鬼頭の満足そうな顔を眺める野際が鞄を手元に引き寄せた。

「鬼頭さん、取りあえず印税の前払を用意してきましたよ」

封印された一センチの束を二束テーブルに置いた。

玩具を目の前に出された子供のように鬼頭の目が嬉しく光った。

「初版の部数が二万部と決まりました。一冊千五百円にしますから一〇％の印税として合計三百万円になります。『鬼頭企画』の法人解散手続きはまだとっていませんよね」

「ええ、面倒なものですから、まだです」

「だったらよかったですよ。会社名義で残りの分は振り込みますから源泉徴収なしで満額お支払いできます。再版ができるようでしたらその分が増額になりますから」

「本当ですか。そうなるようでしたら助かります」

野際は鬼頭に原稿のチェックを任せている合間、社に戻り経理に掛け合って原稿料の用意をさせていたのだった。

鬼頭は米搗きバッタのように頭を下げた。

「これを元手に田舎に帰ってホルモン焼きでもやろうと思っているんです」

「ホルモン焼きですか」

「北国は冬の期間が長いんで、そういう店が流行るんですよ。実は、店舗の候補が何軒かありまして近いうちに下見を兼ねて帰省しようかと思っているんです」

鬼頭は口述筆記を終えると印税を当てにして田舎の友達に連絡を取り、借り店舗の用意を進めていた。

「そうですか、帰るようでしたら出版の日が決まり次第連絡を入れさせていただきますよ」

ほろ酔い気分の二人は千鳥足で店を出た。


編集長から鬼頭に連絡が入ったのは九五年十月の三日だった。

「翌朝のテレビを楽しみにしていてください。仕上がった見本を各局のワイドショーに配ったところすごい反響なんですよ。鬼頭さんに代わって私がレポーターから取材を受けまして、本の出版される経緯を詳しく話しておきました。ですからこれ以上ない宣伝効果が期待できますよ」

本当だった。鬼頭が朝起きてテレビを点けると真っ赤なドレスを着てステージで歌う湯川美智子の写真を使った本の表紙がアップで映し出されレポーターが本の内容を得意満面に喋っていた。

番組の終わりを待っていたように、鬼頭の携帯電話に野際から連絡が入った。

「すごい反応ですよ。書店さんからの注文が社のファックスに殺到しているって、販売部から今連絡が入ったところです。この調子なら再版確実で印税をもっとお支払いできると思います。そのときは東京にお見えになりませんか」

鬼頭の反応は落ち着いていた。

「ホルモン焼きの店の開店準備に入っています。どこからもクレームが付かないようでしたら東京には行きません。私と東京との係わりは終わりました。追加の印税をいただけるようでしたら約束していただいたように振り込みでお願いできませんか」

一旦言葉が切れた。

「野際さん、最後に良い思い出を作ってくれてありがとうございます。北陸に来る機会でもありましたら連絡してくださいよ。私の携帯の電話番号は変えませんから」

そう言って電話が切れた。

自分の育てた歌手を連れて、地元での凱旋コンサートを開く夢を果たすことはできなかったが、鬼頭家の庭には愛車の鳶色のメルセデス・ベンツSELが駐車されている。美空ひばりを乗せていた車と同じ車種のものだ。開店を十日後に控えた改装中の店に向かって鬼頭は愛車を走らせた。

国道沿いにある店の隣の駐車場に車を停めた。

「ホルモン　きとう」と書かれた赤い提灯を持った大工職人が鬼頭の到着を待っていた。

「どうですか、こんな調子で」

紺地に店の名前を白抜きにした暖簾の横に提灯を吊るして見せた。

「うん、俺のイメージ通りの店構えになってるよ」

鬼頭は両手を大空に向かって突き上げた。

著者紹介

高部 務（たかべ・つとむ）

1950年、山梨県生まれ。学生運動過渡期に、新宿でフーテンといわれた宿無しの風来坊生活を送る。日雇い労働者が集まる台東区の山谷で働いていたとき、山谷解放闘争を支援し、芸能界の支配構造を告発するルポライター、竹中労と知り合い、芸能ジャーナリズムに興味を持つ。

1972年、新宿にある行きつけの雀荘、新選組（「赤い呼び屋」とも称された興行界の草分け的存在、神彰の経営する店）で知り合いになった漫画家の園山俊二から、「働く気があるんなら仕事を紹介するよ。俺が紹介状を書けば仕事はすぐに決まると思うんだ」といわれ、出版社を紹介される。小学館の嘱託記者となり、『女性セブン』『週刊ポスト』に携わる。養父、日景忠男に独占取材した沖雅也自殺の真相、山口百恵の新婚生活、萩原健一と倍賞美津子の秘めた交際、借金で失踪した「大西結花」事務所社長の潜伏逃亡記など、スクープを連発。妻子ある男性と恋愛し出産した女優・沢田亜矢子の告白本、『受胎のとき——女として、母として』、松田聖子との不倫関係を赤裸々に綴ったジェフ・ニコルス著、『真実の愛』（ともにラインブックス）のプロデュースは大いに話題となり、トップ屋として名をはせる。

フリーになってから、新聞、雑誌で執筆を続ける傍ら、『ピーターは死んだ　忍び寄る狂牛病の恐怖』『大リーグを制した男　野茂英雄』（ともにラインブックス）、『清水サッカー物語　無敵の少年サッカー発祥の地』（静岡新聞社）など社会問題やスポーツのノンフィクション作品を数多く手がける。

その他書籍に、『新宿物語』（光文社）、『スキャンダル』（小学館）など。

あの人は今 ～昭和芸能界をめぐる小説集～

2019年11月1日初版第1刷発行

著　者――高部 務
発行者――松岡利康
発行所――株式会社鹿砦社（ろくさいしゃ）
●本社／関西編集室
兵庫県西宮市甲子園八番町２－１　ヨシダビル301号　〒663-8178
Tel. 0798-49-5302　Fax.0798-49-5309
●東京編集室
東京都千代田区三崎町３－３－３　太陽ビル701号　〒101-0061
Tel. 03-3238-7530　Fax.03-6231-5566
URL　http://www.rokusaisha.com/
E-mail　営業部○ sales@rokusaisha.com
編集部○ editorial@rokusaisha.com

印刷／製本――――三松堂株式会社
装　丁――――――芦澤泰偉
装　画――――――横田美砂緒
本文ＤＴＰ制作――株式会社風塵社
編集協力―――――野口英明

Printed in Japan　ISBN978-4-8463-1320-3　C0093